每天**1**小時「**精讀**」必勝關鍵技，

保**綠**攻**藍** *Not a Dream!*

新多益進分
大絕招
[文法] + [單字]

Score High in New TOEIC - Grammar and Vocabulary

! **本書特色**

11大新多益必考主題
超清晰文法概念聯手出擊　一擊 奠定文法基礎，二擊 有效提升各主題的題型印象。

11大新多益必考主題之關鍵主題單字整理
(搭配文法與精華題庫) + (反覆對照、查閱) =取得關鍵分數。

精華收錄以500與700分為得分目標的考生必熟悉題型
全書中英對照與詳細解析，磨練考生破解新多益Part 5&6 解題技巧能力。

! **本書適合以下的讀者和考生**

★每天 **只有1小時** 的時間準備考試。

★急需一本 詳細文法概念講解x題目解析 **全包的** 考用書。

★文法稍有基礎，想 **重新複習文法**、並拉高正確答題率。

★文法基礎薄弱，**對於提升基礎英文能力深感無力**。

子曰工作室 ◎著

作者序

　　筆者是現職國立高中老師，從 GEPT 一路教到高中升大、New TOEIC、TOEFL iBT、IELTS，現在還是每 2-3 個月固定參加「公辦場」與學校「校園場」的新多益考試，迄今沒能拿過 990 滿分，事實上最高也才拿 980 分。但是這有啥值得拿出來講的？很多坊間自稱海外名校畢業的補教名師，都拿好幾個滿分不是嗎？首先，筆者每次幾近滿分、或滿分的都是閱讀，錯最多的都是聽力，所以筆者寫的是新多益閱讀文法書。再者，筆者是國內土生土長的土碩士，沒有顯赫的家世背景，也沒錢出國留學或遊學。國中、高中英文是填鴨式的一路成長，筆者那個年代，雜誌只有「空中英語教室」。簡單講，造成筆者今天這副德性的，是完全看坊間的書自學的結果。在先天不足，後天又失調的情況下，靠著自學與一股傻勁猛考，劈出一條路，也深知一本「本領書」、「入門書」對準備考試的人有多重要。自己有機會寫書時，我希望給讀者的是自己實戰新多益的經驗傳授。所以，除非上述那些高分者有如同筆者一樣背景，又願意每 2-3 個月去考新多益，不然的話，筆者的經驗應該是相當可信。你說呢？

　　如果你／妳想花最少時間、花最少金錢去準備新多益，一舉拿高分，去越過職場、推甄、交換學生、畢業門檻等等，或排除擋在你／妳未來面前，多如牛毛的合理、不合理規定的話，建議你／妳，把這本書看熟。

　　這本書可貴的，是筆者所整理，淺顯易懂的文法整理與解題重點，每題的詳解更是實戰之後的經驗分享，值得讀者細看。

　　筆者的文法師承兩位前輩：一位是一直要告我將他的 know-how 帶走的郭立老師，本書中許多文法概念源自於他的獨特一絕、迄今無敵的文法整理，在加上自己些許的延伸領悟、加以求證原文資料的圖形解說整理而成。另一位是過世了的花旗美語 李維老師。可惜您去的早，不然，您應該會影響更多像我這樣的學生。

　　感謝編輯瑞璞、美君小姐不斷的溝通，與倍斯特公司，給予筆者如此機會，出版這樣一個怪咖的書。還有我親愛的家人們。因為有你們，知識得以傳承，薪火得以延續，正確的文法與實而不華的解題才能真正利益學子！

編者序

熱到不能再熱的新多益考試技巧？！

　　本書作者教學熱誠十足，關於新多益更有多年教學與應考經驗，深知土身土長的台灣學生在面對新多益考試（特別是文法、閱讀部分）時的問題，本書就是在這樣想要嘉惠應考者的理念下而誕生。話說回來，關於新多益考試方式、考試內容與技巧，讀者可能都稍有概念了，但是捫心自問：自己真的找到正確的準備方式嗎？寫題庫真的適合自己嗎？且還有：寫了這麼多題目，卻無法有效拉高分數的疑惑嗎？是不是常有文法基礎不夠穩固，可是為了考試只能一知半解、囫圇吞棗暫時應付過去，之後還是得面對同樣的問題，惡性循環下，病症依然無法解決。

對症下藥之新多益進分人絕招

　　不要再重蹈覆轍了，文法概念還停留模糊、大概懂而已的階段嗎？現在重新開始絕對不晚；想積極打好文法基礎的學習者更不能錯過這本書。「淺顯易懂的文法概念」就是本書的精華，另搭配新多益考點提示、主題關鍵字、精選 500 & 700 分題型與超詳細解析，就是要幫助自學者打好文法基礎，同時掌握新多益主題關鍵字與解題技巧。多練題目對答題正確率是有幫助的，沒錯，但想要熟悉題型，更不能忽略基礎文法概念，這就是本書迫切想要傳達給讀者的訊息。

　　感謝本書作者寫作本書時的用心與細心，而身為編者的我們也相信，只要讀者能精讀本書的文法基礎概念，並搭配熟讀關鍵主題單字與可能題型，新多益分數必能有顯著的成長，對於學習英文的信心也能有長而穩定的累積。

力得文化編輯群

考試技巧

　　坊間所列舉的種種解題技巧、快速解題法,都是空的;因為,適用於他人的,不一定適用於你 / 妳。而這本書裡,所有的整理與歸納,只是為了給讀者一條明路,少走點冤枉路、少花點冤枉錢去補習。因為,要準備新多益,抓對方向,自修即可!

　　閱讀會拿高分,通常只會有兩種人。第一種是已經有大量閱讀底子的人,不用懂文法也可以寫對答案;問這種人為什麼答案是這一個而不是那一個時,這種人會回答「不知道、唸過去比較順」這種氣死人吐血不償命的回答。第二種人,是單字片語量不足,又不想塞一大堆商用單字片語在腦子、記也記不起來的人。這種人只好有策略地去安排解題的計畫,有效執行,才能有機會與天才型的人匹敵。筆者是屬於後者。如果你 / 妳也是,那就來看看怎麼拿高分吧!

1. 怎麼準備新多益閱讀?

　　給初階者的建議:單字片語量的基本累積是必要,還要把這本書550分題目類型的文法章節給熟悉,同時要訓練做題目的速度,這樣才會有基本分。

　　給中階者的建議:各領域的單字片語量需要熟悉,單字片語的相搭配字詞考法要熟悉;把這本書700分題目類型的文法章節給熟悉,並且要落實 part 5、part 6、part 7 做題目的速度與時間配置,自然拉高準確度與流暢度。

　　給中高階者的建議:各領域的單字片語量熟稔之外,要訓練長句結構與閱讀技巧(還有忍耐力),以提升準確度。知道每個大題所要的考點,與所要注意的題目類型和段落中的答案分布落點,在最短時間內抓住重點句意、解開題目。

2. 準備新多益閱讀的重點

新多益閱讀的準備方向要拆成兩個面向：一是主題文章 (單字 / 片語)，一是文法主題。

主題文章不外乎是考下列幾種「主題」：

(1) 辦公室

(2) 人事 -- 求職與招募

(3) 市場行銷 -- 企業發展

(4) 工廠、製造品管 -- 製造業

(5) 採購、訂貨送貨

(6) 展場會展 -- 一般商務

(7) 銀行金融 -- 金融 / 預算

(8) 醫療與保險

(9) 生物科技 -- 技術層面

(10) 旅遊交通 -- 旅遊、娛樂、外食

(11) 商業社交 -- 房屋 / 公司地產

文法主題不外乎是考下列幾種「文法內容」：

(1) 名詞、冠詞、代名詞

(2) 動詞 (感官 V、連綴 V、使役 V)

(3) 時態 (完成式)

(4) 形容詞、副詞、比較級

(5) 不定詞與動名詞

(6) 現在分詞與過去分詞

(7) 連接詞

(8) 介系詞

(9) 主動與被動語態

(10) 假設

(11) 三大子句

主題文章不外乎是下列幾種「格式」：

(1) 信件與電子郵件 (Letter & Email)

(2) 備忘錄與公告 (Memo, Notice & Announcement)

(3) 廣告與求職廣告 (Advertisement & Job Advertisement)

(4) 説明書、操作手冊與折價券 (Information, Manual & Coupon)

(5) 報導 (Article & Report)

(6) 發票、帳單與行程 (Invoice, Bill & Schedule)

(7) 表格與其他 (Forms & Other Documents)

熟悉這些領域用字 (Domain Knowledge) 與書寫格式 (Format)，自然會對相關主題的應用得心應手，知道考什麼，知道怎麼考，接下來就只剩下強化單字片語量，文法熟悉度的問題；最重要的是：怎麼解題！

3. 答題策略

筆者建議先寫 Part 5 與 Part 6，因為最好拿分。

Part 5 (101-140) 不外乎考單字 / 片語的相搭配用法 (collocation) 和文法 (同字不同詞性、同樣功能不同字)。

Part 6 (141-152) 考的是傳統克漏字的形式，也是考單字 / 片語的相搭配用法和文法，只是加上了上下文，用句子的邏輯來推斷選項的合理性與否。

Part 7 分成 2 種類型，一種是單篇閱讀 (153-180)，另一種是雙篇閱讀 (181-200)。

以閱讀僅有的 75 分鐘來做合理推斷的話，這時候第二種人講話了「100 題怎麼寫的完？又怎麼可能拿高分？」

用科學方法來論斷；雙篇閱讀在考試後半段 (100 題聽力與 80 題閱讀轟炸) 的疲倦與壓力之下，集中力下降，準確度下降是不爭的事實。以平均每題需要的 1.5 分鐘來估算，20 題估計要佔去 30 分鐘，應該屬保守估計。單篇閱讀若平均 1 題要花費 30 秒 (相當悲觀的假設⋯)，也要佔去 14 分鐘。換句話說，101-152 題的單字 / 片語和文法考題只能有 31 分鐘可以完成？而且要準確度高才能拿高分！圖示如下⋯

題型	題數	每題耗費 (分)/ 共需要 (分)
Part 5 (101-140)	40	? / 31 分
Part 6 (141-152)	12	
Part 7 (153-180)	28	0.5 / 14 分
Part 7 (181-200)	20	1.5 / 30 分

　　所以，結論是？考生如果閱讀要拿高分，後面 Part 7 要寫的完，就必須在 31-35 分鐘內寫完 52 題單字、片語、文法題！不然一定寫不完！！而且準確度要高！！重點是，還要考慮劃卡的時間呦！！（坊間那個可以講那麼詳細？站出來！）

　　考「單篇閱讀」時，考生一定要學會閱讀標題，許多「單篇閱讀」的第一題問「主旨」或「主題」時，答案通常是大剌剌的出現「斜體」或加「粗體」的標題。考雙篇閱讀時，考生要記住 2 ＋ 1 ＋ 1 或 1 ＋ 2 ＋ 1 的題目對應答案精準對位法。那就是，2 題問第一篇文章，1 題問第二篇文章，最後 1 題問兩篇的統整、是非、推論題。或是 1 題問第一篇文章，2 題問第二篇文章，最後 1 題問兩篇的統整、是非、推論題。

　　筆者常言，「考試就像賭博一樣」。一開始下筆順序對，最沒把握的題型都會寫！一開始下筆順序錯，最有把握的題型都會覺得卡卡！

　　Part 5、6 解題策略為：

1. 先決定考「文法」還是「單字 / 片語題」。

　　「文法」題：同字不同詞性、同功能不同字、同字意不同詞性。

　　「單字 / 片語」題：不同字同詞性、不同字不同詞性。

2. 若是「文法題」則一定要對，除非考生單字片語量強。

3. 若是「單字／片語題」的選項看不懂，那就猜一個答案劃卡，直接進到下一題，要放下、放下……

4.「文法題」多數不必看句意，將空格前後3個字看清楚即可知道答案；「單字／片語題」就一定要看句意；但是可以用抓出關鍵字的方式在最短時間內解題。

Part 7 閱讀題型中，建議先選擇下筆題目的順序原則為：

1. 選項短的先寫 (因為句意容易瞭解)

2. 題目短的先寫 (因為題目不難懂)

3. 數字題先寫 (頂多是加減乘除，數字差的人例外)

4. 單字定義題先寫 (可以在上下文中精準定位，容易找到答案)

5. 主旨題 (通常將每段第一句或最後一句加以綜合統整就可知道)

相反地，下面幾種類型要放在最後再寫：

1. 是非對錯題 (非等要看完一段或整段後才知道答案的題目…)

2. 相關與否題 (非等要看完整段或整篇後才知道答案的題目…)

3. 承接語意的細節題 (取句中的某一段問細節，通常是同義字詞改寫)

4. 推論題 (讀完整篇後可能的後續發展…)

4. 猜題策略

　　猜也要猜地有技巧，不會的選項要猜，看不懂的題目要猜；因為，不猜沒機會，有猜有分數。「數字題」會用加減的同義字詞改寫呈現答案。「字義題」會用符合上下文特定語意、卻偏離常理判斷的答案為正確選項。「文法題」一定有關鍵字詞，產生一定文法規則。「單字題」也一定有關鍵字句，來加以取決特定單字。坊間或許有老師會教你／妳新多益最常出現的答案是(B)、(D)；這是實話，但也是個危險的講法，並不鼓勵！

5. 參加考試時錯誤作答方式

　　只有真正考過多次新多益的人才會知道一個事實：劃卡時因為疲勞度的關係，答案 B 會莫名其妙劃到 D，C 會變成 D 等等怪異現象發生。所以，建議考生，每 5 題為一個單元劃卡，寧可多花點時間確認劃卡正確、可以拿到分數，也不要胡亂地亂畫一通。遇到不會的選項單字，直接猜選一個答案進到下一題，絕對不要跟時間過不去；絕對不要留下空白選項沒劃卡，因為到最後會造成悲劇…考「單篇閱讀」時，考生最容易忽略閱讀標題。時間快到寫不完時，請記得開始猜！

　　寧可猜完，也不要沒寫完！

　　希望這些筆者實際參與多次新多益考試的經驗，能對讀者有所助益！共勉之！！

目錄 CONTENTS

Unit **1** 名詞、冠詞、代名詞

單字與練習主題：辦公室

～～～～～～ 練習前先看一眼 ～～～～～～

基本概念 ── 名詞

名詞種類 名詞以單詞來說的話可以分為專有名詞和普通名詞。專有名詞是某個（些）人、地方、機構等專有的名稱。普通名詞是某類人或東西或是一個抽象概念的名詞，分為四類：

1. **物質名詞**：表示無法分為個體的實物。如 air, gas, gold, money
2. **抽象名詞**：無法分為個體的實物。如 beauty, charity, courage, fear, joy, information
3. **集體名詞**：表示若干個個體組成的集合體。如 crowd, flock, group, swarm, team
4. **個體名詞**：表示某類人或東西中的個體。如 dog, man, table

其中 個體名詞和集體名詞可以用數目來計算，稱為可數名詞。物質名詞和抽象名詞一般無法用數目計算，稱為不可數名詞。圖示為：

名詞	專有名詞		不可數名詞 (Uncountable Noun) **U**
	普通名詞	物質名詞	
		抽象名詞	
		集體名詞	可數名詞 (Countable Noun) **C**
		個體名詞	

例句：Gold to a man <u>is</u> as precious as water to fish.

解說：黃金之於人就好比水之於魚一樣重要。其中 gold 為物質名詞，為不可數名詞，所以用單數動詞 is；man 為可數名詞，所以前面有冠詞 a。water 為物質名詞，為不可數名詞；fish 為集體名詞，同為不可數名詞。

名詞功能 當 1. 主格 (S) 2. 受格 (O)(V.t. 之後) 3. 主格補語 (S.C.)(V.i. 之後)

圖示為：

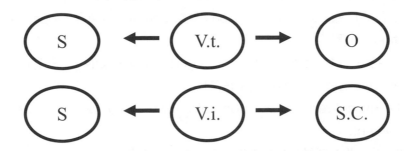

例句：

(1) The dog　bites　the mailman.
　　　S　　　V.t.　　　　O

【解說】

名詞在及物動詞 (V.t.) 之前為主格的文法功能，在及物動詞 (V.t.) 之後為受格的文法功能。

(2) The man　was　a mailman.
　　　S　　　V.i.　　S.C.

【解說】

名詞在不及物動詞 (V.i.) 之前為主格的文法功能，在不及物動詞 (V.i.) 之後為主格補語的文法功能。

名詞型態 常見名詞字尾型態有下列幾種：

1. 人：

-a (e) nt: 表示『行為者』：如 accountant (會計師), tenant (佃農、租戶), assistant (助手)...

-ate: 如 advocate (支持者), candidate (候選人), delegate (代表)...

-ee: 表示『被動的行為接受者』：

如 employee (職員), nominee (被提名者), committee (委員)...

例句：All the accountants in the organization are in their diverse sections.

　　　這間公司所有的會計師分屬於各個部門。

2. 抽象名詞：

-ment: 表示『結果、手段』：如 treatment (對待/治療), payment (應付款項), fulfillment (成就), government (統治/政府), refreshment (恢復/茶點)...

-(t) ion: 表示『行為、過程』：如 motion (動作), creation (創作), operation (運作), application (申請)...

-ty: 表示『特質』：如 certainty (確定), poverty (貧窮), safety (安全), anxiety (焦慮), property (財產), hospitality (好客)...

例句：The executive showed a look of <u>anxiety</u> on knowing the delay of due <u>payment</u>.

執行長一得知應付款項延遲後，面露焦慮的神情。

【New TOEIC 考點在於】：『名詞 (片語) ＋名詞』的考法

1. 名詞 (片語) 組用來修飾後面名詞時，通常表示後面名詞的『功能』、『種類』、『材質』、『位置』。

2. 名詞又分為『靜態名詞』或『動名詞』：動名詞 (V-ing) 本身帶有動作特質 V-ing 可以是『現在分詞』，意即是帶有<u>動作 (主動 / 進行)</u> 含意的形容詞或副詞，後面必須有修飾對象的名詞。

V-ing 也可以是『動名詞』，意即是帶有動作 (主動) 含意的名詞，後面必須有接受動作的名詞。

例句：The issues of the internal... are still in discussion.

內部的程序議題仍然在討論之中。

(A) process (B) processing (C) processed (D) procession

解答：(A) 選項中文為「過程」，指的是「『程序』的議題」，所以為標準答案。

(B) 選項為動詞所變化而來的動名詞，強調動作的名詞性。上下文並未強調，所以不選。

(C) 選項為動詞所變化而來的過去分詞，代表著<u>被動 / 完成</u>的含意。上下文並未強調，所以不選。

(D) 選項中文為「隊伍」，與上下不符，所以不選。

3. 集體名詞：

-ary: 如 dictionary（字典）, vocabulary（單字）

-ry: 如 scenery（風景）, machinery（機器）

例句：The employee orientation is to train new comers how to operate new machinery.

員工訓練是要訓練新進員工如何操作新機器。

基本概念 二 限定詞

限定詞 名詞既是可數的話，那便會產生 2 個基本的問題。一是單數名詞前面加上限定詞的問題；另一則是複數加上 s/es 的問題。名詞與限定詞連用，便形成名詞片語。名詞片語由三個部分構成：限定詞＋形容詞＋名詞，這三個部分當中每一個部分都有可能省略。常見名詞前面的限定詞為冠詞與所有格。先從最基本的冠詞開始。冠詞本身不能單獨使用，也沒有詞義，它用在名詞的前面，幫助指明名詞的含義。英語中的冠詞有三種，一種是定冠詞，另一種是不定冠詞，還有一種是零冠詞。

1. 不定冠詞 a /an 與數詞 one 同源，是『一個』的意思。

(1) 表示 " 一個 "，意為 one；指某人或某物，意為 a certain。

例句：A Mr. Lin is waiting for you.　有位姓林的先生在等你。

(2) 代表一類人或物。例如：

例句：Mrs. Smith is an engineer.　Smith 太太是工程師。

2. 定冠詞的用法

定冠詞 the 與指示代詞 this，that 同源，有『那（這）個』的意思，但意義較弱，可以和一個名詞連用，來表示某個或某些特定的人或東西。

(1) 指世上獨一物二的事物，如 the sun, the sky, the moon, the earth 等。

(2) 與複數名詞連用，指整個群體。

例句：They are the officials of this government.（指全體政府官員）

比較：They are officials of this government.（指部分政府官員）

(3) 用在表示樂器的名詞之前。

例句：She plays the violin.　她會演奏小提琴。

(4) 用在姓氏的複數名詞之前，表示一家人。

例句：the Wangs　王家一家人

3. 零冠詞的用法

(1) 泛指的複數名詞,表示一類人或事物時,可不用定冠詞。

例句:They are students. 他們是學生。

(2) 抽象名詞表示一般概念時,通常不加冠詞。

例句:Diligence is the key to success. 勤奮乃成功之鑰。

(3) 物質名詞表示一般概念時,通常不加冠詞,當表示特定的意思時,需要加定冠詞。

例句:Man cannot live without air. 人沒有空氣無法生存。

(4) by + 交通工具,表示一種方式時,中間無冠詞,如 by train, by taxi。

例句:They went there by taxi. 他們搭計程車去那。

名詞片語:名詞與冠詞連用＝限定詞＋形容詞＋名詞。與冠詞的位置息息相關。

(1) 不定冠詞位置:不定冠詞常位於名詞或名詞修飾語前。注意:

A. 位於 such,what,many,half 等形容詞之後。

例句:I have never seen such an angry man. 我從來沒見過這樣憤怒的人。

Many a man is fit for the vacancy. 許多人適合這職位。

B. 當名詞前的形容詞被副詞 as, so, too, how, however, enough 修飾時,不定冠詞應放在形容詞之後。

例句:It is as merry a day as I have ever had. 我從未這麼高興過。

So short a day. 如此短的一天

Too long a distance 距離太遠了

(2) 定冠詞位置

定冠詞通常位於名詞或名詞修飾語前,但放在 all, both, double, half, twice, three times 等詞之後,名詞之前。

例句:All the committee in the meeting went out.

會議裡的所有委員都出去了。

基本概念 三 代名詞

代名詞 常見名詞前面的限定詞為冠詞與所有格。而所有格屬於代名詞的範疇。簡單來說，代名詞是用來代替名詞片語以避免重複的一種詞類。代名詞是代替名詞的詞類。大多數代名詞具有名詞和形容詞的功能。英語中的代名詞，按其意義、特徵及在句中的作用分為：(A) 人稱代名詞、(B) 代名詞所有格、(C) 指示代名詞、(D) 反身代名詞、(E) 相互代名詞、(F) 不定代名詞、(G) 疑問代名詞、(H) 關係代名詞。

1. 人稱代名詞

數	單數		複數	
格	主格	受格	主格	受格
第一人稱	I	me	we	us
第二人稱	you	you	you	you
第三人稱	he	him	they	them
	she	her	they	them
	it	it	they	them

例如：I tell **him** the truth.　**我**告訴**他**這事實。
　　　She teaches **us** English.　**她**教**我們**英文。

2. 代名詞所有格

數	單數			複數		
人稱	第一人稱	第二人稱	第三人稱	第一人稱	第二人稱	第三人稱
代名詞所有格	my	your	his/her/its	our	your	their
所有格代名詞	mine	yours	his/hers/its	ours	yours	theirs

例如：I tell him **my** story.　我告訴他**我的**故事。
　　　She teaches us **her** language.　她教我們**她的**語言。
　　　The position is not **hers**.　這位置不是**她的 (位置)**。

3. 指示代名詞

指示代名詞	單數	複數
這個	this	that
那個	these	those

例如：This is not the note given.　給的通知不是這個。

Those mentioned in the meeting are wrong.　會議所討論的**那些**是錯誤的。

4. 反身代名詞：強調修飾的『行為者』、『對象』或整個句意，用於強化語氣。

數	單數			複數		
人稱	第一人稱	第二人稱	第三人稱	第一人稱	第二人稱	第三人稱
反身代名詞	myself	yourself	himself herself itself	ourselves	yourselves	themselves

例如：Why do you talk to him **yourself**?　為什麼你要**自己**跟他談？

They **themselves** will never ask for help.　他們**自己**絕不會尋求幫助。

5. 相互代名詞：表示相互關係的代詞叫相互代名詞，有 each other 和 one another 兩組。

6. 不定代名詞：不是指明代替任何特定名詞的代名詞叫做不定代名詞。常見的不定代詞有 all, both, each, every 等，以及含有 some-, any-, no- 等的合成代名詞，如 anybody, something, no one。

茲將上述2種表列如下：

※	代名詞 --【2者、3者的用法】				
	每一	任一	沒有一	全部	彼此
2者	each	either	neither	both	each other
3者	every	any	none	all	one another

例如：Do you know **anyone** of them?　你認識他們之中的**任一位**嗎？

Do you want coffee or tea? I want **neither**.　你喝茶或咖啡？我**兩者**都不要。

1. 2 分法 -- 單數　→ one... the other: 兩個之中的另一個（沒有剩餘）

　　　　　　　　　　　→ 一個…另一個…

例句：It is hard to tell twins one from the other.　辨別這對雙胞胎很難。

※ 圖形化

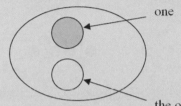

2. 2 分法 -- 單數　→ one... another：不確定數量的另一個（還有剩餘）

　　　　　　　　　　　→ 一個…另一個…

例句：I dislike this shirt; can you show me another?

　　　　我不喜歡這襯衫；你能夠拿另外一件給我嗎？

※ 圖形化

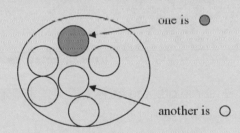

3. 2 分法 -- 複數　→ one... the others: 2 分法中無限定（單數 1 與複數 1）

　　　　　　　　　　　→ 一個…其他的…

例句：One reason mentioned is for sure; the others are only excuses.

　　　　一個提過的理由是真的；其他的是藉口。

※ 圖形化

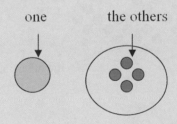

4. 2分法 -- 複數　　　➔ some... others: 2分法中無限定 (複數1與複數1)

➔ 有些…其他的…

例句：Some people came by car; others came on foot.

有些人開車來；其他人走路。

※圖形化

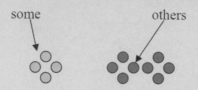

5. 2分法 -- 複數　　　➔ one of... the others: 2分法中限定 (單數1與複數1)

➔ 其中之一的…其他的…

例句：One of the mansions on the street is for sale; the others are to let.

這街上的其中一棟豪宅要出售；其他的要出租。

※圖形化

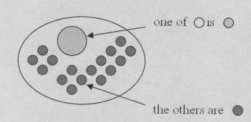

6. 2分法 -- 複數　　　➔ some of... the others: 2分法中限定 (複數1與複數1)

➔ 其中有些…其他的…

例句：The consensus has been reached for some of the projects; the others are still under discussion.

計畫中有些已達成協議；其他的仍在討論中。

※圖形化

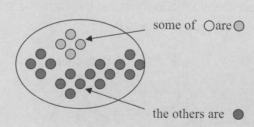

7. **3分法 -- 單數** → one... another... the other: (another 無複數形態)

→ 一個…另一個…另一個…

例句：Three aspects should be taken into account: one is the deficit the former executive left behind, another is the lack of experiences in coordination, and the other is insufficient funds in operation.

三個面向須列入考慮：一是前任執行長所留下的赤字，二是缺乏協調的經驗，三是是運作上資金的不足。

※ 圖形化

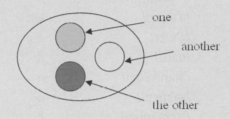

【New TOEIC 考試熱點】

關於 New TOEIC 考題中的『名詞』、『限定詞』與『代名詞』，重要觀念有：

1. 『名詞』考題中會考相同詞根不同名詞的字尾變化。

2. 『名詞』考題中會考答案要選『靜態名詞』或『動名詞』。

3. 『限定詞』考題中會考『限定詞＋名詞』所帶出的『主動詞一致』的題目。

4. 『代名詞』考題中會考主格/受格/所有格的基本用法之外，還會常考反身代名詞的用法。

5. 『代名詞』考題中會考 other, another 的使用時機之外，還會常考 some, any, other (s) 的用法。

☐ 1	administrative	/ədˈmɪnəˈstretɪv/	adj	行政的
☐ 2	application form	/ˈæpləˈkeʃən ˈfɔrm/	n-phr	申請表
☐ 3	approval	/əˈpruvl/	n	同意
☐ 4	argument	/ˈɑrgjəmənt/	n	爭論
☐ 5	arrive	/əˈraɪv/	v	抵達
☐ 6	assist	/əˈsɪst/	v	協助
☐ 7	astonishment	/əˈstɑnɪʃmənt/	n	驚訝
☐ 8	award	/əˈwɔrd/	v/n	頒獎；獎品
☐ 9	aware	/əˈwɛr/	adj	知道；意識到
☐ 10	board	/bɔrd/	n	董事會
☐ 11	candidate	/ˈkandəˈdet/	n	候選人
☐ 12	cement	/səˈmɛnt/	n	水泥
☐ 13	ceremony	/ˈsɛrəˈmonɪ/	n	典禮
☐ 14	charge	/tʃɑrdʒ/	v/n	收費，指控，費用
☐ 15	company	/ˈkʌmpənɪ/	n	公司；陪伴
☐ 16	compensation	/ˈkɑmpɛnˈseʃən/	n	補償
☐ 17	complain	/kəmˈplen/	v	抱怨
☐ 18	concentration	/ˈkɑnsnˈtreʃən/	n	專注
☐ 19	consistency	/kənˈsɪstənsɪ/	n	一致
☐ 20	constraint	/kənˈstrent/	n	限制
☐ 21	construction	/kənˈstrʌkʃən/	n	建造
☐ 22	consultant	/kənˈsʌltənt/	n	顧問
☐ 23	correspondence	/ˈkɔrəˈspɑndəns/	n	通信
☐ 24	courteous	/ˈkətɪəs/	adj	有禮貌的
☐ 25	criticism	/ˈkrɪtəˈsɪzəm/	n	批評
☐ 26	director	/dəˈrɛktɚ/	n	主導者；主管
☐ 27	disturb	/dɪˈstəb/	v	打擾
☐ 28	employee	/ˌɪmplɔɪˈi/	n	員工
☐ 29	examine	/ɪgˈzamɪn/	v	檢查
☐ 30	exceptional	/ɪkˈsɛpʃənl/	adj	例外的
☐ 31	fault	/fɔlt/	n	錯誤
☐ 32	fraction	/ˈfrakʃən/	n	裂縫，少量，分數
☐ 33	furniture	/ˈfənɪtʃɚ/	n	家具
☐ 34	headquarter	/ˈhɛdˈkwɔrtɚ/	n	總部

☐ 35	honor	/ˈɑnə/	v/n	榮耀
☐ 36	human resources	/ˈhjumən riˈsɔrsɪz/	n	人力資源
☐ 37	impression	/ɪmˈprɛʃən/	n	印象
☐ 38	improvement	/ɪmˈpruvˈmənt/	n	改進
☐ 39	lower	/ˈloə/	v	降低
☐ 40	manager	/ˈmænɪdʒə/	n	經理；管理者
☐ 41	manufacture	/ˈmænjəˈfæktʃə/	v/n	製造
☐ 42	material	/məˈtɪrɪəl/	n/adj	物質；物質的，具體的
☐ 43	matter	/ˈmætə/	v/n	關心的事物
☐ 44	measure	/ˈmɛʒə/	v/n	測量
☐ 45	personnel	/ˈpəsnˈɛl/	n	人事
☐ 46	persuade	/pəˈswed/	v	說服
☐ 47	plant	/plænt/	v/n	種植；廠房
☐ 48	process	/ˈprɑsɛs/	v/n	過程
☐ 49	profit	/ˈprɑfɪt/	v/n	獲利
☐ 50	project	/ˈprɑdʒɛkt/	v/n	計畫
☐ 51	promotion	/prəˈmoʃən/	n	昇級，籌辦，增進
☐ 52	provide	/prəˈvaɪd/	v	提供
☐ 53	qualification	/ˈkwɑləfəˈkeʃən/	n	資格
☐ 54	recognition	/ˈrɛkəgˈnɪʃən/	n	承認，認可，認識，重視
☐ 55	refresh	/rɪˈfrɛʃ/	v	耳目一新
☐ 56	repairman	/rɪˈpɛrmæn/	n	修理人員
☐ 57	replace	/rɪˈples/	v	取代
☐ 58	result in	/rɪˈzʌlt ˈɪn/	v-phr	導致
☐ 59	review	/rɪˈvju/	v/n	審查，檢討，複習
☐ 60	security	/sɪˈkjʊrətɪ/	n	安全
☐ 61	separate	/ˈsɛprɪt/	v/adj	分離
☐ 62	session	/ˈsɛʃən/	n	一段期間
☐ 63	specialize	/ˈspɛʃəlˈaɪz/	v	專精於
☐ 64	speechless	/ˈspitʃ lɪs/	adj	無言
☐ 65	staff	/stæf/	n	員工
☐ 66	subject to	/ˈsʌbdʒɪkt ˈtu/	adj-phr	隸屬於，易受⋯控制的
☐ 67	supervisor	/ˈsupə ˈvaɪzə/	n	監督者；上級
☐ 68	supply	/səˈplaɪ/	v	供給
☐ 69	support	/səˈpɔrt/	v/n	支持
☐ 70	tentatively	/ˈtɛntətɪvˈlɪ/	adv	暫時地

1. The - - - - - - received by the Personnel Department are used to choose proper employees.

   (A) application forms
   (B) applications form
   (C) applicable forms
   (D) applying forms

2. The Marketing Management Section has been working on two projects for months; one is almost completed, while - - - - - - is still in the air.

   (A) other
   (B) the other
   (C) another
   (D) an other

3. Please be aware that all personal - - - - - - sent from the office computers is subject to review by the management staff.

   (A) corresponding
   (B) correspondingly
   (C) correspondent
   (D) correspondence

4. - - - - - - who worked overtime on the weekend to finish the project were given Monday morning off as compensation.

   (A) Them
   (B) That
   (C) Their
   (D) Those

中文翻譯 (A) 人事部門所收到的<u>申請表</u>是要選出適當的員工。

題目解析 本題考題屬於『名詞(片語)＋名詞』的考法。這裡是指許多表格中屬於「申請」功能的表格，與動作(主、被動)、形容詞(內外在特質)無關、單複數名詞無關，所以排除(D)，所以選擇單數形式的(A)。(B)選項用複數型態的名詞片語修飾名詞，與文法不符，所以不選。(C)選項用形容詞(applicable：可適用的)修飾名詞，與上下句意不合，所以不選。

中文翻譯 (B) 行銷管理部門著手研討這兩個計畫已數個月；一個幾乎快完成了，然而另一個還沒有個雛形。

題目解析 本題考題屬於『代名詞』的考法。前面句意已經明確提到2個的範圍，所以不選(C)；所以應屬於 "one, the other" 的用法機率相當高，所以選擇(B)。選項(A)前面應該要有the，所以不選。(D)選項與文法不符，因為another本身就是an other的意思，所以不選。

中文翻譯 (D) <u>請注意</u>所有從辦公室電腦所寄出的個人書信皆需受管理階層的審查。

題目解析 本題考題屬於『名詞』的考法。判斷上下文後優先選『靜態名詞』，亦即不用動作(主、被動)含意的名詞，選項(A)先排除，所以選擇(D)。(B)選項為副詞，與文法不符，所以不選。(C)選項是動詞所變化而來的名詞，指的是「記者」，與上下句意不合，所以不選。

中文翻譯 (D) <u>那些</u>週末超時工作以完成計畫的員工，將給予星期一上午的補休。

題目解析 本題考題屬於『代名詞』當主詞的考法。句中主要子句動詞為複數動詞 were given，而主要子句主詞為代名詞主格用法，且需用複數形，故選擇(D)。(A)選項為代名詞受詞用法，與文法不符，所以不選。(B)選項為代名詞主格用法，且為單數形，與文法不符，所以不選。

5. Can you believe I was charged 1,000 dollars from the Accounting Department for repairs to the - - - - - - - car even though it wasn't my fault?

(A) companying

(B) company

(C) companied

(D) companion

6. When Ms. Huang found that the - - - - - - - system was out of order, she called the repairman in to look at it right away.

(A) secure

(B) security

(C) secured

(D) securing

7. We can't be sure what the other three companies in our sector will do, but it seems likely that they will follow our lead to communicate with - - - - - - - .

(A) one another

(B) each other

(C) other

(D) another

8. No sooner had he arrived at his home than he was called back to the office to deal with a matter of - - - - - - - .

(A) urgency

(B) urge

(C) urging

(D) urgent

中文翻譯 (B) 你相信即使錯不在我，我還是因為公司車送修被會計部門收取一千元？

題目解析 本題考題屬於『名詞(片語)＋名詞』的考法。上下文應是指這車是屬於「公司」的車，與動作(主、被動)、形容詞(內外在特質)無關，所以選擇(B)。(A)選項是動詞所變化而來的形式，但是company這字並無動詞用法，所以不選(A)與(C)。(D)companion中文為"同伴；夥伴"，與上下句意不合，所以不選。

中文翻譯 (B) 當黃小姐發現負責的安全系統故障時，她立即打電話請維修人員過來檢修。

題目解析 本題考題屬於『名詞(片語)＋名詞』的考法。上下文應是指，這系統是屬於『負責「安全」』的系統，與動作(主、被動)、形容詞(內外在特質)無關，所以選擇(B)。

中文翻譯 (A) 我們無法確定，在我們區域內的其他3間公司會怎麼做，但是似乎很有可能的是，他們會遵從我們的指示彼此溝通。

題目解析 本題考題屬於『代名詞』的考法。題目中，空格應該選「彼此」句意的選項。而題目一開始就指明是3者的對象，所以答案選(A)。(D)選項another當形容詞時，後面只能接單數名詞；但題目後面沒有名詞，與文法用法不符，所以不選。another當代名詞時，後面就不會再有名詞；也因為與題目句意不符，所以不考慮。

中文翻譯 (A) 他一到家就被公司用電話召回處理這緊急事件。

題目解析 本題考題屬於『介系詞(in)＋名詞』的考法。因為是句子結尾處，所以判斷上下文後優先選『靜態名詞』，所以選擇(A)。選項(B)是動詞，且在一個句子中沒有做適當的變化(見『動狀詞』用法)，與文法不符，所以不選。(C)選項是動詞所變化而來的形式，判斷上下文後並無需要動作(主動)含意的名詞句意，所以不選。(D)選項是動詞所變化而來的形容詞，與文法用法不符，所以不選。

9. When his superior told him that he would be promoted, Mr. Williams was speechless in - - - - - - - .

(A) astonishing

(B) astonished

(C) astonish

(D) astonishment

10. I have talked with him about being late for the office twice already, but it hasn't made much of an - - - - - - - on him.

(A) impressing

(B) impression

(C) impressive

(D) impress

11. We never hear anything from her but - - - - - - - and criticism in the office.

(A) complaints

(B) complain

(C) complaining

(D) complained

12. Nitche Stationery sells a variety of office supplies, and many - - - - - - - office appliances for nearly a decade, and has been very satisfied with our quality.

(A) the other

(B) another

(C) others

(D) other

中文翻譯 (D) 當他被上司告知他升官加薪時，Williams 先生驚訝地說不出話來。

題目解析 本題考題屬於『介系詞 (in) ＋名詞』的考法。in ＋情緒名詞表示 "在…情緒當中"，應用『靜態名詞』連用，與動作 (主、被動) 無關，所以選擇 (D)。(C) 選項是動詞 astonish，且在一個句子中沒有做適當的變化 (見『動狀詞』用法)，與文法不符，所以不選。

中文翻譯 (B) 我已經跟他提及他 2 次上班遲到的事情，但這對他好像沒啥印象。

題目解析 本題考題屬於『冠詞』的考法。冠詞 (a/an) ＋單數名詞的應用。且應用『靜態名詞』，與動作 (主、被動) 無關，且後面有相搭配名詞用法的介系詞 (on) 出現，所以選擇 (B)。(C) 選項是動詞所變化而來的形式 (-sive)，為形容詞用法，與前後用法不符，所以不選。(D) 選項是動詞 impress，且在一個句子中沒有做適當的變化 (見『動狀詞』用法)，與文法不符，所以不選。

中文翻譯 (A) 在辦公室我們只聽到她抱怨與批評。

題目解析 本題考題屬於名詞考法中，與「對等連接詞」相搭配的文法概念考法。and 為對等連接詞連接前後詞性相等的結構 (名詞)，所以判斷上下文後優先選名詞。(B) 選項是動詞，所以不選。(C) 選項是動詞所變化而來的形式，與文法不符，所以不選。(D) 選項是動詞所變化而來的形式，與文法不符，所以不選。

中文翻譯 (D) 尼采文具這公司販售各種辦公室用品、還有許多其他的辦公室器具將近 10 年的時間，一直以來也十分滿意我們的品質。

題目解析 本題考題屬於『代名詞』的考法。由上下文判斷，應該選「其他的」這個中文，所以為形容詞用法，所以答案選擇 (D)。選項 (A) 可以是代名詞或形容詞用法，因為與文法衝突，所以不選。(B) 選項可以是代名詞或形容詞用法，與文法衝突，所以不選。(C) 選項是 others 這個字做代名詞的用法，且是複數形式，也因為與本句題目衝突，直接不考慮。

13. She made - - - - - - - argument that was quite a persuasive one against investing so heavily in the office building project.

(A) a

(B) an

(C) the

(D) such

14. Though a final decision has not yet to be made, the company has tentatively decided to hold the office staff training session on - - - - - - - of March.

(A) four

(B) the four

(C) fourth

(D) the fourth

15. If you want to finish the job, you should try to find a quiet - - - - - - - office with nothing that can disturb your concentration.

(A) workable

(B) working

(C) work

(D) worked

16. Office commuters can help reduce pollution by occasionally leaving - - - - - - - cars at home and using public transportation.

(A) them

(B) their

(C) theirs

(C) they

新多益進分大絕招〔文法〕＋〔單字〕

中文翻譯 (B) 她提出最具說服力的<u>爭論</u>，反對大量投資建造辦公大樓的計畫。

題目解析 本題考題屬於『冠詞』的考法。屬於『冠詞 (a/an)＋單數名詞』的考法。argument 為母音開頭單字，且上下文的句意中，所以選擇 (B)。(C) 選項為 the，是冠詞的非限用法定，與上下文不符，所以不選。(D) 選項 such 在上下文中，應當使用時需搭配名詞單數的冠詞 (a/an)，與題目所要求不符，所以不選。

中文翻譯 (D) 雖然最後結論還未定案，公司決定暫時將員工訓練時段定在 3 月 <u>4 日</u>。

題目解析 本題考題屬於代名詞考法中，『序數』的考法。表示日期應當用序數表示，且應該用定冠詞 (the)＋序數加以配合，所以選擇 (D)。選項 (A) 為數字，與文法用法不符，所以不選。(B) 選項為 the＋數字，與文法用法不符，所以不選。(C) 選項雖然為序數，但前面沒有 the，與文法用法不符，所以不選。

中文翻譯 (C) 如果你想要完成這項工作，你應該找個安靜的<u>工作室</u>、不要有任何事打擾你的專注力。

題目解析 本題考題屬於『名詞 (片語)＋名詞』的考法。中文翻譯表示 office 是『工作類型』的 office，所以選擇 (C)。(A) 選項中文為『可運作的』，句意與上下文不符，所以不選。(B)、(D) 選項為動詞演變而來的詞性，句意與上下文不符，所以不選。

中文翻譯 (B) 辦公室通勤者偶爾把<u>他們的</u>車留在家中，並使用大眾運輸工具的方式能有助於降低污染。

題目解析 本題考題屬於代名詞考法。名詞前面接『代名詞的所有格』用法，所以選擇 (B)。(A) 選項是代名詞的受詞用法，與文法用法不符，所以不選。(C) 選項是所有格的代名詞用法，後面不應該再有名詞，與文法用法不符，所以不選。(D) 選項是所有格的主詞用法，與用法不符，所以不選。

17. Plant - - - - - - - Department has tried to introduce new trees to replace the withered ones in the front office.

(A) Managers

(B) Managing

(C) Manage

(D) Management

18. In recognition of Elaine Tang's exceptional service to - - - - - - - company, the human resources director will honor her at tonight's employee awards ceremony.

(A) ours

(B) our

(C) us

(D) we

19. When the economic recession took place, many firms - - - - - - - determined to cut down on expenses by laying off employees.

(A) them

(B) themselves

(C) itself

(D) ourselves

20. - - - - - - - invest heavily in research, find creative solutions to problems, and plan down to the last detail.

(A) They

(B) Theirs

(C) Them

(D) Themselves

中文翻譯 (D) 廠房管理部門試著引進新的樹種，來代替辦公室前面枯萎的那些樹。

題目解析 本題考題屬於『名詞 (片語) ＋名詞』的考法。上下文應是指，這是屬於『廠房「管理」』的部門，與動作 (主、被動) 無關，所以選擇 (D)。選項 (A) 中文是「經理、管理者」，句意與上下文不符，所以不選。(B) 選項是動詞所變化而來的形式，上下文並不需要有動作 (主動) 含意詞性，所以不選。(C) 選項是動詞，與文法用法不符，所以不選。

中文翻譯 (B) 為了表彰 Elaine Tang 對我們公司的卓越貢獻，人力資源主管將在今晚員工頒獎典禮上表彰她。

題目解析 本題考題屬於『代名詞所有格』的用法，所以用代名詞的所有格用法，所以選擇 (B)。(A) 選項是所有格的代名詞用法，是所有格與代名詞合併的結果，後面不應再有名詞，與文法用法不符，所以不選。(C) 選項是代名詞的受詞用法，與文法用法不符，所以不選。(D) 選項是代名詞的主詞用法，與文法用法不符，所以不選。

中文翻譯 (B) 當經濟衰退發生時，許多公司決定自行裁員，來減少支出。

題目解析 本題考題屬於『反身代名詞』的考法。空格前面的詞性為名詞，強化名詞行為者可以用『反身代名詞』，所以選擇 (B)。選項 (A) 是受詞，與該題文法不符，所以不選。(C) 選項與該題文法不符，所以不選。(D) 雖然為反身代名詞，但是為第一人稱用法，與該題文法不符，所以不選。

中文翻譯 (A) 那些人 / 公司 / 機構投資許多在研究、找出有創意的問題解決方案，及詳細的細節規劃上。

題目解析 本題考題屬於『代名詞』當主詞的考法，與對等連接詞相搭配的文法概念考法。and 為對等連接詞，連接前後詞性相等的結構 (動詞 invest, find and plan)，且句中動詞為複數動詞型態，所以判斷上下文後優先選複數形名詞，故選擇 (A)。(B) 選項為所有格的代名詞用法，句意與上下文不符，所以不選。(C) 選項為代名詞的受詞用法，與文法不符，所以不選。(D) 選項為代名詞的反身代名詞用法，與文法不符，所以不選。

1. International experience is the main - - - - - - - that separates Mr. Sloan from the other candidates for the position.

(A) qualified

(B) qualification

(C) qualify

(D) qualifying

2. The office's tea corner with a quiet mountain setting provides - - - - - - - for staffs in need of energy between meals.

(A) refreshing

(B) refreshment

(C) refreshed

(D) refresh

3. Improvements in the manufacturing process resulted in greater - - - - - - - in the production of wood furniture.

(A) consistency

(B) consisting

(C) consistently

(D) consistent

4. Costs for office building materials, such as cement, steel, and wood, rose sharply last quarter, lowering the - - - - - - - of most construction companies.

(A) profiting

(B) profitable

(C) profit

(D) profits

(B) Sloan 先生所具備的國際經驗，是區分他與其他職位申請候選人的主要資格。

本題考題屬於『形容詞＋名詞』的考法。上下文並不需要有動作 (主動) 含意的名詞，也不需要帶有動作 (主動 / 進行) 含意的形容詞或副詞，所以不選 (A)、(D)；所以選『靜態名詞』表示「結果」字尾變化的 -tion 選項 (B)。(C) 選項是動詞，且在一個句子中沒有做適當的變化 (見『動狀詞』用法)，與文法用法不符，所以不選。

(B) 這安靜的山景辦公室茶水間，替正餐前 (兩餐之間) 需要能量的員工們，提供休憩茶點。

本題考題屬於『名詞 (片語)＋名詞』的考法。應是選項 (B) 為名詞，在 New TOEIC 用法裡常出現中文意思為開會期間、中斷休息時間所提供的「休憩茶點」，符合上下文句意，所以選擇 (B)。選項 (A)、(C) 為動詞演變而來的詞性，與上下文句意不符，所以不選。(D) 選項是動詞，與文法用法不符，所以不選。

(A) 改善製造過程，能夠帶來木製家具生產的一致性。

本題考題屬於『介系詞＋名詞』的考法。介系詞後面需接『靜態名詞』或『動名詞』。而動名詞本身帶有動作特質，後面應有接受動作的受詞；但空格後為另一個介系詞片語，不見受詞。所以不選 (B)，而選擇『靜態名詞』(A)。(C) 選項是副詞，與文法不符，所以不選。(D) 選項是形容詞，句意與上下文不符，所以不選。

(D) 建造辦公室大樓的建材的成本，比如水泥、鋼鐵與木頭，在上一季急遽地上升，而這些降低了大多數建材公司的利潤。

本題考題屬於『名詞』的考法。與動作 (主、被動) 無關，不考慮 (A)。(B) 選項為形容詞用法，中文翻譯為「可獲利的」，與題目要求的文法不符，所以不選。(C) 選項在上下文中，因為前面的名詞「成本」costs 為複數，則之後的「獲利 / 利潤」應為 profits，也就是前後名詞應都要使用名詞複數，以達前後一致，所以選 (D)。

5. Following her - - - - - - - to sales director, Ms. Lin assumed responsibility for the firm's marketing activities.

(A) promote

(B) promoting

(C) promotion

(D) promoted

6. Recent data indicate that the - - - - - - - of workplace water in Orlova Valley has dropped over the last two years.

(A) consumed

(B) consumer

(C) consumption

(D) consuming

7. Basic charges for your monthly office telephone service are billed 15 days in - - - - - - - at the end of each month.

(A) advance

(B) advanced

(C) advancement

(D) advancing

8. If you have any questions about our office - - - - - - -, our staffs would be happy to assist you.

(A) courteously

(B) courteousness

(C) courtesy

(D) courteous

中文翻譯 (C) 林小姐升到銷售主管一職後，就開始負責這間公司的行銷活動。

題目解析 本題考題屬於『代名詞所有格＋名詞』的用法。空格後面是介系詞 to，與『動名詞』文法用法不符，所以不選 (B)，而選『靜態名詞』(C)。(A) 選項是動詞用法，且在一個句子中沒有做適當的變化(見『動狀詞』用法)，與文法用法不符，所以不選。(D) 選項與上下文不符，所以不選。

中文翻譯 (C) 最近資料指出，Orlova Valley 的工作用水量在過去 2 年間已有下降。

題目解析 本題考題屬於『名詞』的考法。空格後面是介系詞 of，與『動名詞』文法用法不符，所以不選，而選『靜態名詞』(C)。與動作(主、被動)無關，不考慮 (A)、(D)。(B) 選項中文是「消費者」，句意與上下文不符，所以不選。

中文翻譯 (A) 每月辦公室的基本電話費，會事先在每月月底 15 天前結算。

題目解析 本題考題屬於『介系詞＋名詞』的考法。空格不見受詞。所以判斷上下文後，與動作(主、被動)無關，不考慮 (B)、(D)，而選擇『靜態名詞』(A)。(C) 選項中文是「前進、進步」，句意與上下文不符，所以不選。

中文翻譯 (C) 如果您對我們辦公室的禮儀規則有任何問題，我們的員工們將樂意協助您。

題目解析 本題考題屬於『名詞(片語)＋名詞』的考法。office 是名詞，名詞(片語)組用來修飾後面名詞時，通常表示後面名詞的『功能』、『種類』、『材質』、『位置』。上下文應是指，這是屬於『辦公室的「禮儀」』，與動作(主、被動)無關，所以選擇 (C)。(B) 選項為名詞，且為字尾 -ness 的抽象名詞用法；但是 courteous 的名詞是 courtesy，並無 courteousness 這個抽象名詞字的用法，所以不選。(A) 選項為副詞，與文法用法不符，所以不選。(D) 選項是形容詞，與文法用法不符，所以不選。

9. The secretary prefers to book through a good travel agency for the manager as the company will then be responsible for - - - - - - - the details of the itinerary.

(A) arrangement

(B) arranged

(C) arranging

(D) arrange

10. The rising - - - - - - - of an upturn in the economy means we feel that now is the time for the company to embark on a campaign of rapid expansion.

(A) expected

(B) expectation

(C) expectancy

(D) expecting

11. In order to maintain - - - - - - - within the department, we have decided to appoint the new manager from inside the company instead of looking for a completely new face.

(A) continuity

(B) continued

(C) continuous

(D) continuing

12. The office assistant provides administrative - - - - - - - to the staff of the Sales and Marketing Department.

(A) supportive

(B) support

(C) supporting

(D) supported

中文翻譯 (C) 這位秘書較喜歡透過不錯的旅行社，為經理做預約動作，因為該公司會負責安排行程的細節部分。

題目解析 本題考題屬於『介系詞＋名詞』的考法。介系詞後面需接『靜態名詞』或『動名詞』。『動名詞』V-ing，意即是帶有動作 (主動) 含意的名詞，而動名詞後面應有接受動作的受詞。所以判斷上下文後，優先選擇動名詞的答案，所以選 (C)；而 (A)『靜態名詞』則不考慮。(B) 選項與上下文不符，所以不選。(D) 選項是動詞用法，且在一個句子中沒有做適當的變化 (見『動狀詞』用法)，與文法用法不符，所以不選。

中文翻譯 (B) 愈是期待經濟好轉，就表示我們認為公司快速擴展的時機就是現在。

題目解析 本題考題屬於『形容詞＋名詞』的考法。空格後為另一個介系詞片語，不見受詞。所以判斷上下文後，優先選擇『靜態名詞』，所以不選 (A)、(D)。(C) 選項是名詞，中文翻譯為「期望之事物」。expectancy 的英英定義為："the feeling or hope that something exciting, interesting, or good is about to happen"。而 expectation 的英英定義為："hope of gaining sth/that sth will happen"。上下文中 "期望經濟好轉" 應當是從不景氣開始，逐見期待或預期的好轉，與 expectancy 那種原本歡欣愉悅的意思有落差，所以選 (B)。

中文翻譯 (A) 為了要維持部門內運作的連續性，我們必須決定從內部指派一位新的經理，而不是去尋求一位新面孔 (不熟悉公司事務的人)。

題目解析 本題考題屬於『名詞』考法中，『靜態名詞』或『動名詞』的考法。這裡空格後為另一個介系詞片語，並沒有受詞存在，所以判斷上下文後，優先選擇『靜態名詞』的答案，所以選 (A)。選項 (B)、(D) 是動詞演變而來的用法，句意與上下文不符，所以不選。(C) 選項是形容詞用法，與文法用法不符，所以不選。

中文翻譯 (B) 辦公室的助理提供行政支援給銷售與行銷部門的職員。

題目解析 本題考題屬於『靜態名詞』或『動名詞』的考法。空格後面沒有受詞，所以優先選『靜態名詞』，與動作 (主、被動) 無關，不考慮 (C)、(D)，所以選 (B)。選項 (A) 是形容詞用法，用來修飾『名詞的內外在狀態』，與文法用法不符，所以不選。

13. The manager feels that it is of rather importance that all the employees in this office are kept under continuous - - - - - - - by members of the nursing staff.

(A) observing
(B) observation
(C) observance
(D) observed

14. Our firm spokesman is pleased to announce that despite our lower expectations in employee - - - - - - - at the recent technology exhibition, the number was in fact higher than that in previous years.

(A) attended
(B) attendance
(C) attendants
(D) attending

15. How much chance do you think we have of - - - - - - - the board that we're right about building a new office?

(A) persuasion
(B) persuade
(C) persuaded
(D) persuading

16. According to the conditions that were agreed upon prior to the project, I'm afraid that the completion date is not really for mutual - - - - - - - .

(A) negotiate
(B) negotiating
(C) negotiation
(D) negotiated

中文翻譯 **(B)** 經理覺得，讓醫護人員持續<u>觀察</u>本辦公室內的所有員工，是非常重要的。

題目解析 本題考題屬於『形容詞＋名詞』的考法。空格後面是介系詞片語，且上下文並不需要有帶有動作(主動/進行；被動/完成)含意的詞類，所以不選(A)、(D)。(C)選項是名詞，中文翻譯為「遵守（法律、習俗等的）」，與上下文的句意有落差，所以不選。

中文翻譯 **(B)** 我們公司的發言人高興地宣布，儘管員工在最近科技展的<u>出席率</u>不如預期，然而出席人數事實上比前幾年要高出許多。

題目解析 本題考題屬於『名詞(片語)＋名詞』的考法。名詞(片語)組用來修飾後面名詞時，通常表示後面名詞的『功能』、『種類』、『材質』、『位置』。上下文應是指，這是屬於『員工的「出席」，與動作(主、被動)無關，所以不選(A)、(D)，選擇(B)。(C)選項是「與會人員」，與句意不符，所以不選。

中文翻譯 **(D)** 要董事會相信我們對於建新辦公大樓是正確的決策，你認為<u>說服</u>成功的機率有多少？

題目解析 本題考題屬於『介系詞(of)＋名詞』的考法。題目空格後面緊接著名詞當受詞用，應該用『動名詞』，所以選(D)。(B)選項是動詞，且在一個句子中沒有做適當的變化(見『動狀詞』用法)，直接不考慮。(C)、(D)選項是動詞變化而來，句意與上下文不符，所以不選。

中文翻譯 **(C)** 根據這計畫之前所同意的條約內容，雙方恐怕無法進行<u>協商</u>，共同決定完工日期。

題目解析 本題考題屬於『介系詞(for)＋名詞』的考法。空格前面雖然有形容詞，但真正結構是介系詞(for)＋名詞的介系詞片語。空格後面並無受詞，所以優先選『靜態名詞』(C)。選項(A)是動詞，且在一個句子中沒有做適當的變化(見『動狀詞』用法)，與文法用法不符。(B)、(D)選項是動詞所變化而來的形式，與文法用法不符，所以不考慮。

17. With the - - - - - - of his supervisor, David was put in charge of the project. He's the one making the decisions now.

(A) approve

(B) approved

(C) approval

(D) approving

18. It is important to remember that you pay absolutely nothing until you are actually in - - - - - - - of the goods.

(A) reception

(B) receive

(C) receiving

(D) received

19. Time - - - - - - - means that we have to complete this project twice as fast as would be considered normal.

(A) constrainting

(B) constraint

(C) constrain

(D) constrained

20. The office report suggests that the quality of - - - - - - - line in our company is at least 40% higher than the average amongst comparably sized companies in the same field.

(A) production

(B) produced

(C) producing

(D) productive

中文翻譯 (C) 上級同意之下，David 授命接掌這個計畫。他現在是做決定的人。

題目解析 本題考題屬於『冠詞』的考法。空格後面沒有受詞，所以判斷上下文後優先選『靜態名詞』，不用動作 (主、被動) 含意的詞性，不選 (B)、(D)，所以選擇 (C)。

中文翻譯 (A) 要記住，重要的是在你確定收到物品之前，你是絕對不用付出任何款項的。

題目解析 本題考題屬於『介系詞 (in) ＋名詞』的考法。空格後面沒有受詞，所以優先選『靜態名詞』(A)，不用動作 (主、被動) 含意的詞性 (C)、(D)。(B) 選項是動詞，且在一個句子中沒有做適當的變化 (見『動狀詞』用法)，與文法用法不符，直接不考慮。

中文翻譯 (B) 時間有限意味著，我們必須用比一般認為正常速度的 2 倍快的速度，來完成這計畫。

題目解析 本題考題屬於『名詞 (片語) ＋名詞』的考法。名詞 (片語) 組用來修飾後面名詞時，通常表示後面名詞的『功能』、『種類』、『材質』、『位置』。上下文應是指，這是屬於『時間的「限制」』，指的是結果，與動作 (主、被動) 無關，不考慮 (A)、(D)，所以選擇 (B)。(C) 選項為動詞，且在一個句子中沒有做適當的變化 (見『動狀詞』用法)，與文法用法不符，

中文翻譯 (A) 這份辦公室報告指出，我們公司的生產線品質，比同領域且規模相當的公司，平均高了至少百分之 40。

題目解析 本題考題屬於『名詞 (片語) ＋名詞』的考法。production line 中文是指『生產產品 (結果) 的線』，與動作 (主、被動) 無關，所以不選 (B)、(C)，選擇 (A)。選項 (D) 為動詞演變而來的形容詞用法，中文意思為「有生產能力的」，句意與上下文不符，所以不選。

練 習 前 先 看 一 眼

基本概念 ── 一 ── 感官 V

感官 V 所謂感官動詞，指的就是和知覺、感官有關的動詞。它後面只能配合的動詞形式為

1.「確實發生」的事 / 動作

2.「正在發生」的事 / 動作

3.「已經被完成」的事 / 動作。

因為這些動詞變化都是為了補充說明接受動作的受詞，所以這些動詞變化都稱為『受詞補語 (O.C.)』。

【感官 V】				O.C.
看：see / watch 聽：hear 聞：smell 嚐：taste 感覺：feel 注意：notice / observe	+	O	+	V (R)　　：事實（確實發生的事 / 動作） V (-ing)：正在進行（正在發生的事 / 動作） V (p.p.)：被動（已經被完成的事 / 動作）

例句：

I	saw	Mary	take taking taken	a bath.	V (R)　　：事實（確實發生的事 / 動作） V (-ing)：正在進行（正在發生的事 / 動作） V (p.p.)：被動（已經被完成的事 / 動作）

基本概念 二 連綴 V

連綴 V 所有解釋為「是」的動詞都沒有動作敘述能力，只能夠把主詞和後面真正在做敘述的部分串連起來，所以它又叫做「連綴動詞 (linking verb)」。跟在這種動詞後面的那個部分稱為「補語」，因為它接替了動詞應該扮演的敘述角色、補足句子使它產生完整的意思。而補充說明主詞，對主詞進行實質的敘述、補足句意的完整，所以稱為『主詞補語 (S.C.)』。而這種動詞在 New TOEIC 的考點就在於主詞補語後面所接的詞性。而主詞補語多為「形容詞 (表示內、外在狀態)」或者是「名詞 (表示身份)」。這樣的動詞常考的有：

連綴動詞	S.C.
似乎：seem / appear	
變成：become, come, go, get, grow, turn, fall	
感官：look, smell, sound, taste, feel	+ Adj. (內、外在狀態) N (身份)
保持：keep, stay	
BeV：is/am/are, was/were, be/been	

例句：

Peter	looks		handsome.	➜ Peter 看起來英俊。	➜ Adj.(表狀態)
	looks	like	an official.	➜ Peter 看起來像個官員。	➜ N (身份)
	becomes		a head manager.	➜ Peter 變成總經理。	➜ N (身份)
	remains		healthy.	➜ Peter 仍然健康。	➜ Adj.(表狀態)

而上述動詞中，感官動詞若是要接受詞，必須介入一個詞性，即為『介系詞 -like』。此類中文的特性都翻譯成『～～起來』。用具體名詞 (食物、對象…) 來形容抽象概念的動作。

例句：

1. The voice **sound**s **like** a baby's crying.　那聲音**聽起來**像嬰兒的哭聲。
2. The cheese **taste**s **like** a cup of sour juice.　那起司**嚐起來**一杯酸掉的果汁。
3. The cloth **feel**s like wool.　這布料**感覺起來**像羊毛。

使役 V 使役動詞是一些像 make, let, help, have 之類的動詞。它與普通動詞的差別就在於它具有「強制性」，它的結果是確定的、無從選擇的。正因為使役動詞是具有強迫性的命令語氣，使驅使／命令的對象所造成的結果不再有不確定性，因而不能使用不定詞 (to VR)。當然，這並不表示使役動詞的後面只能用原形動詞；同樣的，在 New TOEIC 的考點中，使役動詞的後面常接的詞性是「靜態形容詞 (Adj.)」，或由動詞所變化而來的「動態形容詞組 (V-ing/V-p.p.)」。特別注意的是，由動詞所變化而來的「形容詞組 (靜態、動態形容詞)」或「動詞變化 (VR/to VR)」，是由被驅使的受詞是否有對象加以執行而變化。而受詞之後的部分都是為了補充說明接受動作的受詞，所以這些動詞變化都稱為『受詞補語 (O.C.)』。這樣的動詞常考的有：

使役 V		O.C.		
		主動	被動	
make / have		VR	V(p.p.)	
let / bid		VR	be + V(p.p.)	
get	O +	to VR	V(p.p.)	Adj / V-ing / V (p.p.)
help		to VR / VR	V(p.p.)	
keep		V-ing	V(p.p.)	
leave		V-ing	V(p.p.)	

例句：

S	使役動詞	受詞	動作	受詞	有受詞
I	make	Mary	1. understand	my English.	有受詞、主動
			2. understood	in English.	沒有受詞、被動
			3. happy.		
	get		4. to understand	my English.	有受詞、主動
			5. understood	in English.	沒有受詞、被動
			6. sad.		
	keep		7. crying.		Adj.（主動）
			8. angry.		Adj.
			9. inspected	by the doctor.	有行為者、被動

中文翻譯：

1. = 4. ：我讓 Mary 懂我的英文。

2. = 5. ：我用英文讓 Mary 被瞭解。

3.　　　：我讓 Mary 快樂。

6.　　　：我讓 Mary 傷心。

7.　　　：我讓 Mary 還在哭。

8.　　　：我讓 Mary 還在生氣。

9.　　　：我讓醫生持續檢查 Mary。

詳解：

使役動詞後面應當接名詞來當作受詞，再接動詞原形 (VR) 來完成驅使的句意；前提是，驅使的動作後面應該有另一個受詞來接受動作；但是如果後面的結構是介系詞片語 (for + N)，或是其他非名詞的結構時，則需用形容詞來表示受驅使的動作主、被動狀態；而形容詞分為『動態形容詞』與『靜態形容詞』。其中，『動態形容詞』分別有代表「主動 / 進行」行為的現在分詞 (V-ing)，代表「被動 / 完成」行為的過去分詞 (V-p.p.)。值得注意的是，如果『情緒動詞』變化成『動態形容詞』時，其代表「主動 / 進行」行為的現在分詞 (V-ing) 意思是指「他人的價值判斷」；而代表「被動 / 完成」行為的過去分詞 (V-p.p.) 意思是指「個人主觀情感」。

除此之外，這類動詞有『任命 V』、『認為 V』＋ N / Adj. 的考法

		認為 V		O.C.	
S	+	make / take / think / find / consider	O.	Adj. -- (狀態) = (Adj. / V-ing / V-p.p.) N -- (身份)	

		任命 V		O.C.	
S	+	name / call / appoint / choose		Adj. -- (狀態) = (Adj. / V-ing / V-p.p.) N -- (身份)	

例句：

(1) Helen often dresses badly, but after she put on the dress, we found Helen _____.

(A) beauty　(B) beautifully　(C) beautiful　(D) to be beautiful

答案：(C) Helen 總是穿著不得體，但是當她穿上這服裝後，我們發現她是漂亮的。

⑵ We call Kenting _____ for spending the summer vacation.

(A) a perfect place　　(B) like a perfect place　　(C) perfectly　　(D) like perfectly

(A) 我們稱墾丁為過暑假的完美處所。

　　▲ 但是，O = 不定詞 (to V(R)) 或 N- 子句 時：___it___ 當虛受詞

　　S + make / think / take / find / consider + ___it___ + O.C. + to V(R) / N- 子句

例句：

⑴ We consider it an impossible mission to get back on time.

　　我們認為準時回來是件不可能的任務

⑵ She found it important that I attend the meeting to present my paper.

　　她發現我參加會議去發表論文是件重要的事。

【New TOEIC 考試熱點】

關於 New TOEIC 考題中的『感官 V』、『連綴 V』、『使役 V』，重要觀念有：

1. 『感官 V』考題中會考後面動詞所衍生的變化用法，如現在分詞 (V-ing)，過去分詞 (V-p.p.)，不定詞 (to VR) 或動詞原形 (VR) 的答案。

2. 『連綴 V』考題中會考後面動詞的『補語 (Adj./ N)』用法。

3. 『使役 V』考題中會考後面動詞所衍生的變化用法，如現在分詞 (V-ing)，過去分詞 (V-p.p.)，不定詞 (to VR) 或動詞原形 (VR) 的答案，以及『靜態形容詞』的用法。

4. 注意『任命 V』與『認為 V』這兩組動詞所帶出的常考「情緒動詞」變化的用法。

☐	1.	absence	/ˈæbsəns/	n	缺席
☐	2.	accustom	/əˈkʌstəm/	v	習慣
☐	3.	acquire	/əˈkwaɪr/	v	獲得
☐	4.	adaptability	/əˈdæp təbləti/	n	適應性
☐	5.	ambition	/æmˈbɪʃən/	n	雄心；野心
☐	6.	anxiety	/æŋˈzaɪəti/	n	憂慮；擔心
☐	7.	appreciate	/əˈpriʃɪˈet/	v	理解並欣賞 (某事物)；增值；感激
☐	8.	appropriate	/əˈpropriət/	adj	適當的
☐	9.	arrival	/əˈraɪvl/	n	到達；抵達
☐	10.	assistance	/əsˈɪstəns/	n	協作；援助
☐	11.	booth	/buθ/	n	攤位
☐	12.	candidate	/ˈkændəˈdet/	n	(求職) 申請人；(尤指國會的) 候選人
☐	13.	certification	/ˌsɜtɪfəˈkeʃən/	n	資格
☐	14.	colleague	/ˈkɑlig/	n	同事
☐	15.	compatible	/kəmˈpætəbl/	adj	適合的
☐	16.	competitive	/kəmˈpɛtətɪv/	adj	比賽的；競爭的
☐	17.	complexity	/kəmˈplɛksəti/	n	複雜
☐	18.	conservative	/kənˈsəvətɪv/	adj	保守的
☐	19.	construction	/kənˈstrʌkʃən/	n	施工；建設
☐	20.	consultant	/kənˈsʌltənt/	n	顧問
☐	21.	contact	/ˈkɑntækt/	n	接觸
☐	22.	cooperation	/koˈɑpəˈreʃən/	n	合作
☐	23.	current	/ˈkɜnt/	adj	現在的；當前發生的
☐	24.	diligent	/ˈdɪlədʒənt/	adj	勤勉的；勤奮的
☐	25.	distinguished	/dɪstˈɪŋgwɪʃt/	adj	著名的，卓越的
☐	26.	effect	/ɪˈfɛkt/	n	效應；結果；後果
☐	27.	efficiency	/ɪˈfɪʃənsɪ/	n	效率
☐	28.	endure	/ɪnˈdʊr/	v	忍受；忍耐
☐	29.	enhance	/ɪnˈhæns/	v	增強 (某人 [某事物] 的優點)

☐ 30.	exhaust	/ɪgˋzɔst/	n/v	（機器排出的）廢氣；使（人或動物）非常疲倦
☐ 31.	expose	/ɪkˋspoz/	v	顯露或露出（某事物）；顯示
☐ 32.	frequent	/ˋfrikwənt/	adj	時常發生的；慣常的
☐ 33.	hazardous	/hˋæzədəs/	adj	有害的
☐ 34.	in advance	/ˋɪn ədˋvɑns/	prep-phr	預先；事先
☐ 35.	initiative	/ɪˋnɪʃɪətɪv/	n/adj	為解決困難而採取的行動；創始的，起始的
☐ 36.	invasion	/ɪnˋveʒən/	n	侵略；侵犯
☐ 37.	issue	/ˋɪʃʊ/	v/n	發給、供給或分配
☐ 38.	judgment	/ˋdʒʌdʒ ˋmənt/	n	判斷，判斷力
☐ 39.	leadership	/ˋlidə ˋʃɪp/	n	領導（資格）
☐ 40.	lengthy	/ˋlɛŋθɪ/	adj	冗長的；長而乏味的
☐ 41.	maintain	/menˋten/	v	保持或維持
☐ 42.	memorandum	/ˋmɛməˋrandəm/	n	（備忘的）記錄；備忘錄
☐ 43.	mutual	/ˋmjutʃʊəl/	adj	（指感想或行為）相互的，彼此的
☐ 44.	negative	/ˋnɛgətɪv/	adj	（指詞、句等）表示否定或拒絕的
☐ 45.	newsletter	/ˋuz ˋlɛtə/	n	時事通訊
☐ 46.	on behalf of	/bɪˋhæf/	prep.phr	代表
☐ 47.	orientation	/ˋɔrɪɛnˋteʃən/	n	新人訓練
☐ 48.	permit	/pəˋmɪt/	v	允許，許可
☐ 49.	policy	/ˋpɑləsɪ/	n	（政府、政黨、公司等的）方針，政策；保險單
☐ 50.	position	/pəˋzɪʃən/	n	位置
☐ 51.	positive	/ˋpɑzətɪv/	adj	無可懷疑的；明確的
☐ 52.	qualification	/ˋkwɑləfəˋkeʃən/	n	賦予資格；獲得資格

☐ 53.	reception	/rɪˈsɛpʃən/	n	接受；接待
☐ 54.	recruit	/rɪˈkrut/	n/v	(未經訓練的)新兵；吸收(某人)為新成員；徵募
☐ 55.	reluctant	/rɪˈlʌktənt/	adj	不情願的；勉強的
☐ 56.	résumé	/ˌrɛzuˈmeɪ/	n	摘要，梗概；簡歷
☐ 57.	salary	/ˈsælərɪ/	n	薪資，薪水，工資
☐ 58.	seminar	/ˈsɛməˌnɑr/	n	(大學生與教師的)(專題)研討會
☐ 59.	session	/ˈsɛʃən/	n	(議會的)會議；(法庭的)開庭
☐ 60.	shortfall	/ˈʃɔrtˌfɔl/	n	不足；不足量
☐ 61.	slightly	/ˈslaɪtlɪ/	adv	不嚴重的；不重要的；微小的
☐ 62.	subordinate	/səˈbɔrdnɪt/	adj	級別或職位較低的；下級的
☐ 63.	substance	/ˈsʌbstəns/	n	物質
☐ 64.	supervisor	/ˈsupɚˌvaɪzɚ/	n	監督人，檢查員，管理人
☐ 65.	highlight	/ˈhaɪˌlaɪt/	v	對(某事物)予以特別的注意；強調
☐ 66.	suppose	/səˈpoz/	v	認定；認為；猜想
☐ 67.	talent	/ˈtælənt/	n	特殊的能力；才能
☐ 68.	vacancy	/ˈvekənsɪ/	n	空處；空位；空職
☐ 69.	vacate	/ˈveket/	v	空出(地方或場所)；不再擔任(某職位)
☐ 70.	welfare	/ˈwɛlˌfɛr/	n	(對某群體的健康、安全等的)關心，照顧，福利

1. A monthly newsletter highlighting the achievements of the company will especially be sent out to keep the newcomers better - - - - - - - as well as positive on duty.

(A) informative

(B) information

(C) informed

(D) informing

2. The president prefers maintaining vacancy openings as they are, and doesn't seem - - - - - - - in expanding into new manpower.

(A) interested

(B) interests

(C) interest

(D) interesting

3. Though the company considers the orientation is the most efficient method in adjusting rookies to our firm in the very short time, many people find the intensive training schedule rather - - - - - - - .

(A) exhausting

(B) exhausted

(C) exhaustingly

(D) exhaustion

中文翻譯 (C) 強調公司成就的每月通訊，將會特別發送給那些新進人員，讓他們持續被妥善告知，並在工作時保持正面態度。

題目解析 本題考題屬於『使役動詞 (keep)』的考法。從上下文得知，keep 的對象為新進人員 (newcomers) 時，inform 用來修飾受詞 (newcomers)；但是後面並未有受詞，所以用被動的『動態形容詞』，中文解釋為「被告知的」，所以去除 (B) 選擇 (C)。選項 (A) 是『靜態形容詞』，英英解釋為 "sb./sth. providing a lot of useful information"，"資訊的主動提供者"；句意明顯與上下文不符，所以不選。選項 (D) 是 V-ing『動態形容詞』，中文解釋為「(主動)告知的」，句意明顯與上下文不符，所以不選。

中文翻譯 (A) 總裁傾向於維持原本的空缺，而且似乎對拓展新的人力不感興趣。

題目解析 本題考題屬於『連綴動詞 (seem)』的考法。從上下文得知，seem 的主詞為人 (president)，相搭配的動詞選項為 interest，是為『情緒動詞』。修飾人的主觀情緒，應當用過去分詞 (V-p.p.) 用法，所以答案選 (A)，不選 (D)。選項 (B) 是名詞複數用法，句意明顯與上下文不符，所以不選。選項 (C) 是名詞單數用法或動詞原形用法，與文法不符，所以不選。

中文翻譯 (A) 雖然公司認為，新生員工訓練是在極短時間內讓新人適應我們公司最有效的方法，但也有很多人發現，密集的訓練日程是相當累人的。

題目解析 本題考題屬於『認為 (find)』的考法。從上下文得知，find 的主詞為人 (poeple)，相搭配的動詞選項為 exhaust，可以為『情緒動詞』使用。上下文的句意中，既是指他人的價值判斷，應當用現在分詞 (V-ing) 用法，所以答案選 (A)，不選 (B)。選項 (C) 是副詞用法，選項 (D) 是名詞用法，與上下文不符，所以不選。

4. Starting from next week, headquarters will have entrance permits
------- for the use of recruiting employees in the fair.

(A) issue

(B) issues

(C) issuing

(D) issued

5. Many of job opportunities made recent graduates from the community
college's business program ------- for the job fair held by the city
government.

(A) appreciating

(B) appreciate

(C) appreciated

(D) to appreciate

6. To Ms. Warner, keeping a positive attitude will leave interviewers
------- when finding diligent workers.

(A) impress

(B) impressive

(C) impressed

(D) impression

　新多益進分大絕招〔文法〕＋〔單字〕

中文翻譯 (D) 從下週起，總部會發出進出許可證給在商展招募員工的職員使用。

題目解析 本題考題屬於『使役動詞 (have)』的考法。從上下得知，have 的對象為非人的名詞 (permits) 時，issue 應該用「被動/完成」行為的過去分詞 (V-p.p.)，中文解釋為「被發行的」用來修飾受詞 (permits)，所以選擇答案 (D)。選項 (B) 是名詞複數用法，所以不選。選項 (A) 是名詞單數用法或動詞原形用法，與上下文句意不符，所以不選。選項 (C) 是 V-ing 的主動『動態形容詞』，所以不選。

中文翻譯 (C) 近來諸多的工作機會，讓社區學院商業計劃畢業的應屆畢業生相當感謝市政府所舉辦的就業博覽會。

題目解析 本題考題屬於『使役動詞 (make)』的考法。從上下文得知，make 的驅使對象為名詞 (graduates) 時，appreciate 用來修飾受詞 (graduates)，且對象是人，應該用形容詞的過去分詞 (V p.p.)，中文翻成「心懷感激的」，而不是選項 (A) 代表「主動/進行」行為的現在分詞 (V-ing)，中文翻成「令人感激的」。所以選擇答案 (C)。選項 (B) 是動詞原形用法，且在一個句子中沒有做適當的變化 (見『動狀詞』用法)，與文法不符，所以不選。選項 (D) 是『不定詞』，與文法不符，所以不選。

中文翻譯 (C) 對 Warner 女士而言，保持正面的態度，將使在找尋勤勉員工的面試官印象深刻。

題目解析 本題考題屬於『使役動詞 (leave)』的考法。使役動詞中，leave 的驅使對象為名詞 (interviewers) 時，impress 用來修飾受詞 (interviewers)，且對象是人，應該用形容詞的過去分詞 (V-p.p.) 修飾人的情緒，表示情緒是因外力所導致的結果；中文翻成「(行為者自身)印象深刻的」，所以選擇答案 (C)。選項 (A) 是動詞原形用法，與文法不符，所以不選。選項 (B) 是『靜態形容詞』，強調內外在特質是「(令人)印象深刻的」，與上下文的句意不符，所以不選。選項 (D) 是名詞用法，與上下文的句意不符，所以不選。

7. The Stevens County Job Fair is expected to find employers and job seekers - - - - - - - by each other throughout the region.

(A) attracted

(B) attract

(C) attraction

(D) attractive

8. Many workers were left - - - - - - - when the company's production facility was shut down due to budget shortfalls.

(A) unemploy

(B) unemploying

(C) unemployment

(D) unemployed

9. The Avery Career Center offers advice and assistance to get staff - - - - - - - in non-technical professions to further ensure their job positions.

(A) acquirement

(B) acquiring

(C) acquired

(D) to acquire

中文翻譯 (A) Stevens 縣就業博覽會預計讓雇主和求職者，在當地媒介成功 (相互所吸引)。

題目解析 本題考題屬於『認為 (find)』的考法。上下文的句意中，既是指雇主和求職者彼此相互吸引，是為「主動」行為，所以答案選 (A)。選項 (B) 是動詞原形用法，與文法不符，所以不選。選項 (C) 是名詞用法，句意明顯與上下文不符，所以不選。選項 (D) 是形容詞用法，英英解釋 "pleasing or interesting"，與上下文法用法不符，所以不選。

中文翻譯 (D) 由於預算短缺，該公司的生產設施被迫關閉，許多工人也因此失業。

題目解析 本題考題屬於『使役動詞 (leave)』的考法。從上下文得知，leave 的驅使對象為名詞 (workers) 時，unemployed 用來修飾受詞 (workers)，且對象是人 (員工)，而且應當是被雇用的對象，應該用形容詞的過去分詞 (V-p.p.)，表示動作是因外力所導致的結果；中文翻成「不被雇用的」，與上下文句意符合，所以選擇答案 (D)。選項 (A) 是動詞原形用法，與文法不符，所以不選。選項 (B) 與上下文的句意不符，所以不選。選項 (C) 是名詞用法，與文法不符，所以不選。

中文翻譯 (C) Avery 就業指導中心提供諮詢和協助，讓員工學會非技術的專業，以進一步確保他們的工作職位。

題目解析 本題考題屬於『使役動詞 (get)』的考法。從上下文得知，get 的驅使對象為名詞 (staff) 時，acquire 用來修飾受詞 (staff)。因為被驅使的動作 (acquire) 後面並沒有對象讓動作去執行，所以用形容詞的過去分詞 (V-p.p.) 表示「被動」，中文翻成「學習而來的」，而不是選項 (B) 表示「主動 / 進行」行為的現在分詞 (V-ing)，也不會是選項 (D) 代表不定詞的「主動、企圖、目的性」的用法。選項 (A) 是名詞，與上下文的句意不符，所以不選。

10. Lisa Baley recently received positive reviews for her performance, which kept Mike Keric's new manpower proposal - - - - - - - .

(A) invited

(B) invitation

(C) invitedly

(D) inviting

11. The firm is offering every branch a quota of fifty high quality complimentary gifts at competitive prices to make its product promotion - - - - - - - nationwide.

(A) successful

(B) success

(C) succeed

(D) successfully

12. A conservative manpower strategy seems - - - - - - - in light of the company's current financial situation.

(A) appropriated

(B) appropriate

(C) to appropriate

(D) appropriating

13. Sitting through long presentations in staff orientation makes the newcomers - - - - - - - , so speakers should limit their talks to 30 minutes.

(A) rest

(B) restless

(C) to rest

(D) resting

中文翻譯 (D) Lisa Baley 最近因其表現有正面評價,讓 Mike Keric 的人資新提案對她很感興趣。

題目解析 本題考題屬於『使役動詞 (keep)』的考法。keep 的對象非人的受詞 (manpower) 時,後面應該有執行被驅使動作的對象;但是後面並未有受詞,所以應該用形容詞而非副詞,所以去除 (C)。選項 (A) 是『動態形容詞』,代表「被動 / 完成」行為的過去分詞 (V-p.p.),中文解釋為「被邀請的」,句意明顯與上下文不符,所以不選。選項 (D) 是『動態形容詞』,中文解釋為「引人入勝的、受歡迎的」,用來修飾受詞 (proposal)。與上下文的句意相符,所以選答案 (D)。

中文翻譯 (A) 該公司以具競爭力的價格,提供每個分公司五十件高品質的贈品,讓它的產品成功促銷至全國。

題目解析 本題考題屬於『使役動詞 (have)』的考法。使役動詞中,have 後面接形容詞來補充說明受詞的狀態,所以選擇答案 (A)。選項 (B) 是名詞用法,句意明顯與上下文不符,所以不選。選項 (C) 是動詞;然而,這個句子的動詞 (is offering) 已經相當確定,並不需要動詞再出現,所以不選。選項 (D) 是副詞用法,句意明顯與上下文不符,所以不選。

中文翻譯 (B) 鑑於該公司目前的財務狀況,實行保守的人力資源策略似乎正好。

題目解析 本題考題屬於『連綴動詞 (seem)』的考法。上下文的句意中,應當用『靜態形容詞』用法,所以答案選 (B)。選項 (A)、(D) 是動詞演變而來,與上下文句意不符,所以不選。選項 (C) 是不定詞用法 (to VR),與文法、上下文句意不符,所以不選。

中文翻譯 (B) 在員工新進訓練時,長時間坐著聽長篇大論的演講會讓新進人員無法休息;所以,應將演講者的談話限制在 30 分鐘以內。

題目解析 本題考題屬於『使役動詞 (make)』的考法。上下文應該選無法休息,所以選 (B)。選項 (A) 無論是形容詞或動詞用法時,句意與上下文不符,所以不選。選項 (C) 是不定詞形式,與文法不符,所以不選。選項 (D) 是『動態形容詞』,句意與上下文不符,所以不選。

14. It is quickly becoming - - - - - - - that Mr. Philips failed to handle an issue of complexity on employment standards .

(A) apparent

(B) appearance

(C) apparently

(D) appear

15. Please contact the Human Resources Department upon your arrival, and have them - - - - - - - for someone to meet you in reception.

(A) to arrange

(B) arranged

(C) arranging

(D) arrange

16. The new welfare policy gets our new health and welfare package - - - - - - - into effect for all employees from the first of next month.

(A) to come

(B) come

(C) comes

(D) came

中文翻譯 (A) 很快就能看出 (變得明顯) Philips 先生未能處理聘用標準的複雜議題。

題目解析 本題考題屬於『連綴動詞 (become)』的考法。上下文的句意中，空格後面應當用『靜態形容詞』用法，所以答案選 (A)。選項 (B) 是動詞演變而來的名詞，中文翻成「外表、外貌」，句意明顯與上下文不符，所以不選。選項 (C) 是副詞，與文法不符，所以不選。選項 (D) 是動詞用法時，然而，這個句子的動詞 (is becoming) 已經相當確定，並不需要動詞再出現，所以不選。

中文翻譯 (B) 請您在抵達時聯繫人力資源部，以便讓他們在接待您時，安排專人與您相會。

題目解析 本題考題屬於『使役動詞 (have)』的考法。使役動詞後面接受詞是人，且沒有驅使動作的對象，所以選「過去分詞」選項 (B)。選項 (A) 是不定詞，與文法不符，所以不選。選項 (C) 是現在分詞 (V-ing) 用法，句意明顯與上下文不符，所以不選。選項 (D) 是動詞用法，然而，這個句子的動詞 (have) 已經相當確定，並不需要動詞再出現，所以不選。

中文翻譯 (A) 自下月一號起，我們新的健康與福利配套措施將同新制員工福利政策一併生效。

題目解析 本題考題屬於『使役動詞 (get)』的考法。此題後面有受詞 (package) 來執行被驅使的動作 (come into effect)，所以用不定詞變化，所以選擇答案 (A)。選項 (B) 是動詞原形，與文法不符，所以不選。選項 (C) 是動詞第三人稱單數變化，與文法不符，所以不選。選項 (D) 是動詞「過去式」或「過去分詞」用法，與文法不符，所以不選。

17. If - - - - - - - healthy is the main concern in choosing employees to our employers, then you should be prepared to choose someone exercising regularly and watching what s/he eats.

(A) making

(B) staying

(C) maintaining

(D) having

18. Now, the Internet convenience has job seekers become - - - - - - - to finding jobs online and having their choices in advance.

(A) accustoming

(B) accustomed

(C) accustom

(D) to accustom

19. After the manager has Ms. Viner - - - - - - - , she is only allowed to have less than an hour to vacate from the building for the coming of the next position taker.

(A) to lay off

(B) laying off

(C) lay off

(D) laid off

中文翻譯 (B) 如果保持健康對雇主而言，是在選擇員工時主要關注的問題，那麼你應該準備好，選擇會規律運動與注意飲食的人員。

題目解析 本題考題屬於『連綴動詞 (stay)』的考法。「連綴動詞」後面必須接形容詞。四個選項中，只有答案 (B) 後面可以直接用形容詞。選項 (A) 是「使役動詞」，後面需接受詞後再接可能的動詞變化或形容詞用法，文法明顯與上下文不符，所以不選。選項 (C) 是「一般動詞」，後面需接受詞，與文法不符，所以不選。選項 (D) 是「使役動詞」或「一般動詞」用法時，後面需接受詞，與文法不符，所以不選。

中文翻譯 (B) 現在網路使用方便，上網找工作並提前加以選擇已成了求職者的習慣。

題目解析 本題考題屬於『連綴動詞 (become)』的考法。連綴動詞後面必須接形容詞，且該動詞 (accustom) 用法上應當用「被動」用法，所以選擇 (B)「過去分詞 (V-p.p.)」用法來當作「形容詞」使用。選項 (A) 是 V-ing 現在分詞用法，與文法不符，所以不選。選項 (C) 是動詞用法時，然而，這個句子的動詞 (is becoming) 已經相當確定，並不需要動詞再出現，所以不選。選項 (D) 是不定詞，與文法不符，所以不選。

中文翻譯 (D) Viner 女士遭經理解雇後，只准有不到一個小時的時間從大樓遷出，以便下一個承接她位置的人到來。

題目解析 本題考題屬於『使役動詞 (have)』的考法。選項 (D) 中文解釋為「被裁員的」，所以選擇答案 (D)。選項 (A) 是不定詞，與文法不符，所以不選。選項 (B) 是現在分詞 (V-ing) 用法，表示主動行為，句意明顯與上下文不符，所以不選。選項 (C) 是動詞原形用法，然而，這個句子的動詞 (has) 已經相當確定，並不需要動詞再出現，與文法不符，所以不選。

1. Having notice emails for job hunters - - - - - - - by an external auditor in advance without informing them isn't really an invasion of the privacy because they are only supposed to be informed by work-related mails from our office.

(A) to read

(B) reading

(C) read

(D) to reading

2. I think our individual goals in recruiting new employees are far apart, which - - - - - - - us unable to form an effective partnership.

(A) makes

(B) feels

(C) seems

(D) finds

3. Your lengthy supervisory experience specifically in road construction - - - - - - - your application strong, and you were on the list of final four.

(A) enables

(B) makes

(C) certified

(D) looked

中文翻譯 (C) 未告知求職者、就由外部審查人員事先讀取發給他們的信件，並不算侵犯隱私，因為從我們辦公室所發出給他們的信件，也僅止於和工作相關。

題目解析 本題考題屬於『使役動詞 (have)』的考法。使役動詞中，have 後面接動詞 (VR) 或形容詞來補充說明受詞的狀態，後面並未有執行被驅使動作的對象，所以應該用動詞所變化而來、代表「被動/完成」行為的過去分詞 (V-p.p.)，中文解釋為「被讀的」，所以選擇答案 (C)。選項 (A) 是不定詞，與文法不符，所以不選。選項 (B) 是現在分詞 (V-ing) 用法，表示主動行為，文法明顯與上下文不符，所以不選。選項 (D) 與文法不符，所以不選。

中文翻譯 (A) 我認為我們在招聘新員工的個人目標上相距甚遠，這讓我們無法形成有效的夥伴關係。

題目解析 本題考題屬於『使役動詞 (make)』的考法。空格後面雖然有受詞 (us) 來接受動作，但是沒執行被驅使動作的對象，反而是接形容詞 (unable)；所以判斷動詞應該用「使役動詞」，所以選擇答案 (A)。選項 (B)、(C) 是「連綴動詞」，後面需直接用接形容詞，文法明顯與上下文不符，所以不選。選項 (D)「認為動詞」，後面需接受詞，與文法不符，所以不選。

中文翻譯 (B) 您長期特地於於公路建設所累積的督工經驗，讓您的申請資格脫穎而出，而你也在最後的四人名單中。

題目解析 本題考題屬於『使役動詞 (make)』的考法。空格後面雖然有受詞 (application) 來接受動作，但是沒有執行被驅使動作的對象，反而是接形容詞 (strong)；所以判斷動詞應該用「使役動詞」。所以選擇答案 (B)。選項 (A) 是一般動詞用法，後面需接受詞，且受詞之後的動詞形式必須用不定詞 (to VR)，文法明顯與上下文不符，所以不選。選項 (C) 是一般動詞用法，與上下文句意不符，所以不選。(D) 是「連綴動詞」，後面需直接用接形容詞，文法明顯與上下文不符，所以不選。

4. In Japan, firms don't - - - - - - - reluctant to recruit staff to uncomplainingly endure much longer work hours than they can in western countries like the US or France.

(A) make

(B) get

(C) seem

(D) see

5. In an important memorandum to staff, the CEO pointed out that those qualified for the position should - - - - - - - clients attached to the trading floor longer for more profits.

(A) appoint

(B) hear

(C) feel

(D) leave

6. It might seem like an oversimplification, but it is the mutual communication skills that - - - - - - - Mark's interview distinguished.

(A) make

(B) build

(C) feel

(D) seem

中文翻譯 (C) 在日本，企業樂於接受那些在西方國家，如美、法所招聘的員工相較下，更能忍受較長工時，且無怨言的員工。

題目解析 本題考題屬於『連綴動詞 (seem)』的考法。空格後面直接用形容詞，所以判斷動詞應該用「連綴動詞」，所以選擇選 (C)。選項 (A)、(B) 是「使役動詞」，要有受詞，與文法不符，所以不選。選項 (D) 是一般動詞用法時，要有受詞，與文法不符，所以不選。

中文翻譯 (D) 公司執行長在給員工的一個重要的備忘錄中指出，那些勝任這一職位的人應該把客戶留在販售商品的樓層更長的時間，以取得更多的利潤。

題目解析 本題考題屬於『使役動詞 (leave)』的考法。空格後面雖然有執行被驅使動作的對象，但是沒有受詞所驅策的動作，反而是接形容詞 (attached)；所以判斷動詞應該用選項中的「使役動詞」。所以選擇答案 (D)。選項 (A) 是一般動詞用法，後面需接受詞，文法明顯與上下文不符，所以不選。選項 (B) 是及物動詞用法中的「感官動詞」，因為與句意不符，所以不選。(C) 是「連綴動詞」，後面需直接用接形容詞，文法明顯與上下文不符，所以不選。

中文翻譯 (A) 這樣講似乎過於簡單化，但正是相互的溝通技巧突顯出 Mark 的面試表現。

題目解析 本題考題屬於『使役動詞 (make)』的考法。空格後面雖然有執行被驅使動作的對象，但是沒有受詞所驅策的動作，反而是接形容詞 (distinguished)；所以判斷動詞應該用「使役動詞」。所以選擇答案 (A)。選項 (B) 是一般動詞用法，句意明顯與上下文不符，所以不選。選項 (C)、(D) 是「連綴動詞」，後面需接形容詞，與文法不符，所以不選。

7. The job fair was made slightly spoilt by the complaints of one of the firm managers whose speech after the match, - - - - - - - negative to the justice of the referee.

(A) made
(B) seemed
(C) tasted
(D) left

8. I would like to say on behalf of all the employees and shareholders of this company that your great leadership has - - - - - - - us internally grateful for what you had done for us.

(A) made
(B) seemed
(C) looked
(D) found

9. Well, if you and your seniors can't reach a consensus on how to invite more talents to the improve the fault rate, then we will have to have the case - - - - - - - for the arbitration sometime next week.

(A) sending
(B) send
(C) sent
(D) to send

中文翻譯 (B) 招聘會結束後，某位公司經理公開發表不滿言論，並質疑面試官的公正性，這部分是本次招聘會稍嫌不足的地方。

題目解析 本題考題屬於『連綴動詞 (seem)』的考法。空格後面直接用形容詞，所以判斷動詞應該用選項中「連綴動詞」，所以選擇選 (B)。選項 (A) 是「使役動詞」，要有執行被驅使動作的對象，與文法不符，所以不選。選項 (C) 是「連綴動詞」，與上下文句意不符，所以不選。選項 (D) 是一般動詞用法時，要有受詞，與文法不符，所以不選。

中文翻譯 (A) 我想在這裡代表公司的所有員工和股東向您說，在您傑出的領導下，我由衷地感激您為我們做的一切。

題目解析 本題考題屬於『使役動詞 (make)』的考法。空格後面雖然有受詞 (us) 來接受動作，但是沒有受詞所驅策的動作，反而是接形容詞 (grateful)；所以判斷動詞應該用「使役動詞」。所以選擇答案 (A)。選項 (B)、(C) 是「連綴動詞」，後面不應有受詞，與文法不符，所以不選。選項 (D) 是「認為動詞」用法，後面需接受詞與受詞補語，但是因為與上下文句意不符，所以不選。

中文翻譯 (C) 那麼，如果你和你的長官無法針對如何招攬更多的優秀人才，進而改善故障率的事宜上達成共識，那麼，我們就必須在下個禮拜的某個時候，將案件送交仲裁。

題目解析 本題考題屬於『使役動詞 (have)』的考法。選項 (C) 中文解釋為「被送出的」，所以選擇答案 (C)。選項 (A) 是現在分詞 (V-ing) 用法，表示主動行為，句意明顯與上下文不符，所以不選。選項 (B) 是動詞原形用法，但因為沒有驅使的動作的對象，不可能接動詞原形，所以不選。選項 (D) 是不定詞，與文法不符，所以不選。

10. The new temporary staff seems to - - - - - - - the fault rate higher than before on account of his frequent absence from the orientation session.

(A) help

(B) let

(C) keep

(D) become

11. Ms. Fleming chose the company because she felt that it - - - - - - - her salary offered compatible with her talents and experience.

(A) made

(B) helped

(C) tasted

(D) felt

12. Employees we want to invite are in a need of working in areas where they have to expose themselves to hazardous substances, and have them - - - - - - - appropriate protective clothing for others to exchange.

(A) issued

(B) issue

(C) issuing

(D) to issue

中文翻譯 (B) 因為在職員訓練期間經常缺席，新的臨時工作人員似乎讓故障率變得比以前高。

題目解析 本題考題屬於『使役動詞 (let)』的考法。空格後面雖然有執行被驅使動作的對象，但是沒有受詞所驅策的動作，反而是接形容詞 (higher)；所以判斷動詞應該用「使役動詞」，而不用「連綴動詞」的 (C)、(D)。選項 (A) 是「使役動詞」，後面需接動詞原形 (VR) 或是不定詞 (to VR)，或是『動態形容詞』，文法明顯與上下文不符，所以不選。所以這題選擇答案 (B)。

中文翻譯 (A) Fleming 小姐選擇這間公司，因為她覺得這間公司提供了一個與她的天分和經驗相等值的薪水。

題目解析 本題考題屬於『使役動詞 (make)』的考法。空格後面有受詞 (salary)，所以先排除「連綴動詞」的用法，所以先剔除選項 (C)、(D)。而「使役動詞」後面需接動詞 (VR) 或形容詞來補充說明受詞的狀態。因為受詞之後沒有可以驅使的對象，所以不可能接動詞，只能接形容詞。選項 (B) 使役動詞 (helps) 後面可以接靜態、動態形容詞；因為句意明顯與上下文不符，所以不選。選項 (A) 使役動詞 (makes) 因為句意與上下文相符，所以這題選擇答案 (A)。

中文翻譯 (B) 我們希望招募的員工，是需要讓自己暴露於危險物質地點工作的人，並讓他們發放適當的防護衣給其他人，以供替換。

題目解析 本題考題屬於『使役動詞 (have)』的考法。使役動詞中，have 後面的受詞需接動詞 (VR) 或形容詞來補充說明受詞的狀態，而且受詞後面有接受動作的對象 (clothing)，所以用動詞原形，所以答案選 (B)。

13. I am aware that you have many years of experience in this field, which has the board - - - - - - - that you have the qualification to hold a management position.

(A) to be convinced

(B) convince

(C) convincing

(D) convinced

14. Although it is true that we were colleagues for a time, we worked in different departments, which made it - - - - - - - to come into contact with each other very often.

(A) tough

(B) toughen

(C) toughly

(D) toughened

15. I want your new recruits to remember admitting your need of help doesn't appear - - - - - - - to admitting failure; it's all part of the learning curve.

(A) equally

(B) equal

(C) be equal

(D) equals

16. If supervisors first deal with what bothers or worries employees about their work in the job seeking fair, the supervisors will have the booths - - - - - - - for maximum performance and efficiency.

(A) be established

(B) establish

(C) established

(D) establishing

中文翻譯 (B) 我知道你在這個領域有多年經驗，而這讓董事會確信，你有資格掌有這個管理職位。

題目解析 本題考題屬於『使役動詞 (have)』的考法。使役動詞中，have 後面接動詞 (VR) 或形容詞來補充說明受詞的狀態，而且受詞後面有接受動作的對象 (that 名詞子句)，所以用動詞原形。

中文翻譯 (A) 雖然我們同事一段時間這是事實，然而我們在不同的部門工作，而這使得彼此頻繁相互接觸是困難的。

題目解析 本題考題屬於『使役動詞 (make)』的考法。make 後面接受詞後，因為沒有驅使的對象，所以不可能接動詞，只能接『靜態形容詞』，所以選擇答案 (A)。答案 (B) 是動詞用法，句意明顯與上下文不符，所以不選。答案 (C) 是副詞用法，句意明顯與上下文不符，所以不選。答案 (D) 是動詞的過去式或過去分詞用法，句意明顯與上下文不符，所以不選。

中文翻譯 (B) 我希望你們新進人員要記住，承認你需要幫助，不等於承認失敗；它是所有學習過程的一部分。

題目解析 本題考題屬於『連繫動詞 (appear)』的考法。「連綴動詞」後面直接用形容詞，所以選擇 (B)。選項 (A) 是副詞用法，句意明顯與上下文不符，所以不選。選項 (C) 與文法不符，所以不選。選項 (D) 是第三人稱動詞單數，與文法不符，所以不選。

中文翻譯 (C) 如果上級能先處理員工在就業博覽會的崗位上，所遭遇的煩惱或憂慮的話，這將讓這些架設在展場的攤位，有最高的性能和效率。

題目解析 本題考題屬於『使役動詞 (have)』的考法。後面的結構雖然有驅使的對象，但是因為沒有驅使對象的動詞，所以只能接選項中的『動態形容詞』用法中被動意涵的過去分詞，所以選擇答案 (C)。答案 (A) 出現 be 動詞，與上下文的文法不符，所以不選。答案 (B) 是動詞用法與上下文的文法不符，所以不選。答案 (D) 是動詞的現在用法，意味著主動、進行，句意明顯與上下文不符，所以不選。

17. Getting certification from a wide variety of professional course and seminars can let your résumé - - - - - - - .

(A) enhance
(B) enhancing
(C) enhanced
(D) to enhanced

18. The aim of our course is to help you - - - - - - - the anxiety that most people have when speaking in front of many interviewers.

(A) overcoming
(B) to be overcome
(C) overcame
(D) overcome

19. In cooperation with Management Training Consultants Inc., our company will have newcomers - - - - - - - the new professional development program that will begin in the spring.

(A) take
(B) taken
(C) took
(D) to take

20. The board were satisfied to find the successful candidate - - - - - - - good initiative, judgment and adaptability as well as a willingness to subordinate his own ambition for the good of a team.

(A) to display
(B) displayed
(C) display
(D) displaying

(C) 獲得各種專業課程和講座的認證可以讓你的履歷加分。

本題考題屬於『使役動詞 (let)』的考法。「使役動詞」後面需接動詞 (VR) 或形容詞來補充說明受詞的狀態。空格雖然後面有受詞 (résumé)，但因為沒有驅使的對象，所以後面不可能再接動詞原形，只能接『靜態形容詞』或『動態形容詞』。而 enhance 中文翻譯為「加強的」，依上下文句意，只能用過去分詞 (V-p.p.) 來加以修飾前面名詞，所以這題選擇答案 (C)。

(D) 本課程的目的是幫助你克服大多數人都有的焦慮，那就是在很多面試官面前講話。

本題考題屬於『使役動詞 (help)』的考法。使役動詞中，help 後面的受詞需接動詞 (VR)、不定詞 (to VR) 或形容詞來補充說明受詞的狀態，而且受詞後面有接受動作的對象 (anxiety)，所以用動詞原形，所以答案選 (D)。

(A) 在與「管理培訓顧問」合作之下，我們的公司會讓新人參加將在春天展開、新的職業發展計劃。

本題考題屬於『使役動詞 (have)』的考法。使役動詞中，have 後面的受詞需接動詞 (VR) 或形容詞來補充說明受詞的狀態，而且受詞後面有接受動作的對象 (development program)，所以用動詞原形，所以答案選 (A)。

(D) 董事會滿意地發現，一個成功的候選人應當會顯示出良好的主動性、判斷力和應變能力，以及願意為了團體的利益去馴服他自己的野心。

本題考題屬於『認為 (find)』的考法。『認為』動詞中，上下文的句意中，既是指雇主希望求職者所展現的特質，是為主動行為，所以應當用現在分詞 (V-ing) 用法，所以答案選 (D)。選項 (A) 是不定詞用法，與文法不符，所以不選。選項 (B) 是動詞過去式或過去分詞，與文法不符，所以不選。選項 (C) 是動詞原形用法，且在一個句子中沒有做適當的變化 (見第五章的『動狀詞』用法)，與文法不符，所以不選。

練 習 前 先 看 一 眼

基本概念 ── 動詞時態

要瞭解時態前，應該先瞭解句子中「主詞」、「動詞」與「時間」的關係：

1. 主詞要表達一件事或一個動作，可以用『主動』型態敘述，也可用『被動』型態敘述。

2. 主詞要表達一件事或一個動作，可以用動詞來表示一件事或一個動作的

　　「真實性、習慣性」　　　　　　　　　　　　　　　　　：簡單式

　　「提及時，當下正在進行過程中的動作」　　　　　　　：進行式

　　「說話當下之前就已經進行一段時間」　　　　　　　　：完成式

　　「說話當下之前就已經進行一段時間，而且會繼續進行下去」：完成進行式

3. 加上 3 個時間點：「現在」、「過去」、「未來」

　　所以，「主詞」、「動詞」與「時間」的關係可以簡略的來說有下列幾種：

　　(1) 2 態：主動、被動

　　(2) 3 時：＜現在＞、＜過去＞、＜未來＞

　　(3) 4 式：【簡單式】【進行式】【完成式】【完成進行式】

	現在	過去	未來
簡單式	am / is / are V / V(+ s/es)	was /were V(+ d/ed)	will / shall /may / can + VR
進行式	am / is / are + V-ing	was /were + V-ing	will / shall /may / can be + V-ing
完成式	have / has + been have / has + V-p.p.	had + been had + V-p.p.	will / shall /may / can have been will / shall /may / can have V-p.p.
完成 進行式	have / has + been V-ing	had + been V-ing	will / shall /may / can have been V-ing

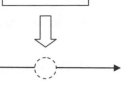

1. 現在時間 簡單式 使用時機

   (1) 表示『事實、真理、習慣』

   (2)『頻率副詞』：從次數高到次數少：always >

   usually > often > sometimes > ever > seldom > never

   (3)『副詞子句』表時間：when, after, before, as soon as...

     例子：

     A. The sun rises in the east.　太陽打東邊升起。

     B. Ann takes a shower every day.　Ann 每天洗澡。

     C. Peter usually goes to school at eight.　Peter 通常每天 8 點去上學。

2. 過去時間 簡單式 使用時機

   (1) 表示『過去動作、狀態、習慣』

   (2) 常見的『時間副詞』：

     A. a few days ago = the other day

     B. in the past =(at) one time/day = at that time − then

     C. just now

     D. last week = one week ago

   (3) used to + V(R): 表過去狀態或習慣動作

   (4)『副詞子句』表過去時間：when, after, before, as soon as... + V(d 或 ed)

     例子：

     A. Mary walked downtown yesterday.　Mary 昨天走路到市中心。

     B. Sue took a taxi to the airport last week.　Sue 上禮拜搭計程車到機場。

     C. I ate breakfast in the morning.　我早上吃過早餐了。

3. 未來時間 簡單式的 動詞形式　shall / can / will / may + VR　使用時機

   是誰告訴你 will 是「未來式」？ will 是「現在式」，所以才會有過去式的 would；

   所以，所有的動詞表示「未來的動作」，都是由 助動詞 +VR 所模擬出來！！

   (1) 表示未來時間『發生或存在之動作、狀態』

   (2) 現在式代表未來：

     A. V(s 或 es) / be to V(R) ＋未來時間

     B. 往返動詞 (go, leave, come...)

     C. be about to V(R) = be going to = be + V(-ing) ＋未來時間

(3)『副詞子句』的動作表未來時間：when, after, before, as soon as... ＋ V(s 或 es)

例子：

A. I am reading my grammar book right now.　我現在正在讀我的文法書。

B. Susan and Jason are driving on the road.　Susan 和 Jason 在路上開車。

C. The chidlren are watching TV now.　孩子們在看電視。

基本概念 三 動詞時態——進行式

進行式

進行式 『提及時，當下正在進行過程中的動作』

1. 現在時間進行式：BeV ＋ V-ing

以下的『狀態』動詞，因為屬於 "內心意識"，

無 "外在動作"，所以沒有進行式

感官／知覺動詞	see, hear, feel, smell, taste, sound
情感動詞	love, like, prefer, hate, dislike, want
存在／擁有動詞	have, own, possess, belong to, appear, exist
思考／認知動詞	know, understand, think, hope, mind, forget, remember
狀態動詞	seem, look, consist of, differ from

2. 過去時間進行式：was / were ＋ V-ing

(1) 常考句型：

A. S ＋ was / were ＋ V-ing ＋ when ＋過去式子句

= When ＋過去式子句，S ＋ was / were ＋ V-ing

B. S ＋ was / were ＋ V-ing ＋ while ＋ S ＋ was / were ＋ V-ing

= While ＋ S ＋ was / were ＋ V-ing, S ＋ was / were ＋ V-ing

例子：When John telephoned Judy last night, she was cooking her dinner.

當 John 昨天晚上打電話給 Judy 時，她正在煮晚餐。

3. 未來時間進行式：will / can / may / shall ＋ be V-ing:(未來某時將在進行的動作)

例子：The students will be taking the weekly math test at 7:30 tomorrow morning.

學生明天早上 7：30 將參加數學週考。

基本概念 （四） 動詞時態——完成式

完成式 have / has + V(p.p.):

『說話當下之前就已經進行一段時間』

『從過去某時開始，一直持續到現在的動作
或狀態』

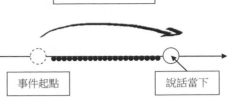

1. 現在時間完成式　使用時機：已發生的事實。

　(1) just（剛剛）, already（已經）, yet（還沒）

　(2) recently = lately = of late = these + 一段時間（最近）

　(3) so far = up to now = up to the present（迄今）

　(4) never（從未）, ever（曾經）, once（一次）, twice（兩次）, three times, before,
　　　How many times...?

　　　例子：How many times have you been to Japan?

　　　　　　（到目前為止）你去過幾次日本？

新多益常考句型：

(1) 常和下列介系詞 / 連接詞連用，中文翻譯為『已經…』

　　for　　+　　　　一段時間

　　since　+　　過去時間起點 / N（如：her graduation）

　　　　　+　　　S　V(p.t.) / 一段時間 + ago

　　例子：I have arrived home for 2 hours.　→我已經到家 2 個小時了。

　　　　　（"到家" 時間較說話時早）

　　　　　圖示如下

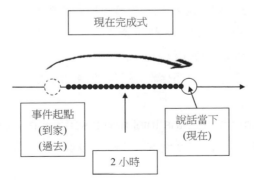

　　口訣：『起於過去、到達現在』

(2) 表示 "瞬間動作" 的動詞，如 射擊 (shoot)，死亡 (die)，買賣 (buy, sell)，到達 (arrive, get, come)，畢業 (graduate)…不用完成式 have / has + V(p.p.) 的型態

例子：He has died for 10 year.　他已經 (一直持續) 死了 10 年。(?)

這種錯誤的句子會嚇壞許多外國人！！言下之意，死後復活，又再死，連續重演總計十年？？

應改為 He has been dead for 10 years.

2. 過去時間完成式　使用時機：已發生的事實，以過去時間為講話 / 描述基礎，

(1) 用於描述『比過去的時間點更早的過去事件』

　　➜ 所以要一定會有過去時間點；換句話說，在一個句子中，有動作的一前、一後。

例子：I had arrived home by the time you finished your job.　→ 在你完成工作前，我已經到家。

圖示如下

```
            ┌─────────────────┐
            │    過去完成式     │
            └─────────────────┘

                    ⟵━━━━━━━━━━━➤

    ━━━━⚬━━●●●●●●●●●●●●●●●●●●●━━━◯━━━➤

    ┌──────────┐              ┌──────────┐
    │  說話當下  │              │  事件起點  │
    │   (到家)   │              │ (完成工作) │
    │(過去更早時間)│            │   (過去)   │
    └──────────┘              └──────────┘
```

(2) 描述『2 個過去的時間點所發生的過去 2 事件』

　　口訣：『起於早過去、到達過去』；『先發生用完成式，後發生用句子的時式』

(3) 現在時間完成式、過去時間完成式 辨義

A. The thief has taken her necklace.

　　➜ 以 "現在" 而言，賊 "已經" 偷了。但事實上是 "現在" 以前所發生的 "過去"

B. When she came home, the thief had taken her necklace.

　　➜ 都是 "過去" 發生。"回到家" (過去) 發現 "已經拿走" (過去更早的動作)

(4) 新多益常考句型：

A. by the time (不晚於；還不到…時候；在…之前)：用『過去完成式』

B. V_1 ... V_2　　動作先發生：　had + V(p.p.)

　　　　　　　　　　動作後發生：　V(p.t.)

C.『一…就…』

a. $\left\{ \begin{array}{l} \text{As soon as} \\ \text{The moment} \\ \text{The minute} \\ \text{The instant} \end{array} \right\}$ + S_1 + V_1(p.t.)..., S_2 + V_2(p.t.)...

b. S_1 + had no sooner + V_1 (p.p.)... than S_2 + V_2 (p.t.)

　= No sooner had + S_1 + V_1 (p.p.)... than S_2 + V_2 (p.t.)

c. S_1 + had + $\left\{ \begin{array}{l} \text{hardly} \\ \text{scarcely} \end{array} \right\}$ + V_1 (p.p.)... $\left\{ \begin{array}{l} \text{when} \\ \text{before} \end{array} \right\}$ + S_2 + V_2 (p.t.)

= $\left\{ \begin{array}{l} \text{Hardly} \\ \text{Scarcely} \end{array} \right\}$ + had + S_1 + V_1 (p.p.)... $\left\{ \begin{array}{l} \text{when} \\ \text{before} \end{array} \right\}$ + S_2 + V_2 (p.t.)

d. $\left\{ \begin{array}{l} \text{On} \\ \text{Upon} \end{array} \right\}$ + V-ing..., S + V (p.t.)....

例句：她一到家就開始下雨。

As soon as she reached her house, it began to rain.

= On reaching her house, it began to rain.

= She had no sooner reached her house than it began to rain.

= No sooner had she reached her house than it began to rain.

= She had hardly reached her house when it began to rain.

= Hardly had she reached her house when it began to rain.

3. <u>未來時間完成式</u>　使用時機：未來特定時間前將已經發生的事實。

新多益常考句型：

$V_1 + V_2$　　動作先發生　　will have + V(p.p.)

　　　　　　動作後發生　　現在簡單式

例句：When Jenny leaves for Taipei, her boyfriend will have arrived at Tainan.

　　　當 Jenny 動身前往台北時，她的男朋友將已經抵達台南。

圖示如下

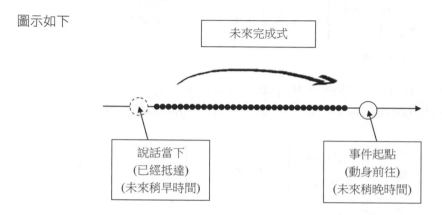

為什麼表示未來時間的未來動作，要用『現在簡單式』代替『未來簡單式』呢？

→ 因為這個未來帶有不確定性，不是純粹的未來事實（一定會發生），所以用『現在簡單式』代替『未來簡單式』，讓讀者一眼就知道，這個未來是『不確定的未來』。（詳述請見『假設語氣』）

口訣：『起於早未來、到達未來』；『先發生用完成式，後發生用簡單式』

基本概念　五　動詞時態——完成進行式

完成進行式　『說話當下之前就已經進行一段時間，而且會繼續進行下去』

1. 現在時間完成進行式　使用時機：現在特定時間前將已經發生的事實，且暗示著未來延續性。

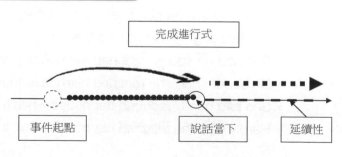

口訣：『起於過去、通過現在、到達未來』

例子：All of the students have been studying hard.

所有的學生一直以來都努力用功。（從以前到現在，暗示著以後也會是如此）

2. 過去時間完成進行式 使用時機：過去特定時間前將已經發生的事實，且暗示著現在／未來延續性。

口訣：『起於早過去、通過過去、到達現在／未來』

例子：The police had been looking for the criminal for two years before he was wanted.

在這罪犯被通緝前，警方已找尋他 2 年。

（找尋 2 年動作先，通緝動作稍晚，暗示通緝狀態現在／未來延續性。）

3. 未來時間完成進行式 使用時機：未來特定時間前將已經發生的事實，且暗示著未來延續性。

口訣：『起於早未來、通過未來、到達晚未來』

例句：By the day he retires, Peter will have been working for the company for 40 years.

當 Peter 退休的那天，他將已經為這公司工作 40 年。

（退休那天未到，但退休前他還會待在這公司。）

【New TOEIC 考試熱點】

1. 現在完成式的考法需要注意，在新多益考題中常常出現。尤其是 for ＋一段時間與 since ＋ V(p.t.) 的用法。

2. 在未來時間中，動詞在附屬子句的架構中用現在式代替未來式的情況也常出現在新多益的考題中。

3. 在 2 個句子的動作一前一後中，先發生用「完成式」，後發生用「句子的時式」，再加上句子的時間，可以組成正確答案。

☐ 1. freelance	/ˈfrilæns/	n	專欄作家
☐ 2. analyst	/ˈænəlɪst/	n	分析師
☐ 3. recommend	/ˌrɛkəˈmɛnd/	v	推薦
☐ 4. accommodation	/əˌkɑməˈdeʃən/	n	住宿
☐ 5. discount	/ˈdɪskaʊnt/	v/n	折扣
☐ 6. demanding	/dɪˈmandɪŋ/	adj	要求的
☐ 7. deadline	/ˈdɛdˌlaɪn/	n	期限
☐ 8. issue	/ˈɪʃʊ/	n/v	期數；發行
☐ 9. broker	/ˈbrokɚ/	n	經紀人
☐ 10. commission	/kəˈmɪʃən/	n	佣金
☐ 11. purchase	/ˈpɝtʃəs/	n/v	購買
☐ 12. motivation	/ˌmotəˈveʃən/	n	動機
☐ 13. consumer	/kənˈsumɚ/	n	消費者
☐ 14. restoration	/ˌrɛstəˈreʃən/	n	修復
☐ 15. resume	/rɪˈzum/	v	恢復，再繼續，重新開始
☐ 16. clientele	/ˌklaɪənˈtɛl/	n	客戶，訴訟委託人
☐ 17. indicate	/ˈɪndəˌket/	v	說明
☐ 18. procedure	/prəˈsidʒɚ/	v	程序
☐ 19. determine	/dɪˈtɝmɪn/	v	確定
☐ 20. innovate	/ˈɪnəˌvet/	v	創新
☐ 21. figure	/ˈfɪgjɚ/	n	數據，圖形，人物
☐ 22. competition	/ˌkɑmpəˈtɪʃən/	n	比賽
☐ 23. announce	/əˈnaʊns/	v	公佈
☐ 24. observe	/əbˈzɝv/	v	觀察
☐ 25. witness	/ˈwɪtnɪs/	v/n	看到；證人，目擊者
☐ 26. revenue	/ˈrɛvəˌnju/	n	年度稅收，收入
☐ 27. supply	/səˈplaɪ/	v/n	供應
☐ 28. fair	/fɛr/	n	博覽會
☐ 29. evaluate	/ɪˈvæljuet/	v	評估
☐ 30. predict	/prɪˈdɪkt/	v	預測
☐ 31. on account of	/əˈkaʊnt/	phr	因為
☐ 32. asset	/ˈasɛt/	n	資產
☐ 33. property	/ˈprɑpɚtɪ/	n	財產

☐ 34. statistics	/stə`tɪstɪks/	n	統計數字
☐ 35. redundant	/rɪ`dʌndənt/	adj	多餘的
☐ 36. bad debts property	/bæd `dɛts `prɑpətɪ/	phr	壞賬資產
☐ 37. permit	/pɚ`mɪt/	n	許可證
☐ 38. representative	/ˌrɛprɪ`zɛntətɪv/	n	代表
☐ 39. quota	/`kwotə/	n	配額
☐ 40. economic crisis	/ˌikə`nɑmɪk `kraɪsɪs/	phr	經濟危機
☐ 41. item	/`aɪtəm/	n	項目
☐ 42. policy	/`pɑləsɪ/	n	保單
☐ 43. launch	/lɔntʃ/	v/n	展開
☐ 44. campaign	/`kæm`pen/	n	活動
☐ 45. volume	/`vɑljəm/	n	量，體積，大量
☐ 46. necessities	/nə`sɛsətɪ/	n	必須品
☐ 47. balance	/`bæləns/	n	收支差額；餘額
☐ 48. cutback	/`kʌtbæk/	n	裁員
☐ 49. downsize	/`daʊnsaɪz/	v	縮減
☐ 50. benefit	/`bɛnəfɪt/	n/v	利益；有利於
☐ 51. detailed	/`ditel/	adj	詳細的
☐ 52. strategy	/`strætədʒɪ/	n	策略
☐ 53. favorable	/`fevɚ/	adj	有利的
☐ 54. efficient	/ɪ`fɪʃənt/	adj	有效率的
☐ 55. punctually	/`pʌŋktʃuəl/	adv	準時地
☐ 56. exhibition	/ˌɛksə`bɪʃən/	n	展覽
☐ 57. insurance	/ɪn`ʃʊrəns/	n	保險
☐ 58. warranty	/`wɔrəntɪ/	n	保固
☐ 59. expire	/ɪk`spaɪr/	v	到期
☐ 60. downturn	/`daʊn tɝn/	n	衰退
☐ 61. project	/`prɑdʒɛkt/	n/v	計畫
☐ 62. reinforcement	/ˌren`fɔrs̃e mənt/	n	強化
☐ 63. validity	/və`lɪdətɪ/	n	正當性
☐ 64. price-cutting	/`praɪs `kʌtɪŋ/	n	削價
☐ 65. compete	/`kəm`pit/	v	競爭
☐ 66. negotiation	/nɪˌgoʃɪ`eʃən/	n	談判
☐ 67. bottom line	/`bɑtəm laɪn/	phr	底線
☐ 68. confidential	/ˌkɑnfə`dɛnʃəl/	adj	保密的
☐ 69. contractor	/`kən`træktɚ/	n	承包商
☐ 70. outlet	/`aʊt`lɛt/	n	暢貨中心

1. After all applications are received, the city council - - - - - - - a meeting to choose new marketing contractors for the new outlet plaza.

(A) held

(B) holds

(C) hold

(D) will hold

2. Concern about the future of many marine animals - - - - - - - to a rapid reduce in trading of marine products recently, especially those made from international conserved ones.

(A) leads

(B) has led

(C) leading

(D) lead

3. By the end of a negotiation, the representatives' bottom line - - - - - - - confidential.

(A) were kept

(B) was kept

(C) had kept

(D) has been kept

4. The mental reinforcements in ensuring product validity - - - - - - - damage throughout the upcoming price-cutting competition.

(A) minimizes

(B) will minimize

(C) minimized

(D) minimize

(D) 在收到所有的申請文件之後，市議會將召開會議，為新的購物廣場選擇新的行銷承包商。

題目解析　上下文的句意中，關鍵字句為附屬子句的「現在簡單式」，暗示著「現在時間」或者「不確定的未來」；而上下文的句意適合用「未來」的動作來表示將要發生的事件，所以答案選 (D)。

中文翻譯　**(B)** 對於許多海洋動物未來的擔憂導致海洋產品交易迅速減少，特別是那些由國際保護物種所製成的產品。

題目解析　上下文的句意中，關鍵字句為 recently「最近地」，表示從「以前」到「講話時」的動作或經驗持續狀態，應該用「完成式」，所以答案選 (B)。

中文翻譯　**(D)** 通過談判結束前，代表們的底線一直是保密的。

題目解析　上下文的句意中，關鍵字句為 by ＋時間點，表示「在 ... 時間之前」，是「完成式」的基本概念；又上下文句意需要「被動」用法，所以答案選 (D)。

中文翻譯　**(B)** 在心理上強化保證產品的正當性，會在整個即將到來的削價競爭中，將損害降到最低。

題目解析　上下文的句意中，upcoming「即將到來的」，表示「未來」時間，所以答案選 (B)。

5. We had hardly reached our goal when we - - - - - - - the deadline for the project.

(A) had met

(B) will have met

(C) met

(D) had met

6. Although the output situation seems poor at the moment, we - - - - - - - a swift improvement once the downturn is over.

(A) anticipated

(B) anticipate

(C) will anticipate

(D) are anticipate

7. I - - - - - - - to inform you that the expired date of your insurance in this product warranty will be further extended as of June 15th for one more year via our promotion campaign.

(A) write

(B) will write

(C) writing

(D) am writing

8. I - - - - - - - to have the exhibition permit no later than mid-July.

(A) had expected

(B) am expecting

(C) expect

(D) had been expecting

中文翻譯 (C) 我們於計劃截止時，還未達成我們的目標。

題目解析 上下文的句意中，關鍵字句為 hardly...when，表示「一…就…」，是「過去時間完成式」與「過去時間簡單式」的運用；when 的句子需要用「過去時間簡單式」，所以答案選 (C)。

中文翻譯 (C) 雖然輸出的情況目前看來不佳，但衰退一旦結束，我們預計會迅速改善。

題目解析 上下文的句意中，關鍵字句為 once，表示「預計」狀態，屬「未來」時間的用法，所以答案選 (C)。

中文翻譯 (D) 這封信是為了告訴你，透過我們產品的促銷，您這個產品保固的保險到期日進一步於 6 月 15 日起延長一年。

題目解析 本題為 New TOEIC 書信體中慣用的書信告知 / 通知開頭寫法。用意是，讓讀這封信或訊息的人，在讀時如同告知者正在跟被告知者敘述一件事的原委，所以用「現在時間進行式」。所以答案選 (D)。

中文翻譯 (B) 我期待最晚能在七月中旬拿到展覽會的許可證。

題目解析 上下文的句意中，關鍵字句為 no later than，表示「最晚不超過」，屬「未來」時間的用法；答案選項中並沒有未來時間的動詞形式，但是「現在時間進行式」除了指「當下進行中的行為」之外，搭配 expect 這個字可以暗指「持續進行的意願」，所以答案選 (B)。

9. Being more efficient and starting earlier, we - - - - - - - the deadline punctually fortunately.

(A) would have met

(B) will have met

(C) would meet

(D) will meet

10. We - - - - - - - several interesting variations on the original business model to you, which we have experienced for a long time.

(A) presented

(B) are presenting

(C) have presented

(D) will be present

11. Although economic conditions seemed favorable at the time, the firm - - - - - - - pursuing long-term investment.

(A) does not consider

(B) will not consider

(C) were not considered

(D) had not considered

12. Ms. Kingsley and Mr. Curtis developed a detailed strategy in their product promotion while they - - - - - - - a discussion about the company's future.

(A) have

(B) having

(C) were having

(D) will have

中文翻譯 (D) 由於我們效率好、起步又早，我們一定能幸運地如期趕上最後期限。

題目解析 上下文的句意中，關鍵字句為 earlier 與 punctually，punctually 表示「準時地；如期地」，意指「未來」的狀態，所以答案選 (D)。

中文翻譯 (B) 我們將呈現給你一些針對原有商業模式的有趣變化，而我們也親自體驗這些變化有一段時間了。

題目解析 關鍵字句為 have experienced，表示「現在時間完成式」，意指「現在當下」的狀態；而上下文的句意中，「現在時間進行式」指當下行為，所以答案選 (B)。

中文翻譯 (D) 雖然此時經濟狀況似乎良好，該公司仍然沒有考慮追求長期的投資。

題目解析 上下文的句意中，關鍵字句為 seemed，表示「過去時間簡單式」，所以整句應當用「過去」時間。consider 一字於上下文應當用「主動」用法，所以答案選 (D)。

中文翻譯 (C) Kingsley 女士和 Curtis 先生在他們的產品推廣上，制定了詳細的策略；同時，他們對公司的未來進行討論。

題目解析 上下文的句意中，關鍵字句為 while，表示「當下進行的動作」，所以附屬子句應用「進行式」，所以答案選 (C)。

13. This health product, normally - - - - - - - the elderly or people who are taking certain types of medication.

(A) was benefiting
(B) benefits
(C) has benefitted
(D) have been benefitting

14. The president's speech at tomorrow's meeting - - - - - - - consumers' concerns about cutbacks and downsizing of product supplies.

(A) be addressed
(B) addressed
(C) have addressed
(D) will address

15. Ms. Decker's membership of marketing daily necessities in this region will be reissued as soon as she - - - - - - - the outstanding balance and fees.

(A) has paid
(B) will pay
(C) paid
(D) pays

16. Despite the size of your order and our current business volume, we are confident we - - - - - - - the production deadline.

(A) living up to
(B) will live up to
(C) live up to
(D) lived up to

(B) 一般來說，該保健品有利於老年人，或正在服用某些藥物類型的人。

上下文的句意中，關鍵字句為 are taking，表示「當下進行的動作」，所以整句應當用「現在」時間；句意中無需用到完成式概念，所以答案選 (B)。

(D) 總裁將在明天的會議上發表演說，談論消費者對裁員和縮減產品供應的擔憂。

上下文的句意中，關鍵字句為 tomorrow，表示「未來」，所以整句應當用「未來」時間的動詞形式；句意中無需用到「完成式」概念，所以答案選 (D)。

(D) Decker 女士於結清餘額及費用後，就能予以核發她在這個區域行銷日用品的會員資格。

上下文的句意中，關鍵字句為 as soon as，表示「只要 ... 就 ....」、「一…就…」；附屬子句用「現在簡單式」來代替「未來簡單式」，所以答案選 (D)。

(B) 不管您的訂單大小與我們目前業務量的規模，我們有信心將達成生產的最後期限。

關鍵字句為 are，表示「現在時間簡單式」；附屬子句上下文句意應當用「未來簡單式」，所以答案選 (B)。

17. S&G Gaming - - - - - - - to launch a promoting campaign downtown two years ago.

(A) had applied
(B) apply
(C) has applied
(D) will apply

18. The annual market representative seminar is - - - - - - - on Monday January 15th in the cafeteria from 9 a.m. until noon.

(A) about to hold
(B) to be held
(C) going to hold
(D) about to holding

19. I attended your seminar about policy promoting skills last year, and - - - - - - - interested in enrolling with several other senior colleagues this year.

(A) going to be
(B) have been
(C) am
(D) having to be

20. The luxury goods market - - - - - - - during the economic crisis since consumers reduced spending on non-essential items.

(A) had suffered
(B) has suffered
(C) suffer
(D) suffering

中文翻譯 (C) S & G 遊戲公司兩年前就已提出到市中心展開促銷活動的申請。

題目解析 關鍵字句為 two years ago，表示「一段時間的長度」；上下文句意應當用「現在時間完成式」，所以答案選 (C)。

中文翻譯 (B) 每年的市場代表人員研討會，將於 1 月 15 日的上午 9 點到中午，在餐廳舉辦。

題目解析 關鍵字句為 is，表示「現在時間」；而上下文句意應當表示「即將發生的事件」，且為被動用法，所以用 beV + VR 表示「未來事件」，所以答案選 (B)。

中文翻譯 (C) 我去年參加了你們的保單促銷技能研討會，而今年有興趣想與其他幾個的資深同事一起報名。

題目解析 關鍵字句為 this year，表示「今年」；而上下文句意用「現在時間簡單式」來表示事實，所以答案選 (C)。

中文翻譯 (B) 在經濟危機期間，奢侈品市場獲利不佳，因為消費者減少了非必要的項目支出。

題目解析 上下文的句意中，關鍵字句為 since，表示「從…開始」，是「完成式」的基本概念，所以答案選 (B)。

1. A demolition crew - - - - - - - clearing the bad debts property in the marketing section even before the proper permits were issued by the headquarter.

(A) will begin

(B) is beginning

(C) had begun

(D) has begun

2. The supervisor regards that the firm's promotion capacity - - - - - - - by the end of the year, provided a new group of full-time workers is hired.

(A) will double

(B) has doubled

(C) had doubled

(D) been doubled

3. The urgent supplies had scarcely got through to the region before hundreds of sales representatives who went without selling products for days - - - - - - - for them.

(A) reaches

(B) will reach

(C) have reached

(D) reached

4. The delay could not have been prevented because the local agents failed to achieve monthly quota until two weeks later than we - - - - - - - .

(A) are anticipated

(B) have anticipated

(C) are anticipating

(D) had anticipated

中文翻譯 (C) 甚至在總部發出適當的許可證之前，拆遷人員就已經開始清理行銷部門的壞帳資產。

題目解析 上下文的句意中，關鍵字句為 even before，表示「從…開始」，且在附屬子句中是屬於後發生的行為；所以早發生是用「完成式」的基本概念，所以答案選 (C)。

中文翻譯 (A) 主管認為，該公司的推廣能力到今年年底將增加一倍，如果新的一批全職員工經錄用的話。

題目解析 上下文的句意中，關鍵字句為 by the end of the year，表示「未來時間」，所以答案選 (A)。

中文翻譯 (D) 緊急物資才抵達那區域，數百個斷貨好幾天的銷售代表人員就搶著要。

題目解析 上下文的句意中，關鍵字句為 scarcely...before...，表示「一…就…」，附屬子句用「過去時間簡單式」，所以答案選 (D)。

中文翻譯 (D) 由於當地代理商的每月配額比我們預期的晚了兩個星期才達成，因此延遲無法避免。

題目解析 上下文的句意中，關鍵字句為 later than，表示「比…晚…」，且主要子句為「過去時間簡單式」；附屬子句中的動作為晚發生的事件，用「過去時間完成式」以表示事件先後，所以答案選 (D)。

5. Originally, we all thought the organization - - - - - - - the duty to the famous marketing agency before the news announced, but it was later proven to be a false step.

(A) attributed

(B) has attributed

(C) attributes

(D) is attributing

6. It was Mr. Medina who - - - - - - - operations in the warehouse when the balance of trade went wrong last week.

(A) will oversee

(B) oversees

(C) was overseeing

(D) is overseeing

7. In the past ten years, according to the statistics, the number of Americans using 90 percent of their disposable income to purchase redundant goods instead of paying off credit card debts - - - - - - - by 30 percent.

(A) has been rising

(B) will have risen

(C) was rising

(D) has risen

8. Because of the weakening economy this year, any purchases in new assets and properties - - - - - - - carefully studied over the next several months.

(A) have

(B) have been

(C) will be

(D) will have been

中文翻譯 (B) 本來，在消息公佈之前，大家都以為公司已將工作委任於著名的市場行銷機構，但後來這證明是錯誤的一步。

題目解析 關鍵字句為過去時間的動詞形式 (thought, annunced, was proven)；上下文的句意中表示原先預像更早的狀況，所以用「過去時間完成式」以表示事件先後，所以答案選 (B)。

中文翻譯 (C) 上一週進出口貿易差額出了問題時，負責監督倉庫營運的就是 Medina 先生。

題目解析 關鍵字句為過去時間 (last week)；上下文的句意中，強調當下「正在進行的行為」，所以用「進行式」，所以答案選 (C)。

中文翻譯 (D) 據統計，在過去的十年中，美國人會使用 90% 的可支配收入購買多餘的物品，而不是去還清信用卡欠款，這樣的人就成長了三成。

題目解析 關鍵字句為過去時間 (the past ten years)；上下文的句意中，強調當下「從過去已經持續一段時間的狀態或行為」，所以用「現在時間完成式」，所以答案選 (D)。

中文翻譯 (C) 由於今年的經濟疲軟，因此，在未來數個月內，任何新資產和財產的購買將接受詳細的研究。

題目解析 關鍵字句為未來時間 (the next several months)；上下文的句意中，強調未來將發生的一件事，所以用「未來時間簡單式」，所以答案選 (C)。

9. Market analysts predict that agricultural biotechnology - - - - - - - little interest for investors on account of the opposition to products, which have been genetically modified.

(A) hold

(B) held

(C) will hold

(D) have held

10. Anyone nominated for a position on the fair committee responsible for making marketing policies - - - - - - - to fill out a background information sheet designed to help the board evaluate their qualifications.

(A) will have been needed

(B) have been needed

(C) will be needed

(D) will need

11. The extremely poor sales figures we witnessed over the recent summer months - - - - - - - a dramatic effect on the supply industry, which is essentially crucial in revenue.

(A) are having

(B) have been

(C) have had

(D) has had

12. Mr. Parkinson actually - - - - - - - about his sales figures before the competition outcome was officially announced because he observed the consumers' eating habits in the cafeteria.

(A) was known

(B) has known

(C) had known

(D) knowing

中文翻譯 (C) 市場分析師預測，由於投資者反對經過遺傳改造的產品，因此才會對農業生物技術興趣缺缺。

題目解析 關鍵字句為 predict（預測）。後面理當接未來時間或動作狀態，所以用「未來時間簡單式」，所以答案選 (C)。

中文翻譯 (D) 任何被提名為博覽會委員會此一職位、負責制定營銷政策的人，將需要填寫背景資料，以幫助董事會評估其資格。

題目解析 上下文的句意中，前因後果判斷理當接主動的未來的動作狀態，所以用「未來時間簡單式」，所以答案選 (D)。

中文翻譯 (D) 我們看到，最近夏季月份的銷售數字十分不佳，這對供應業產生相當的影響，而供應業則在營收中扮演十分重要的角色。

題目解析 關鍵字句為 over the recent summer months，表示「從過去到現在的一段時間」。所以用「現在時間完成式」，所以答案選 (D)。

中文翻譯 (C) 由於 Parkinson 曾經觀察過消費者在餐廳的用餐習慣，因此早在比賽結果正式公佈之前，事實上他就已經知道他的銷售數據了。

題目解析 關鍵字句為 was announced；因為從上下文的句意中，「知道銷售數據」此一事實較早發生，所以應用早發生的「完成式」。又遇到過去時間，所以用「過去時間完成式」，所以答案選 (C)。

13. Marketing information indicates that pesticide companies - - - - - - - testing procedures to determine the levels at which toxic substances were harmful to humans to innovate the products concerned.

(A) develop

(B) developing

(C) had developed

(D) had been developed

14. As of this coming Tuesday, Allen Potter - - - - - - - the head of Research and Development in marketing for five years.

(A) to be

(B) was

(C) had been

(D) will have been

15. Since the test succeeded, a panel of program design experts - - - - - - - the restorations necessary to resume service to our clientele.

(A) had made

(B) has made

(C) made

(D) make

16. Recently, those in marketing positions - - - - - - - in more seminars and lectures on positive attitude and motivation for consumers.

(A) were participated

(B) are to be participating

(C) have been participating

(D) will have been participating

中文翻譯 (C) 行銷資料上有說明，殺蟲劑公司已經展開測試程序，以確定有毒物質對人體的有害程度，進而改革相關產品。

題目解析 關鍵字句為 were；因為從上下文的句意中，「開發」此一事實較早發生，所以應用早發生的「完成式」。又遇到過去時間，所以用「過去時間完成式」，所以答案選 (C)。

中文翻譯 (D) 從這個星期二起，Allen Potter 擔任研究和開發的營銷負責人一職就滿五年了。

題目解析 關鍵字句為 coming (即將到來的)，表示未來的狀態。又有時間點 (for five years) 表示「一段時間」，所以用「未來時間完成式」，所以答案選 (D)。

中文翻譯 (B) 由於測試成功，程式設計專家組成的小組已經做了必要的修復，以恢復我們的客戶服務。

題目解析 關鍵字句為 since，表示「過去時間」的起點，且上下文的句意有一段時間的持續狀態，所以用「現在時間完成式」，所以答案選 (B)。

中文翻譯 (C) 近來，位居市場行銷職位的人持續參與了許多研討會和講座，討論面對消費者的積極態度及動機。

題目解析 關鍵字句為 Recently (最近地)，表示「過去時間」的起點，且上下文的句意有一段時間的持續狀態，所以用「完成式」；又強調當下可能持續的行為，所以用「完成式」，答案選 (C)。

17. Although marketing brokers - - - - - - - the least in commissions all the time, they require you do your own purchase and sell instead of giving you advice.

(A) charging

(B) charge

(C) have been charging

(D) have been charged

18. The newspaper's chief editor, who is well-known for his demanding expectations, rarely - - - - - - - deadlines for his journalists as well as the least sales number of each issue.

(A) extending

(B) extended

(C) extend

(D) extends

19. The promotion items we strongly recommended - - - - - - - everything we needed for our campaign, from accommodations and transport to meals and event tickets with satisfying discounts.

(A) will provide

(B) provided

(C) provide

(D) has provided

20. For the last three years, I - - - - - - - as a freelance of market share analyst as a life-long career.

(A) had been working

(B) have worked

(C) have been working

(D) had worked

(C) 雖然行銷經紀人一直以來總是收取最少的佣金，但他們要求你自行買賣，而不是給你建議。

關鍵字句為 all the time（總是），表示「從過去時間持續到現在的經驗或動作」，且動詞為現在時間簡單式 (require)，所以比較早發生的用「完成式」，所以答案選 (C)。

(D) 這家報紙的主編對人期待甚高，眾所周知，他很少為他的記者延長期限，與增加每期的最低銷售數量。

這個句子沒有特殊的關鍵字句或時間、動作先後。所以句子中表現出一般現在事實，所以答案選 (D)。

(B) 我們強烈推薦的促銷項目涵蓋我們宣傳所需要的一切，從住宿、交通到膳食，甚至是包準滿意的優惠門票。

這個句子沒有特殊的關鍵字句或時間、動作先後。所以句子中表現出一般過去事實，所以答案選 (B)。

(C) 在過去的三年中，我以身為一個分析市場配額的自由作家為終身的職志。

關鍵字句為 for the last three years，表示「從過去時間持續到現在的經驗或動作」；且後面字句為 as a life-long career，表示是「終身的職志」，有未來延續性，所以答案選 (C)。

形容詞、副詞、比較級

單字與練習主題：工廠、製造品管

〜〜〜 練 習 前 先 看 一 眼 〜〜〜

基本概念 ── 一 形容詞、副詞

1.基本認識 ▶ 依修飾對象位置而言，可分為「前位修飾」與「後位修飾」。

(1)「前位修飾」多為單字、片語的結構；而「後位修飾」多為單字、片語、子句的結構。

(2)『形容詞』修飾名詞，說明『事物或人的性質或特徵』；而形容詞依動作性與否又大略分成「靜態形容詞」、「動態形容詞」。

(3)『副詞』主要用來修飾動詞，形容詞，副詞或其他結構。

(4)『副詞』與動詞、句子／子句的關係與位置十分密切；瞭解副詞的特性，新多益考試將無往不利。簡略如下。

圖示為：

A.【Adj. 與 Adv. 修飾對象】

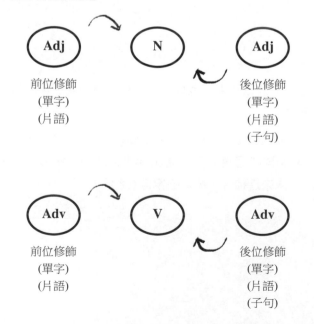

Adj	N	Adj
前位修飾		後位修飾
(單字)		(單字)
(片語)		(片語)
		(子句)

Adv	V	Adv
前位修飾		後位修飾
(單字)		(單字)
(片語)		(片語)
		(子句)

B.【Adv. 與 V 的位置】

　　a. 動詞從最簡單的「be 動詞 (beV)」，到「助動詞 (Aux.)」、「一般動詞」，與副詞的位置：插空隙，但注意 beV 之後不可能出現助動詞，所以用虛線區隔。

　　b. 口訣為：「beV 之後、一般動詞之前、助動詞與一般動詞的中間」

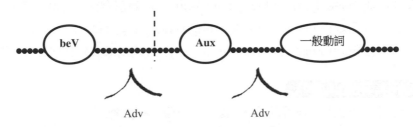

C.【Adv. 與句子的位置】

　　a. 副詞可放在「句首」、「句中」、「句尾」來修飾全句。

　　b. 按照「逗點 (comma)」的位置可以判斷該位置為副詞。新多益常考的是「句首」及「句中」用法。

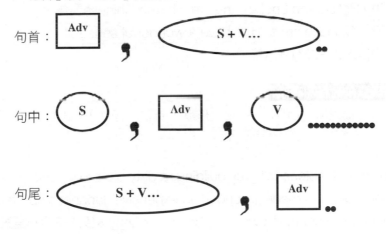

基本概念 二 形容詞

1. 類型 可將形容詞分成『性質形容詞』和『敘述形容詞』兩類，其位置不一定都放在名詞前面。

(1) 性質形容詞：直接說明事物的性質或特徵的形容詞是，有比較級、最高級的變化，可以用程度副詞修飾。

(2) 敘述形容詞：這類形容詞沒有級的變化，也不可用程度副詞修飾。大多數以 a 開頭的形容詞都屬於這一類。**例如**：afraid 害怕的。

2. 以形式來分

(1) 以 -ly 結尾的形容詞：N + ly = Adj.

　　例如：friendly, deadly, lovely, likely, brotherly... 仍為形容詞。

(2) 有些以 -ly 結尾既為形容詞，也為副詞：Adj + ly = Adv.

　　例如：daily, weekly, monthly, yearly, early... 既為形容詞，也為副詞。

　　　　The Economist is a weekly magazine. 《經濟學人》為週刊。

　　　　The Economist is published weekly. 《經濟學人》每週發行一期。

3. 用形容詞表示類別和整體

(1) 某些形容詞加上定冠詞可以泛指一類人，後面接複數動詞。

　　例如：the dead, the living, the rich, the poor, the blind, the hungry，表示類
　　　　　別和整體

　　The poor are regaining hope. 窮人即將重拾希望。

(2) 有關國家和民族的形容詞加上定冠詞指這個民族的整體，與動詞的複數連用。

　　例如：the British, the English, the French, the Chinese... 等

　　　　The Chinese are said to have a wonderful sense of humor.

　　　　中國人據說頗有幽默感。

4. 多個形容詞修飾名詞的順序

限定詞 -- 數詞 -- 描繪詞 --(大小，長短，形狀，新舊，顏色)-- 出處 -- 材料性質 -- 類
別 -- 名詞。

例如：a small round table, a tall gray building, a dirty old brown shirt,

　　　　a famous German medical school, an expensive Japanese sports car

(1) Johnny is going shopping with ___ boys. Johnny 與另外 2 個小男孩去購物。

　　(A) little two other　　(B) two little other

　　(C) two other little　　(D) little other two

　　答案：(C)。排列順序是：限定詞 -- 數詞 -- 描繪詞 --(大小，長短，形狀，新舊，
　　　　　顏色)--- 性質 -- 名詞的順序可知數詞，描繪詞，性質依次順序，只有 (C)
　　　　　符合答案。

(2) They crossed the _____ bridge behind the fountain.

　　他們越過了噴泉後方的舊中國石橋。

　　(A) old Chinese stone　　(B) Chinese old stone

(C) old stone Chinese　　(D) Chinese stone old

答案：(A)。排列順序是：年齡，形狀，大小＋顏色＋來源＋質地＋用途＋國家＋
名詞。

5. 形容詞的前位修飾

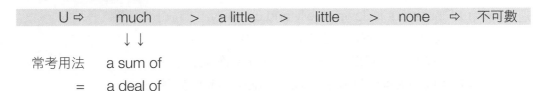

| U ⇨ | much | > | a little | > | little | > | none | ⇨ | 不可數 |

↓↓

常考用法　a sum of
　　　＝　a deal of
　　　＝ an amount of

| C ⇨ | many | > | a few | > | few | > | none | | 可數 |

↓↓

常考用法　a number of

	↓	↓	↓	↓
替代型寫法	＜許多＞	＜有些＞	＜少的可憐＞	＜沒有＞
	a lot of	（肯定）	（否定）	（否定）
＝	plenty of	＞　some	＞	
＝	a variety of			

例如：

(1) To work out the solution to the problem needs a deal of brainpower.
找出問題的答案需要許多腦力。　　　　．

(2) A number of students gathering there look for the missing rabbit.
許多學生聚在那裡找失蹤的兔子。

比較：

(3) The number of students gathering there is increasing step by step.
聚集在那裡的學生（數量）變得越來越多。

基本概念 三 副詞

1. 副詞的排列順序

(1) 時間,地點副詞,小單位的在前,大單位在後。

(2) 方式副詞,短的在前,長的在後,並用 and 或 but 等連詞連接。

　　例如：Please put it down slowly and carefully.　請放下時慢點、仔細點。

(3) 多個不同副詞排列：程度＋地點＋方式＋時間副詞。

　　A. 注意：副詞 very 可以修飾形容詞,但不能修飾動詞。

　　　　例如：I am fond of Physics very much.　我相當喜歡物理。

　　B. 注意：副詞 enough 要放在副詞和形容詞的後面,形容詞 enough 放在名詞前
　　　　　　後都可。

　　　　例如：I don't know Kenny well enough.　我不熟悉 Kenny。

　　　　　　There are enough rooms for everyone to stay in.

　　　　　　有足夠的房間供每個人住。

　　　　　　= There are rooms enough for everyone to stay in.

2. 副詞 Adj 型 = Adv 型

(1) close 與 closely：close 意思是 " 近 "；closely 意思是 " 仔細地 "。

　　例如：He is standing close to me.　他就站在我附近。

　　　　Watch her closely.　　　　盯著她。

(2) late 與 lately：late 意思是 " 晚 "；lately 意思是 " 最近 "。

　　例如：You have come too late.　你來得太晚了。

　　　　What have you been lately?　近來好嗎?

(3) deep 與 deeply：deep 意思是 " 深 ",表示空間深度；deeply 時常表示感情上的
　　深度, " 深深地 "。

　　例如：He pushed the knife deep into the melon.　他把刀子深深插進西瓜裏。

　　　　Even widows were deeply moved by the film.

　　　　即便是喪夫者,也會被這電影深深打動。

(4) high 與 highly：high 表示空間高度；highly 表示程度,相當於 much。

　　例如：They saw the plane flying high.　他們看見這架飛機飛得很高。

　　　　The board think highly of your opinion.　董事會相當地重視你的看法。

(5) wide 與 widely：wide 表示空間寬度；widely 意思是 " 廣泛地 ", " 在許多地方 "。

例如：He left the door wide. 他把門開得大大的。

　　　　Politeness is widely welcomed in the world.

　　　　禮貌在世界廣受歡迎。

(6) free 與 freely：free 的意思是 " 免費 "；freely 的意思是 " 無限制地 "。

例如：You can eat free in my cafeteria whatever you like.

　　　　在我這餐廳，你想吃啥都可以。

　　　　Students may speak freely. 學生可以暢所欲言。

基本概念 四 比較級

1. 形容詞與副詞的比較級 大多數形容詞 (性質形容詞) 和副詞有比較級和最高級的變化，即原級、比較級和最高級，用米表示事物的等級差別。原級即形容詞的原形，比較級和最高級有規則變化和不規則變化兩種。

(1) 規則變化：單音節詞和少數雙音節詞，加詞尾 -er, -est 來構成比較級和最高級。

構成法	原級	比較級	最高級
一般單音節詞未尾加 -er,-est	tall	taller	tallest
以不發音的 e 結尾的單音詞和少數以 - le 結尾的雙音節詞只加 -r,-st	nice	nicer	nicest
以一個輔音字母結尾的閉音節單音節詞，雙寫結尾的輔音字母，再加 -er,-est	big	bigger	biggest
"以輔音字母 +y" 結尾的雙音節詞，改 y 為 i，再加 -er, -est	busy	busier	busiest
少數以 -er,-ow 結尾的雙音節詞未尾加 -er,-est	clever/narrow	cleverer/narrower	cleverest/narrowest
其他雙音節詞和多音節詞，在前面加 more, most 來構成比較級和最高級	important/easily	more important/more easily	most important/most casily

(2) 不規則變化

原級	比較級	最高級
good	better	best
well (健康的)		
bad	worse	worst
ill (有病的)		
old	older/elder	oldest/eldest
much/many	more	most
little	less	least
far	farther/further	farthest/furthest

2. 原級比較 as ＋形容詞或副詞原級＋ as

(1) 在否定句或疑問句中可用 so... as。

例如：

He cannot run so/as fast as you can. 他沒你跑得快。

(2) 當 as... as 中間有名詞時採用以下格式：as ＋形容詞＋ a ＋單數名詞 / as ＋ many/much ＋名詞。

例如：

This is as good an example as the other is. 這個例子和另外一個一樣好。

I can carry as much paper as you can. 你能搬多少紙，我也能搬。

(3) 用表示倍數的詞或其他程度副詞做修飾語時，放在 as 的前面。

例如：

This room is twice as big as that one. 這房間的面積是那間的兩倍。

Your room is the same size as mine. 你的房間和我的一樣大。

(4) 倍數＋ as ＋ adj. ＋ as   <=> 倍數＋ the …＋ of。

例如：

This bridge is three times as long as that one. 這座橋的長度是那座的三倍。

= This bridge is three times the length of that one.

Your room is twice as large as mine. 你的房間是我的兩倍大。

＝ Your room is twice the size of mine.

3. 優質 / 劣質比較 比較級形容詞或副詞＋ than 。

例如：(錯) You are taller than me.

(對) You are taller than I (am).　你比我高。➜ (優質比較)

= I am shorted than you (are).　我比你矮。➜ (劣質比較)

例如：The lights in your room are brighter than those in mine. 你房間的那些燈比我房間裡的亮。

(1) 注意：

　A. 要避免重複使用比較級。

　　(錯) He is more cleverer than his brother.

　　(對) He is more clever than his brother.

　　(對) He is cleverer than his brother.　他比他哥哥聰明。

　B. 要避免將主語含在比較物件中。

　　(錯) Taipei is larger than any city in Taiwan.

　　(對) Taipei is larger than any other city in Taiwan.

　　　　Taipei 比台灣的任何城市要大。

　　= No other cities in Taiwan is larger than Taipei.

　C. 要注意對應句型，遵循前後一致的原則。

　　(對) The population of Taipei is larger than that of Tainan.

　　Taipei 的人口比 Tainan (的人口) 要多。

　　(錯) The population of Taipei is larger than Tainan.

　　(對) It is easier to make a project than (to) carry it out.

　　　　　訂計畫比執行要簡單。

　　(錯) It is easier to make a project than carrying it out.

　D. 要注意 the ＋比較級的使用。

　　Which is larger, Canada, China or America?

　　加拿大，中國與美國哪個比較大？

　　Which is the larger country, Canada or Australia?

　　加拿大與美國哪個比較大？

　　Mary is taller than her two sisters.

　　Mary 比她 2 個姐姐要高。(總共 3 個)

　　Mary is the taller of the two sisters.

　　Mary 是 2 個姊妹中較高的那個。(總共 2 個)

4. 可修飾比較級的詞 ▶ rather, much, many , even, still, any, far, a bit, a little, a lot, by far, a great deal,…

例如：The experiment was ＿＿＿ easier than we had expected.

實驗比我們預計的要簡單。

(A) more　(B) much more　(C) much　(D) more much

答案：(C) much 可修飾比較級，而且 easier 本身已是比較級，不需 more，因此 (C) 為正確答案。

If there were no examinations, we should have ＿＿＿ at school.

如果沒有考試，我們的學校生活應當快樂些。

(A) the happiest time　　　　(B) more happier time

(C) much happiest time　　　(D) much happier time

答案：(D)。

5. far 有兩種比較級，farther, further ▶ 一般 father 表示『距離』，further 表示『程度上更進一步』，非實際可測量的距離。

例如：I have nothing further to say.　我沒什麼要說了。

You cannot go any further to cross one's baseline.

你不可以再往前踩別人底線。

6. the ＋最高級＋比較範圍

(1) 形容詞最高級前通常必須用定冠詞 the，副詞最高級前可不用。

例如：The Tokyo Skytree is the tallest tower in the world.

東京晴空塔是世界上最高的塔。

(2) 下列詞可修飾最高級，by far, far, much, mostly, almost。

例如：This building is nearly / almost the biggest.

這棟建築差不多是最大的了。

注意：

A. very 可修飾最高級，但位置與 much 不同。

This is the very best.　這個比最好還好。

＝This is much the best.

B. 序數詞通常只修飾最高級。

例如：

Kenny's salary is the second highest in the company.

Kenny 的薪水是公司第二高的。

(3) 最高級的意義有時可以用比較級表示出來。

　　例如：Judy is the most intelligent in her class.　Judy 是班上最聰明的。

　　　　　= Judy is more intelligent than any other students in her class.

　　　　　= No other students in her class are more intelligent than Judy.

(4)『否定詞語＋比較級』:『否定詞語＋ so... as 』結構也可以表示最高級含義。

　　例如：Nothing is so cheap as this.　沒比這更便宜的了。

　　　　　= Nothing is cheaper than this.

　　　　　= This is the cheapest.

7. 和 more 有關的片語

(1) the more... the more...：　越…就越…。

　　例如：The harder you work, the greater progress you make.

　　　　　越努力，進步越大。

(2) more A than B = less B than A　與其說 A 不如說 B。【三級互換好句子】

　　例如：Ma is more brave than wise.　與其說 Ma 聰明，倒不如說他勇敢。

　　= Ma is less wise than brave.

　　= Ma is not as wise as brave.

　　= Ma is not so much as wise as brave.

(3) no more... than...：　與…一樣…；不比…多。

　　例如：The employees could see no more than the president.

　　　　　員工們看到的和總裁一樣多。

(4) no less... than...：　與…一樣…。

　　例如：Judy is no less diligent than Lily.　Judy 和 Lily 一樣勤勉。

(5) no later than：不晚於；在…之前。

　　例如：The shipment should arrive no later than July 1st .

　　　　　貨品應該在 7 月 1 號前抵達。

☐ 1	address	/əˋdrɛs/	v	提出（意見或書面陳述）
☐ 2	aggressive	/əˋgrɛsɪv/	adj	侵略的，好攻擊的
☐ 3	agricultural	/ˏægrɪkˋʌltʃərəl/	adj	農業的
☐ 4	alter	/ˋɔltə/	v	改變
☐ 5	aspect	/ˋæspɛkt/	n	方面
☐ 6	assembly	/əˋsɛmblɪ/	n/v	集合；集會；裝配；安裝
☐ 7	audit	/ˋɔdɪt/	n/v	審計，查核
☐ 8	balance	/ˋbæləns/	n/v	收支差額；餘額
☐ 9	bid	/bɪd/	v/n	祝願；命令，吩咐；報價
☐ 10	bonus	/ˋbonəs/	n	額外津貼；獎金
☐ 11	collapse	/kəˋlæps/	n/v	倒塌
☐ 12	comparable	/ˋkɑmpærəbl/	adj	可比較的；可相提並論的
☐ 13	complex	/ˋkɑm plɛks/	n	（運動的 / 娛樂的）綜合場所
☐ 14	considerable	/kənˋsɪdərəbl/	adj	相當多的；相當大的
☐ 15	considerate	/kənˋsɪdərɪt/	adj	體貼別人的
☐ 16	consultant	/kənˋsʌltənt/	n	顧問
☐ 17	consumption	/kənˋsʌmpʃən/	n	消耗
☐ 18	convention	/kənˋvɛnʃən/	n	大會
☐ 19	cooperative	/koˋɑpərətɪv/	adj	合作性質的；聯營的
☐ 20	coordinate	/koˋɔrdnˏet/	v	協調
☐ 21	crude	/krud/	adj	粗陋的；未加工的
☐ 22	distinctive	/dɪˋstɪŋktɪv/	adj	特別的；有特色的
☐ 23	downturn	/ˋdaʊntɝn/	n	低迷時期；（景氣、物價等的）下降，不振，沉滯
☐ 24	economic	/ˏikəˋnɑmɪk/	adj	經濟學的；經濟的
☐ 25	economical	/ˏikəˋnɑmɪkl/	adj	實惠的；節儉的
☐ 26	efficient	/ɪˋfɪʃənt/	adj	有效率的
☐ 27	eligible	/ˋɛlɪdʒəbl/	adj	有資格的
☐ 28	exempt	/ɪgˋzɛmpt/	adj	被免除義務或責任
☐ 29	extensive	/ɪkˋstɛnsɪv/	adj	廣闊的
☐ 30	fabric	/ˋfæbrɪk/	n	織物
☐ 31	feasible	/ˋfizə bl/	adj	可實行的
☐ 32	forfeit	/ˋfɔrfɪt/	v	失去或放棄；沒收，喪失
☐ 33	franchise	/ˋfræn tʃaɪz/	n	經營權

☐	34	gross	/gros/	n/adj	總量；總共的
☐	35	halt	/hɔlt/	v	暫停；停頓
☐	36	impressive	/ɪm`prɛsɪv/	adj	令人深刻印象的
☐	37	incredibly	/ɪn`krɛdəblɪ/	adv	不可置信地
☐	38	indicative	/ɪn`dɪkətɪv/	adj	陳述的；指示的
☐	39	manner	/`mænɚ/	n	方式；方法
☐	40	manufacturer	/`mænjʊ`fæktʃərɚ/	n	廠商；製造業者
☐	41	mass production	/`mæs `prə`dʌkʃən/	phr	大量生產
☐	42	merchandise	/`mɝtʃən`daɪz/	n	商品
☐	43	merchant	/`mɝtʃənt/	n	商人
☐	44	negotiate	/nɪ`goʃɪˏet/	v	商議；談判
☐	45	observance	/əb`zɝvəns/	n	遵守，慣例，儀式
☐	46	opportunity	/ɑpɚ`tjunətɪ/	n	機會
☐	47	option	/`ɑpʃən/	n	選擇
☐	48	outage	/`aʊtɪdʒ/	n	斷電；儲運損耗
☐	49	overtime	/`ovɚˏtaɪm/	n	加班
☐	50	panel	/`pænl/	n	座談小組；儀表板
☐	51	permanent	/`pɝmənənt/	adj	永久的；永恆的
☐	52	perspective	/pɚ`spɛktɪv/	n	觀點
☐	53	persuade	/pɚ`swed/	v	說服或勸說
☐	54	potential	/pə`tɛnʃəl/	n/adj	有潛力的
☐	55	process	/`prɑsɛs/	n	程序；過程
☐	56	progressive	/prə`grɛsɪv/	adj	進步的；有進展的
☐	57	reckless	/`rɛklɪs/	adj	魯莽的
☐	58	rejection	/rɪ`dʒɛkʃən/	n	拒絕
☐	59	rejuvenation	/rɪˏdʒuvɪ`neʃən/	n	返老還童
☐	60	render	/`rɛndɚ/	v	遞交或開出
☐	61	resolve	/rɪ`zɑlv/	v	決定；決心
☐	62	respective	/rɪ`spɛktɪv/	adj	各自的；分別的
☐	63	routine	/ru`tin/	n/adj	例行公事
☐	64	satiate	/`seʃɪˏet/	v	滿足
☐	65	specialize	/`spɛʃəl`aɪz/	v	專門從事
☐	66	successive	/sək`sɛsɪv/	adj	連續不斷的
☐	67	tariff	/`tærɪf/	n	關稅表；價目表
☐	68	warehouse	/`wɛr`haʊs/	n	倉庫
☐	69	yield rate	/`jild`ret/	phr	良率；收益率

1. A sheer variety of products that we offer for sale are - - - - - - -
unmatched by any of our competitors.

(A) distinctive

(B) distinctively

(C) distinct

(D) distinctness

2. Products manufactured in Mautei are - - - - - - - from any taxes or tariffs
within the Asian market.

(A) exemption

(B) exemptly

(C) exempt

(D) exempted

3. Sales of Mongolia-made products climb - - - - - - - from $500 million in
2012 to more than $600 million last year.

(A) progressed

(B) progressing

(C) progressive

(D) progressively

4. All production is halted, and until the company's profits get improved by
5%, neither side seems - - - - - - - to negotiate.

(A) preparation

(B) preparing

(C) prepare

(D) prepared

中文翻譯 (B) 我們的銷售產品多元，對我們的任何競爭對手而言，非常明顯地是無法比擬的。

題目解析 空格之後是動詞所變化而來的形容詞用法，而空格之前為 beV；該空格由本句句意中知道用以強化形容詞 (unmatched)，所以該詞性應該用「副詞」。

中文翻譯 (C) 在 Mautei 生產的產品，可免於亞洲市場的任何稅收或關稅。

題目解析 空格之前為 beV, beV 之後應該用形容詞，而且本句句意中沒有用到修飾句子、動詞的副詞或其他結構的用法，所以答案選 (C)。

中文翻譯 (D) 蒙古製造的產品銷售從 2012 年的 5 億美元，逐步攀升到去年 6 億美元以上。

題目解析 空格之前為一般動詞，一般動詞之後應該用副詞加以強化動詞的動作，所以答案選 (D)。

中文翻譯 (D) 現在所有的生產工作停擺，且在公司利潤提升至 5% 前，雙方似乎還未能準備好進行協商。

題目解析 空格之前為「連綴動詞」，連綴動詞之後應該用形容詞，而且本句句意中沒有用到修飾句子、動詞或其他結構的用法，所以答案選 (D)。此句主詞為人或者是擬人化的對象，動詞 prepare 應當用過去分詞 (V-p.p.) 形式，來表達人或者是擬人化的對象接受動作。

5. Foreign businessmen often express - - - - - - - amazement at how far our manufacturer can achieve what they originally think impossible.

(A) unexpecting

(B) unexpect

(C) unexpected

(D) unexpective

6. The unconventional manner of controlling the company's product yield was the cause of - - - - - - - debate in the office.

(A) much

(B) many

(C) mostly

(D) almost

7. The CEO has - - - - - - - influence on the director's decisions, but not enough to make a difference in mass production.

(A) various

(B) much

(C) several

(D) a little

8. In spite of consumer objection, Infocus will spend - - - - - - - time expanding the potential benefits of building cell phone plants.

(A) consider

(B) considerate

(C) considerable

(D) consideration

中文翻譯 (C) 外國商人對於我們的製造廠商的表現驚訝，因為製造廠商實現了他們原本認為不可能的事情。

題目解析 空格之前為一般動詞，空格之後為名詞；按照本句句意，應當屬形容詞為前位修飾，就進修飾之後的名詞。動詞 unpexpected 當形容詞用時，應當用過去分詞 (V-p.p.) 形式表達被動語態，所以答案選 (C)。

中文翻譯 (A) 該公司並非以傳統的方式控制產品良率，因而引發諸多的辦公室爭論。

題目解析 空格之後為不可數名詞；修飾不可數名詞的前位修飾語、表示「許多」中文意思的，只有答案 (A)。

中文翻譯 (D) 這位 CEO 對主導者的決定有些影響，但還不足以大到讓大量生產的決定產生差異。

題目解析 空格之前為一般動詞，空格之後為名詞；而且後面句子中還有一個連接詞 (but) 表示前後相反句意。所以，按照本句句意，空格應當為修飾不可數名詞的前位修飾語、表示「有些」的中文意思，所以答案選 (D)。

中文翻譯 (C) 儘管消費者的反對，Infocus 還是會花費相當長的時間，擴大建設手機工廠的潛在優勢。

題目解析 空格之前為一般動詞，空格之後為名詞；所以，按照本句句意，空格應當為修飾不可數名詞的前位修飾語、表示「相當的」的中文意思，所以答案選 (C)。

9. The LP-5408 laser printer is superior - - - - - - - others in the market on both efficiency and quality.

(A) than

(B) of

(C) as

(D) to

10. Stunned by the - - - - - - - performance of the production yield these years, the magazine critic was at a loss for words when he sat down to write a review of the firm.

(A) impress

(B) impressed

(C) impressively

(D) impressive

11. Given the recent failure in warehousing, the profits of the factory are - - - - - - - to drop by 2% in the next couple of quarters.

(A) like

(B) alike

(C) likely

(D) likelihood

12. Setting up plants in the commercial districts brings - - - - - - - more profits than in the industrial ones because there is always more consumption in the former ones.

(A) more

(B) even

(C) so

(D) too

中文翻譯 (D) LP-5408 雷射印表機在效率和品質上，都優於市場上的其他機種。

題目解析 superior 一字為美語借用的拉丁字，所造成的比較級用法。與美語用法比較級不同的是，不用連接詞的 than，而用介系詞的 to，所以答案選 (D)。

中文翻譯 (D) 雜誌評論家坐下來寫這間公司的評論時，對其這些年令人印象深刻的生產良率訝異到說不出話來。

題目解析 空格之後為不可數名詞；修飾不可數名詞的前位修飾語應當用形容詞，所以答案選 (D)。選項 (B) 是動詞的 V-p.p. 所衍生而來的形容詞用法，暗指所修飾對象的「被動、完成」狀態，與上下文不符，所以不選。

中文翻譯 (C) 鑑於倉儲近期失去效能，在未來幾季中，工廠的利潤有可能下降 2%。

題目解析 空格之前為 beV, beV 之後應該用形容詞，而且本句句意中沒有用到修飾句子、動詞或其他結構的用法，所以答案選 (C)。like 當介系詞時，前面需要有名詞或 beV，後面要接 V-ing，與上下文不符，所以不選。alike 可以為形容詞，中文翻為「一樣的；相似的」，或副詞中文翻為「同樣地」。但多為放句尾的修飾語，與上下文不符，所以不選。選項 (D) 為名詞，為 beV 之後的主詞補語，與上下文不符，所以不選。

中文翻譯 (B) 在商業區設廠，比在工業區帶來更多的利潤，因為前者的消費量總是較多。

題目解析 空格之前為一般動詞，空格之後為形容詞＋名詞的結構；所以，按照本句句意，空格應當為強化形容詞的副詞前位修飾語、表示「更…的」的中文意思，所以答案選 (B)。

13. Construction contractors with high adaptability in their products are - - - - - - - to apply for the positions on assembly lines because of the extensive mobile demands.

(A) eligibility
(B) eligibleness
(C) eligible
(D) eligibly

14. After a heated debate, the factory director and assistant manager in production department both returned to their - - - - - - - offices.

(A) respective
(B) respectful
(C) respectable
(D) respected

15. Once his competitor collapses, Ben will be the - - - - - - - heir to the family's textile business.

(A) succession
(B) successful
(C) successive
(D) success

16. In general, this year's gross output is - - - - - - - to that of the previous downturn years.

(A) compared
(B) compare
(C) comparable
(D) comparative

中文翻譯 (C) 因為大量的機動性要求，配合度高的承包商有資格去申請在組裝線上的職缺。

題目解析 空格之前為 beV, beV 之後應該用形容詞，而且本句句意中沒有用到修飾句子、動詞或其他結構的用法，所以答案選 (C)。

中文翻譯 (A) 經過激烈的辯論，廠長和生產部門的副經理均回到了各自的辦公室。

題目解析 空格之前為限定詞中的所以格用法，空格之前為名詞，而修飾名詞應當用「形容詞」來當名詞的「前位修飾語」，而且本句句意中沒有用到修飾句子、動詞或其他結構的用法，所以答案選 (A)。選項 (B) respectful，英英解釋為 "feeling or showing respect"，解釋為 "尊重人的，表示敬意的，有禮貌的"，與上下文不符，所以不選。選項 (C) respectable，英英解釋為 "be approved of by society and considered to be morally correct"，解釋為 "值得尊重的，人格高尚的"，與上下文不符，所以不選。選項 (D) respected，中文解釋為「受尊敬的」，與上下文不符，所以不選。

中文翻譯 (C) Ben 的對手一旦崩潰敗下，Ben 將成為家族紡織企業裡的即位繼承人。

題目解析 空格之前為限定詞中的定冠詞用法，空格之前為名詞，而修飾名詞應當用「形容詞」來當名詞的「前位修飾語」，而且本句句意中沒有用到修飾句子、動詞或其他結構的用法，所以答案選 (C)。

中文翻譯 (C) 總而言之，今年的總輸出量足以媲美多年前的低迷景況。

題目解析 空格之前為 beV, beV 之後應該用形容詞，而且本句句意中沒有用到修飾句子、動詞或其他結構的用法，所以答案選 (C),「可比較的；適合相比的」；英英解釋為 "able or suitable to be compared "。選項 (D) 中文翻譯為「比較的；相比較來說的」；英英解釋為 "measured or judged by comparing"，中文解釋為 "因為比較而加以判斷的"，與上下文不符，所以不選。

17. There is so much competition in products that prices are - - - - - - - likely to stay low.

(A) height

(B) highlily

(C) high

(D) highly

18. It was incredibly - - - - - - - of the director to give the assembly employees the extra bonus for the overtime.

(A) considerable

(B) considerate

(C) consider

(D) consideration

19. Once the new security system was put in, the factory will have - - - - - - - trouble with prowlers, who stole manufacturing secrets inside.

(A) the fewest

(B) less

(C) fewer

(D) the least

20. Mr. Thomson is a good leader for the reason that he is able to provide - - - - - - - criticism in a way that most people are receptive to.

(A) constructs

(B) constructor

(C) constructive

(D) construction

中文翻譯 (D) 產品上如此多的競爭，讓價格很有可能會停留在低點。

題目解析 空格之前為 beV, beV 之後已經出現形容詞 (likely)；所以，修飾形容詞應當用副詞用法，所以答案選 (D)。選項 (A) 是名詞，中文翻譯為「高度」，與上下文不符，所以不選。選項 (B) 無此用法。選項 (C) 是形容詞，中文翻譯為「高的」，與上下文不符，所以不選。

中文翻譯 (B) 老闆給加班的裝配線員工額外的獎金，真是體貼到難以相信。

題目解析 空格之前為副詞，副詞應該當形容詞的前位修飾語，用來修飾之後的形容詞；所以答案選 (B)：「體貼的」。選項 (A) 中文翻譯為「相當多的；相當大的」。

中文翻譯 (D) 一旦裝置了新的安全系統，該工廠將不會有竊賊偷取內部製造機密的事情發生。

題目解析 從上下文句意研判，應當用最高級用法。且因為 trouble 為不可數名詞，修飾不可數名詞的前位修飾語應當用 little，其最高級為 least，所以答案選 (D)。

中文翻譯 (C) 湯姆森先生是一個很好的領導者，因為他能提供大多數人都樂於接受的建設性批評。

題目解析 空格之後為名詞，修飾名詞應該用形容詞，所以答案選 (C)。

1. The company has threatened to lay off all 400 manufacturing workers if production doesn't resume - - - - - - - , but labor leaders have said that they will ignore such 'crude threats' and continue to work towards a mutually acceptable solution to the situation.

(A) short

(B) shortly

(C) shortingly

(D) shorted

2. A well-operated company needs - - - - - - - , responsible PR staff with strong word processing and interpersonal skills to coordinate production and planning of product presentations and management seminars.

(A) systematic

(B) systematicly

(C) system

(D) systematize

3. Tomorrow we will meet with a - - - - - - - of consultants who specialize in training qualified monitors and team observance.

(A) group

(B) grouping

(C) peered

(D) peer

4. In preparation for the quarterly inner audit, many directors are bidding for the completion of a - - - - - - - screening system in the complex.

(A) permanent

(B) permanently

(C) permanence

(D) permeate

中文翻譯 (B) 該公司曾威脅，如果不趕緊恢復生產，就要裁員400個製造業工人，但工會領導人表示，他們會忽略這樣"粗魯的威脅"，並繼續朝著雙方都能接受的狀況解決方案來努力。

題目解析 空格之前為一般動詞，一般動詞之後應當接副詞做後位修飾語來修飾動詞。選項 (C) 並無此單字用法，所以答案選 (B)。

中文翻譯 (A) 一個運作良好的公司，需要一個有系統及負責任的公關人員、具有較強的文字處理能力和交際能力，以協調產品的生產規劃、產品報告與管理研討會。

題目解析 空格之前為限定詞的不定冠詞用法，空格之後為修飾對象名詞 (manufacturer)。所以用形容詞當做前位修飾語來修飾名詞，所以答案選 (A)。

中文翻譯 (A) 明天，我們將會面專精於訓練合格監測人員，與團體紀律的顧問群。

題目解析 本題考題屬於形容詞考法中，『形容詞（名詞片語）＋名詞』的「前位修飾語」修飾名詞 (consultants) 的考法，所以選擇 (A)。(D) 選項中文為「同儕團體」，句意與上下文不符，所以不選。

中文翻譯 (A) 在準備每季內部審計工作時，很多主管努力投標，好讓永久的檢視系統得以於複合型住商大樓裡建設完成。

題目解析 空格之前為限定詞的不定冠詞用法，空格之後為修飾對象名詞 (system)。所以用形容詞當做前位修飾語來修飾名詞，所以答案選 (A)。選項 (D) 為動詞用法，與上下文法不符，所以不選。

5. All of the employees have been quite - - - - - - - with the auditor during the routine career safety examination of the company.

(A) cooperate

(B) cooperative

(C) cooperating

(D) cooperation

6. The championship at the production competition among branches is - - - - - - - a popular event that the regional plants are always packed on tournament days.

(A) so

(B) huge

(C) such

(D) too

7. Mr. Douge is - - - - - - - being considered for a promotion to the position of head manager for the company's production distribution division.

(A) present

(B) presently

(C) presenter

(D) presentation

8. Distribution service of merchandises will be launched as - - - - - - - as possible after the warehouse outage problem has been resolved.

(A) quick

(B) quickly

(C) quicken

(D) quickness

中文翻譯 (B) 公司在進行例行的職業安全檢查時，所有的員工一直以來都相當配合審計師。

題目解析 空格之前為修飾形容詞的副詞用法，空格之後為與形容詞相搭配的介系詞。從上下文的句意中知道，空格應選用形容詞，所以答案選 (B)。

中文翻譯 (C) 分公司間的生產總冠軍競爭是相當受歡迎的比賽，以致於在循環賽期間，區域廠區總是擠滿了人。

題目解析 such 為形容詞，修飾後面的名詞，中文翻成「如此的⋯」，所以答案選 (C)。選項 (A) 少一個不定冠詞，所以不選。

中文翻譯 (B) Douge 先生目前正列入晉升至產品銷售部門總經理一職的考慮人選。

題目解析 空格之前為 beV, beV 之後接 beV＋V-ing＋V-p.p. 的現在進行式被動的動詞用法；所以，空格部分應當用副詞，所以答案選 (B)。

中文翻譯 (B) 在倉庫停電問題解決之後，商品的配送將儘速啟動。

題目解析 as ⋯ as 的原級比較中，可以接副詞或形容詞，其中修飾動詞，所以用「副詞」用法。

9. Consumer perspectives are becoming an - - - - - - - critical factor in determining the way merchandise is presented and packaged.

(A) increase

(B) increased

(C) increasing

(D) increasingly

10. Ox Travel may have the - - - - - - - luggage on the market, but it is also of the highest quality.

(A) expensive

(B) expensively

(C) more expensively

(D) most expensive

11. Cosmetics division has publicly refused to produce any facial cream which claims to provide - - - - - - - unbelievable rejuvenation results and skin altering benefits.

(A) an amount of

(B) a deal of

(C) a number of

(D) a sum of

12. The frost damage in the fruit is - - - - - - - of an even more severe agricultural problem that should be immediately addressed as far as the balance between supply and demand is concerned.

(A) indicate

(B) indicated

(C) indication

(D) indicative

中文翻譯 **(D)** 在決定商品呈現及包裝的方式上，消費者的觀點正逐漸成為越來越重要的因素。

題目解析 空格之前為限定詞的不定冠詞用法，空格之後為形容詞。從上下文的句意中知道，空格應選用副詞來修飾形容詞，所以答案選 (D)。

中文翻譯 **(D)** Ox 旅行社有市場上最昂貴的行李箱，但它的品質也是最好的。

題目解析 從上下文的句意中知道，空格應選用形容詞的最高級來修飾名詞，所以答案選 (D)。

中文翻譯 **(C)** 化妝品部門已公開拒絕生產任何號稱有許多驚人回春成果和改變膚質的面霜。

題目解析 空格之後為修飾名詞的「前位修飾語」，中文翻成「許多」。而且後面名詞為可數用法 (results)，所以答案選 (C)。其他選項都是修飾不可數名詞，所以不選。

中文翻譯 **(D)** 就供給與需求之間的平衡而言，水果的凍害表明了是個更為嚴重的農業問題，且應立即處理。

題目解析 空格之前為 beV, beV 之後出現形容詞相搭配用法的介系詞，從上下文的句意中知道，空格應選用形容詞，所以答案選 (D)。

13. Keeping a firm manufacturing plastic goods in operation without financial assistance from the official institutions is not - - - - - - - feasible.

(A) economically

(B) economical

(C) economics

(D) economic

14. When considering two fabric samples for a new product, Mr. Sox always picks up the - - - - - - - of the two.

(A) cheaply

(B) cheaper

(C) cheapest

(D) cheap

15. Usually as quiet as a mouse in the office, Peter showed a much - - - - - - - aspect to his aggressive personality while debating for the quality perfection with other production line employees.

(A) bolder

(B) bold

(C) boldest

(D) boldly

16. A panel of consultants visited the production line of the machines in the factory to examine options for producing the goods more - - - - - - - .

(A) efficient

(B) efficiencies

(C) efficiency

(D) efficiently

中文翻譯 **(A)** 讓一間生產塑料製品的公司保持運作，而沒有官方機構的財政援助，在經濟上是不可行的。

題目解析 空格之前為 beV，空格之後出現形容詞，從上下文的句意中知道，空格應選用副詞來強化形容詞，所以答案選 (A)。選項 (B) economical，英英解釋為 " careful in the spending of money, time, etc and in the use of resources; not wasteful"，與上下文不符。選項 (C) economics 為名詞，中文解釋為「經濟學」，與上下文不符。選項 (D) economic，英英解釋為 " concerned with the organization of the money, industry, and trade of a country, region, or society"，與上下文不符，所以不選。

中文翻譯 **(B)** Sox 先生為新產品在兩種織物樣品間做考慮時，總是拿起兩個之中較便宜的那個。

題目解析 後面出現特定字句 (of the two)，表示是考比較級中「兩者其中一個的…」比較級用法，所以答案選 (B)。選項 (A) 為副詞，與上下文法不符，所以不選。選項 (C) 為形容詞最高級用法，與上下文法不符，所以不選。選項 (D) 為形容詞原級，與上下文法不符，所以不選。

中文翻譯 **(A)** Peter 平時在辦公室安靜得像隻老鼠，但與其他生產線員工為品質完美而辯論時，他卻大膽地展現出他人格激進的一面。

題目解析 空格之前為副詞 (much)，空格之後出現名詞，所以空格應該選「形容詞」。從上下文的句意中知道，much 此一副詞用來強化形容詞，中文翻成「更…的多…」，所以答案選 (A)。

中文翻譯 **(D)** 諮詢小組走訪了工廠機器的生產線，以檢驗生產貨物更有效率的可能方式。

題目解析 more 可以為形容詞比較級修飾名詞，或是副詞比較級修飾形容詞。從上下文的句意中知道，句尾應當是副詞結構修飾動詞 (producing)，所以答案選 (D)。

17. Many customers are changing their car insurance to The Great Tree because its promoting campaign are by far the most - - - - - - - .

(A) persuasion
(B) persuasively
(C) persuade
(D) persuasive

18. Unless the company's quality requirement is satiated, the application for examiners in the online purchasing unit may be - - - - - - - to rejection.

(A) subject
(B) subjects
(C) subjective
(D) subjecting

19. On account that his reckless response to the questions, which was less than - - - - - - - , the yield rate panel decided to deny his acceptance into their quality control program.

(A) satisfaction
(B) satisfied
(C) satisfactory
(D) satisfying

20. The franchise rendered by the merchant should be sent - - - - - - - the end of this month, or we might forfeit the opportunity.

(A) less than
(B) no better than
(C) no sooner than
(D) no later than

中文翻譯 (D) 許多客戶正在將他們的汽車保險改到 The Great Tree 公司，因為它的推廣活動是目前為止最有說服力的。

題目解析 空格之前為副詞 (most)，副詞之後可以是副詞或形容詞放句尾；而強化副詞或形容詞最高級用 by far the ＋最高級，所以空格應該選「形容詞」，所以答案選 (D)。

中文翻譯 (A) 除非能符合公司所要求的條件，否則應徵線上採購單位檢驗者一職的申請可能會遭到拒絕。

題目解析 空格之前為 beV, beV 之後出現形容詞相搭配用法的介系詞 (to)，從上下文的句意中知道，空格應選用形容詞，所以答案選 (A)。選項 (C) 中文翻譯為「主觀的」，與上下文句意不符，所以不選。

中文翻譯 (C) 由於他回答這些問題很輕率，使得答覆不盡如人意，良率專案組決定拒絕接受他成為品質控管計畫的一員。

題目解析 空格之前為 beV(was)，且 beV 之後出現副詞 (less) 修飾形容詞，從上下文的句意中知道，空格應選用形容詞，所以答案選 (C)。其他選項由動詞主、被動所衍生出的形容詞用法，與上下文句意不符，所以不選。

中文翻譯 (D) 由商家提供的專營權最晚應該會於本月底前送達，否則我們可能喪失這個機會。

題目解析 空格之前為動詞 (sent)，且空格之後出現時間副詞 (the end of this month)，從上下文的句意中知道，空格應選用修飾時間副詞的副詞用法，且上下文句意要的是「不晚於…」的中文，所以答案選 (D)。

練習前先看一眼

基本概念 一 何謂『動狀詞（Verbals）』

1. 是由動詞演變而來 在句子中雖具有動詞的特性（例如它可以有受詞，或是被其他副詞所修飾），卻演著其他詞類（名詞、形容詞或副詞）的角色。

2. 動狀詞包括動名詞，分詞和不定詞三種

動名詞是動詞原式加 -ing（如同現在分詞般），它扮演著名詞的角色。動名詞既然可以當名詞，也就可以拿來當作句子的主詞、受詞、或補語。

分詞有現在分詞與過去分詞兩種，它扮演著形容詞的角色，用來修飾「名詞」或「代名詞」。現在分詞同樣是動詞原式加–ing，動名詞和現在分詞最大的差異在於動名詞是拿來當名詞使用；而分詞則是當形容詞使用。

定詞是指動詞的原式，通常它前面有個 "to"；在某些情況下這個 "to" 則必須 　。定詞扮演著名詞、形容詞、或副詞的角色。

3. 區分 "動名詞" 與 "現在分詞" 加上『介系詞』加以區分「功能性」或「主動的動作性」

(1) N ＋ for / of ＋ Ving ＝ 動名詞 ＝ N「功能性」→ 修飾該 N 的 "功用"

例：a sleeping car ＝ a car for sleeping （拿來睡覺用的）臥車

drinking water ＝ water for drinking （拿來喝水用的）飲用水

(2) N ＋關代＋ V ＝ 現在分詞 ＝ Adj「主動動作性」→ 修飾該 N 的 "狀態"

例：a sleeping baby ＝ a baby who is sleeping （正在睡覺的）睡著的寶寶

a dancing bear ＝ a bear which is dancing （正在跳舞的）跳舞的熊

基本概念 二 動名詞（Gerunds）

動名詞 表示『已發生 / 已有經驗 / 習慣 / 狀態 / 功用』；具有『動詞』與『名詞』特性。

其中　　動詞＋【 O / C / Adv 】

　　　　名詞＝【 S / O / C 】

1. 名詞 (N) 的性質：在句子中

(1) 當主詞 (S)：　　　　例句：Parking is not allowed on this street.

這條街上不准停車。

(2) 當受詞 (O)：　　　　例句：She denies taking the key.

她拒絕拿取鑰匙。

She saved the kid from drowning.

她拯救孩子免於溺水。

(3) 當補語 (C)：　　　　例句：My interest is reading lots of books.

我的興趣是讀許多書。

(4) 當同位語：　　　　　例句：My hobby, reading, is the same as hers.

我的興趣，閱讀，和她的一樣。

(5) 當形容詞 (Adj)：　　例句：a dancing teacher

教跳舞的老師 (a teacher of dancing)

2. 動詞 (V) 的性質：

(1) 動名詞＋受詞 (O)：　　例句：Reading a novel is my interest.

讀小說是我的興趣。

(2) 動名詞＋補語 (C)：　　例句：Being a teacher is her dream.

成為老師是她的夢想。

(3) 動名詞＋副詞 (Adv)：　例句：Working so hard makes her tired.

如此努力工作讓她疲倦。

(4) 可有完成式：　　　　　例句：Sorry for not having answered your letter.

抱歉未能回覆你的信件。

(5) 可有被動式：　　　　　例句：I like being treated like that.

我喜歡被那樣對待。

不定詞 to＋VR，表示『未發生的動作：目的』；具體特定事例、意見或理論

1. 當 N(= S / O / C)

例句：To tell the truth is right.　說實話是正確的。

You forget to give him a call.　你忘了打電話給他。

To see is to believe. 眼見為憑。

（除非特定上下文，否則這句是錯誤的。因為，還沒見到就去相信？）

2. 當 Adj.(= 後位修飾 N)

例句：He is not a man to tell a lie.　他不是會說謊的人。

There is nothing to complain about.　沒有什麼好抱怨的。

3. 當 Adv.(= 修飾 V / Adj / Adv / 子句)

修飾 V：表"目的"(to = in order to)；表"結果之必然"(= so as to)

例句：He works hard to keep his family in comfort.　他努力工作讓家人溫飽。

We come here to study.　我們來到這讀書。

(1) "太…而不能…"　(too...to)	例句：I am too tired to walk faster.　我太累走不快。
(2) "很喜歡"　(too ready to)	例句：She is too ready to criticize others.　她很喜歡批評別人。
(3) "非常"　(only / all / but / really too)	例句：I am only too glad to see you.　我非常高興看見你。
(4) "非常 ~ 不會不 ~"　(too...not to)	例句：She is too wise not to see this.　她非常聰明，不會看不見這一點。
(5) "不會太 ~ 而不能 ~"　(never/not too...to)	例句：One is never too old to learn.　活到老學到老。

4. 當補語 (C.) -- 主詞補語 (S.C.)

(1) S＋V(位置、行動、連續)＋V-ing (= S.C.)

位置	=	sit, stand, lie		
行動	=	come, go	＋	V-ing
連續	=	keep, remain		

練習：　　　　　　　　　　　　　　　　　中文　　　　　　答案

A. She sat up (read) a novel. 　　　　　她坐著讀一本小説　　　reading

B. I stood (lean) against the tree. 　　　我站著斜靠一顆樹　　　leaning

C. The boy came (run) to meet me. 　　那男孩跑來見我　　　　running

(2) S + V + V-p.p.(= S.C.)

練習：　　　　　　　　　　　　　　　　　中文　　　　　　答案

A. Many soldiers lay (wound). 　　　　　　許多士兵受傷躺著　　wounded

B. The child did not grow (tire) of hearing stories. 那孩子對聽故事並不厭煩　tired

C. I felt (exhaust) this morning. 　　　　　我今天早上覺得累　　exhausted

(3) 當 Adv. – "極度"、"非常"、"很"

A. "非常"熱：boiling / burning / piping / steaming / scalding / scorching + hot

B. "非常"冷：freezing / biting / perishing / piercing 　　　　　　　+ cold

C. "非常"濕：drenching / dripping / soaking / sopping 　　　　　　+ wet

D. "非常"壞脾氣：thundering / shocking 　　　　　　　　　　+ bad temper

【 New TOEIC 考點在於 1 】

一旦「不定詞」、「動名詞」為句首「主詞」或為句中「受詞」時，且為大結構存在時，英文用法裡習慣將大結構的部分往後丟，形成文法上的後移現象，取而代之的，是用唯一的虛主詞 (it) 來做代替。唯一特別注意的是，it 代表動名詞結構只有在特定的片語之下才使用。而此時的 it 還可代表名詞子句結構。

例如： To drive for a long time for the festival is useless.

→ It is useless to drive for a long time for the festival.

It is no use driving for a long time for the festival.

It is of no use to drive for a long time for the festival.

1. 不定詞常考題型：V₁ + V₂ (to VR)：目的性

發誓：swear	拒絕：refuse
決定：decide / resolve / determine	假裝：pretend
同意：agree / consent	期待：expect
承諾：promise	希望：wish / hope
不能：fail	想要：want / need
計畫：plan	負擔：afford
管理：manage	

2. 動名詞常考題型：V₁ + V₂ (-ing)：已發生之狀態或習慣

喜歡：enjoy	花時間：spend
建議：suggest	練習：practice
承認：admit	介意：mind
拒絕：deny	找到：find
逃避：escape	完成：finish
停止：quit	拖延：delay / postpone
避免：avoid	感激：appreciate
想像：imagine	浪費：waste
認為：consider	期待：anticipate

3. 不定詞或動名詞皆可的狀況：V₁ + V₂ (-ing) / V₂ (to VR)：已發生之狀態、習慣 / 未發生行為

意味：mean	試著：try
建議：propose	學習：learn
記得：remember	停止：stop
忘記：forget	後悔：regret
繼續：go on	

(p.s.) 這些動詞後面加「不定詞」與「動名詞」的意義是不同的！！

1.「名詞子句」中的動詞變化形式

(1) 若是要求做「一件事」，即為「名詞子句」用法，可以有以下幾個答案：

A.「名詞子句」中的動詞變化為 should + VR

B.「名詞子句」中的動詞變化為 VR，將 should 省略

C.「名詞子句」中的動詞變化為句子的時式，表示「事實」

(2) 若是要求做「一個動作」，即為「動詞」用法，可以有以下幾個答案：

A.「動詞」肯定形式為 to + VR

B.「動詞」否定形式為 not to + VR

(3) 此類動詞有：

『要、命、建、堅』：S_1 + V_1 (『____』)... + 【 that + S_2+(should) + V_2(R) 】

要求：ask, demand, claim

命令：order, request, require, command

建議：propose, suggest, move, recommend, advise

堅持：insist, persist, stand

例句：我建議他從此之後早點來學校。

I suggest him 【 that he __ go __ to school early hereafter. 】--
「名詞子句」省略 should

【 that he __ should go __ to school early hereafter. 】--
「名詞子句」

【 that he __ goes __ to school early hereafter. 】--
「名詞子句」表示事實

【 to go to school early hereafter. 】--
「動詞」肯定形式

【 not to go to school early hereafter. 】--
「動詞」否定形式

2.『prefer』的正解：有鑑於坊間許多書對此字的誤用甚多，加以釐清：

prefer 後面如果有比較的對象時，以比較對象的「連接詞」或「介系詞」為動詞變化依據。

例句：(1) He prefers watching rugby to playing it.

他喜歡看橄欖球更勝於打橄欖球。　(Cambridge Dic.)

➔ 此時因為 to 為介系詞，所以依照「比較級」用法，前後動詞皆用「動名詞(V-ing)」

(2) I prefer to wear clothes made of natural fibers.

我比較喜歡穿天然纖維製成的衣服。　(Longman Dic.)

(3) Chantal prefers travelling by train.

Chantal 比較喜歡乘火車旅行。　(Longman Dic.)

➔ 此時 prefer 後面因為沒有比較對象，所以後面動詞可用「不定詞(to VR)」表示「目的、企圖」，「動名詞(V-ing)」表示已有過的「經驗、習慣」。

(4) Bob prefers making original pieces rather than reproductions.

Bob 喜歡製作原創作品，而不是複製品。　(Collins Cobuild Dic.)

➔ 此時 prefer 雖然有比較對象，但比較是在於名詞，而非動詞。用 rather than 連接 2 個名詞。而坊間許多書硬是加上 instead of, other than 甚至 rather than 加以連接動詞變化，造成 prefer 所比較的對象，前後動詞型態不一致的跛腳句型，實非原文資料所能查察，純屬台灣式英文寫法。請英語學習者詳查原文資料，莫由坊間非國際原文使用者認可的教材誤導！

基本概念 四 分詞（Participles）

分詞 現在分詞 (V-ing) / 過去分詞 (V-p.p.)，分別表示『主動 / 進行』、『被動 / 完成』

分詞是藉由動詞的特性，形成形容詞和副詞的各別用法。分詞有現在分詞和過去分詞兩種。茲列表如下：

	不及物動詞 (Vi)	及物動詞 (Vt)
現在分詞	「進行」	「主動」
過去分詞	「完成」	「被動」

例如：

We can see the rising sun.	我們可以看到旭日東升。
He is a retired worker.	他是位退休的工人。
There was a girl sitting there.	有個女孩坐在那裏。
This is the question given.	這是所給的問題。
There is nothing interesting.	沒有有趣的東西。

1. 通常，現在分詞表示主動，過去分詞表示被動。例如：

   He is the man giving you the money.　他就是給你錢的那個人。

   He is the man stopped by the car.　他就是那個被車攔住的人。

2. 不及物動詞的過去分詞表示動作已經發生，如 gone, fallen, retired, grown-up, escaped, faded, returned... 例如：

   a well-read person　一個讀過許多書的人

   a much-traveled man　一個去過許多地方的人

   a burnt-out match　燒完了的火柴

   分詞的應用將於第六章詳細敘述。

在一個英文句子中，在沒有介入「連接詞」的前提之下，只能有一個主要動詞，其他的動詞都必須轉成「動狀詞」，以保持這個英文句子的合理性。就好像一個家只能有一個法律上的老婆一樣，出現其他的小三（第二組動詞）、小四（第三組動詞）…等等的其他可能性時，必須把後面的眾動詞們加已改變，以保持這個英文句子的合理性。

例如：My father always <u>enjoys</u> <u>having</u> me <u>finish</u> <u>reading</u> the article
　　　　　　　　　　V_1　　　V_2　　　　　V_3　　　V_4

　　　<u>concerning</u> recent gas explosion <u>happening</u> in Kaohsiung.
　　　V_5　　　　　　　　　　　　　　　　V_6

　　　我父親總是喜歡叫我閱讀完這篇關於高雄氣爆的文章。

此句中真正的動詞為 enjoy（V_1），其他的動詞皆是為了前面的動詞或名詞而存在所變化，略圖如下：

【1 句 2 動詞】

1. 當句子的真正動詞是 V_1 時，

　(1) V_2 變化是來『接受 V_1 的動作』，接受動作是為文法上的「受詞」，而「受詞」本質為「名詞」；從「動詞」變化成為「名詞」有 2 種答案：
　　A. 表示『未做、企圖目的』的『不定詞（to VR）』用法。
　　B. 表示『已做、既定事實』的『動名詞（V-ing）』用法。

　(2) V_2 變化是來『修飾 V_1 的動作』，修飾動詞是為文法上的「副詞」；從「動詞」變化成為「副詞」只有 1 種答案：
　　A. 表示『未做、企圖目的』的『不定詞（to VR）』用法。

(3) V_2 變化是來『修飾主詞 (S) 的狀態』，修飾主詞是為文法上的「形容詞」，而「形容詞」是由「動詞」所變化而來；從「動詞」變化成為「形容詞」有 2 種答案：

A. 表示『主動、進行』的『現在分詞 (V-ing)』用法。

B. 表示『被動、完成』的『過去分詞 (V-p.p.)』用法。

2. 當句子的真正動詞是 V_2 時，

(1) V_1 變化是來『修飾主詞 (S)/ 受詞 (O) 的狀態』，修飾主詞是為文法上的「形容詞」，而「形容詞」是由「動詞」所變化而來；從「動詞」變化成為「形容詞」有 2 種答案：

A. 表示『主動、進行』的『現在分詞 (V-ing)』用法。

B. 表示『被動、完成』的『過去分詞 (V-p.p.)』用法。

能夠稍微理解句子中動詞的變化，便是抓住利用基本句子結構來解構句意的能力。加油吧！！

☐ 1	anticipate	/ænˈtɪsəˌpet/	v	期望，預料（某事物）
☐ 2	appreciate	/əˈpriʃɪˌet/	v	理解並欣賞（某事物）；賞識
☐ 3	assess	/əˈsɛs/	v	確定，評定
☐ 4	availability	/əˌvæləˈbɪlətɪ/	n	有效；可利用性；可安排的時間
☐ 5	bid	/bɪd/	v	（購物時）出價；（尤指拍賣時）喊價
☐ 6	bill of lading	/ˌbɪl əf ˈledɪŋ/	n	提貨單
☐ 7	budget	/ˈbʌdʒɪt/	n/v	預算；編入預算，安排
☐ 8	cargo	/ˈkɑrgo/	n	（用船或飛行器運載的）貨物（量）
☐ 9	carton	/ˈkɑrtn/	n	紙板箱；紙板盒
☐ 10	certificate	/səˈtɪfəkət/	n	證（明）書
☐ 11	claim	/klem/	v	要求或索要（某事物）（因是應得的權利或財物）
☐ 12	commute	/kəˈmjut/	v	通勤
☐ 13	compatibility	/kəmˌpætɪˈbɪlətɪ/	n	相容性
☐ 14	complexity	/kəmˈplɛksɪtɪ/	n	複雜性
☐ 15	complimentary	/ˈkɑmpləˈmɛntərɪ/	n/adj	贈品；恭維的
☐ 16	confirmation	/ˈkɑnfəˈmeʃən/	n	證實；證明；批准；肯定；鞏固；加強
☐ 17	consignee	/kənˈsaɪˈni/	n	受託者
☐ 18	consignment	/kənˈsaɪnmənt/	n	交付；委托
☐ 19	consular	/ˈkɑnslə/	adj	領事的
☐ 20	contact	/ˈkɑntækt/	n/v	接觸
☐ 21	container	/kənˈtenə/	n	容器
☐ 22	controversial	/ˌkɑntrəˈvəʃəl/	adj	引起或可能引起爭論的
☐ 23	convergence	/kənˈvɜdʒəns/	n	集會；聚集
☐ 24	credit	/ˈkrɛdɪt/	v/n	賒購；賒購制度；貸款，信用
☐ 25	crew	/kru/	n	（輪船、飛行器、鑽井平台等上的）工作人員
☐ 26	deadline	/ˈdɛdˌlaɪn/	n	截止時間
☐ 27	debit	/ˈdɛbɪt/	n	（簿記中的）收方，借方
☐ 28	delegate	/ˈdɛlɪget/	n/v	代表（如出席會議者）；委派
☐ 29	delivery	/dɪˈlɪvərɪ/	n	遞送，投遞
☐ 30	deposit	/dɪˈpɑzɪt/	v	將…存入…
☐ 31	depot	/ˈdɛpo/	n	倉庫
☐ 32	disassemble	/ˌdɪsəˈsɛmbl/	v	解開；分解

☐ 33	distribute	/dɪˈstrɪbjut/	v	分發，分配
☐ 34	draft	/dræft/	n/v	匯票；草稿，起草
☐ 35	efficiency	/əˈfɪʃənsɪ/	n	效率
☐ 36	enclose	/ɪnˈkloz/	v	將某物放入封套、信件、包裹等
☐ 37	evolve	/ɪˈvɑlv/	v	進化
☐ 38	expense	/ɪkˈspɛns/	n	花費
☐ 39	exposure	/ɪkˈspoʒɚ/	n	顯露；暴露
☐ 40	express	/ɪkˈsprɛs/	adj	(進行、傳遞或運送)迅速的
☐ 41	freight	/fret/	n	(水運、空運、陸運的)貨物
☐ 42	inspection	/ɪnˈspɛkʃən/	n	檢查；視察
☐ 43	invoice	/ˈɪnvɔɪs/	n	發票
☐ 44	load	/lod/	n/v	負荷物，載荷物；裝載
☐ 45	logistics	/ləˈdʒɪstɪks/	n	後勤；物流業
☐ 46	merchant	/ˈmɝtʃənt/	n/adj	批發商；商業的，商人的
☐ 47	negotiation	/nɪˌgoʃɪˈeʃən/	n	商議；談判
☐ 48	outnumber	/aʊtˈnʌmbɚ/	v	在數量上超過(某人)
☐ 49	perceive	/pɚˈsiv/	v	意識到，注意到
☐ 50	proceed	/prəˈsid/	v	繼續前進；繼續進行
☐ 51	process	/ˈprɑsɛs/	n	步驟；程序；過程
☐ 52	prompt	/prɑmpt/	n	及時的；迅速的；準時的
☐ 53	receipt	/rɪˈsit/	n	收條；收據
☐ 54	receptacle	/rɪˈsɛptəkl/	n	容器；放置物品的地方
☐ 55	render	/ˈrɛndɚ/	v	遞交或開出(帳單)
☐ 56	request	/rɪˈkwɛst/	v/n	請求
☐ 57	reserve	/rɪˈzɝv/	v	保留或儲備
☐ 58	retail	/rɪˈtel/	n/v	零售；零賣
☐ 59	routine	/ruˈtin/	n	例行公事；常規
☐ 60	sailing	/ˈselɪŋ/	n	航行；水運航班
☐ 61	scam	/skæm/	n/v	騙局；欺詐
☐ 62	shipment	/ˈʃɪpmənt/	n	裝運；裝載的貨物
☐ 63	sophisticate	/səˈfɪstɪket/	v	使變得世故
☐ 64	suburban	/səˈbɝbən/	adj	郊區的
☐ 65	transmission	/trænzˈmɪʃən/	n	傳送；傳播
☐ 66	transport	/trænsˈpɔrt/	v	運送，運輸
☐ 67	undertake	/ʌndɚˈtek/	v	承擔
☐ 68	urban	/ˈɝbən/	a	市鎮的；都市的
☐ 69	warehouse	/ˈwerhaʊs/	n	倉庫
☐ 70	warranty	/ˈwɔrəntɪ/	n	保證

1. We called - - - - - - - the order which was placed with you by telephone this morning for the following details.

(A) to confirm

(B) confirm

(C) confirming

(D) to confirming

2. If you do not want - - - - - - - a late fee, your payment must be received on or before the shipment confirmation date, April 1st.

(A) to charge

(B) charges

(C) having charged

(D) to be charged

3. Delegating easier - - - - - - - projects to inexperienced workers while leaving challenging ones with veterans is suggesting the office operate more efficiently.

(A) purchased

(B) purchasing

(C) purchase

(D) be purchased

4. All shipment and packaging waste is under the request of - - - - - - - of, and collected in the agreed receptacles near the rear entrance of the building.

(A) being disposed

(B) to dispose

(C) disposing

(D) dispose

中文翻譯 (A) 我們打電話來向您確認，您今天上午透過電話所下訂單的細節。

題目解析 本題屬於『不定詞』的考法。由上下文句意判斷，需要代表「企圖、目的」的句意，所以用「不定詞 (to VR)」，答案選 (A)。

中文翻譯 (D) 如果你不想被收取滯納金，您的款項必須在發貨這一天、或確認在 4 月 1 日之前收到。

題目解析 本題屬於『不定詞』的考法。由上下文句意判斷，want 後面結構應當用「不定詞 (to VR)」，且必須加上「被動式」，而不選「主動」用法，所以答案選 (D)。

中文翻譯 (B) 委派容易採購的項目給沒有經驗的工人，然後把那些具有挑戰性的項目給老手，是希望 (建議) 辦公室能更有效地運作。

題目解析 本題屬於『動名詞』的考法。由上下文句意判斷，while 所前後連接的部分，兩句的主詞 (delegating 與 leaving) 與後面的受詞所判斷，空格應當是「動名詞 (V-ing) + N」的結構，意味著是「既定之事實」；所以，後面結構應搭配「動名詞 (V-ing)」，以符合上下文句意，所以答案選 (B)。

中文翻譯 (A) 依要求，所有廢棄物的裝運和包裝應集中在集收地做處理。該集收地靠近大樓後方入口處，是經同意而選出的地方。

題目解析 本題屬於『動名詞』的考法。空格因為前有「介系詞」的關係，只能接「動名詞」。由上下文句意判斷，應當用「被動語態」。所以答案選 (A)。

5. A lack of funding for the purchase of new machinery caused the board
- - - - - - - - at the project, and to be put on hold for the time being.

(A) for research

(B) researching

(C) to research

(D) for researching

6. We understand that you are arranging for immediate delivery from stock,
and we look forward to - - - - - - - it with prompt delivery.

(A) proceed

(B) proceeding

(C) be proceeding

(D) to be proceeded

7. Mr. Cordell was disappointed because he expected Ms. Wright - - - - - - -
the requested materials into Japanese by now.

(A) to be transported

(B) to have transporting

(C) transporting

(D) to transport

8. The controversial law regarding team share buying restrictions continues
- - - - - - - across the country by various local community retailers.

(A) to have protested

(B) to protest

(C) to be protesting

(D) to be protested

中文翻譯 (C) 由於購買新機器的資金不足，董事會決定先對此計畫進行研究，並暫緩執行。

題目解析 本題屬於『不定詞』的考法。上下文關鍵字是 cause，後面結構應當用「不定詞 (to VR)」，所以答案選 (C)。

中文翻譯 (B) 我們了解您正在從存貨中安排現貨，以便立即發貨，而我們也期待您能即時送出。

題目解析 本題屬於『動名詞』的考法。上下文關鍵字是 look forward to 的介系詞 to，後面結構應當用「動名詞 (V-ing)」；且為「主動」用法，所以答案選 (B)。

中文翻譯 (D) Cordell 先生很失望，因為他原預期 Wright 女士會將要求的物料於此時運送至日本。

題目解析 本題屬於『不定詞』的考法。上下文關鍵字是 expect，後面結構應當用「不定詞 (to VR)」。所以答案選 (D)。

中文翻譯 (D) 關於球隊股份購買限制的法律引起極大的爭議，抗議聲浪持續不斷，遍及全國各零售單位。

題目解析 本題屬於『不定詞』的考法。上下文關鍵字是 continue，後面結構應當用「不定詞 (to VR)」。由上下文句意判斷，應當用「被動語態」，所以答案選 (D)。

9. Many investors were shocked - - - - - - - the financial scam in the delivery business, which caused loss of thousands of their savings.

(A) to have been perceived

(B) to be perceiving

(C) to having perceived

(D) to perceive

10. With so much shipment company information on the Internet, it is difficult to urge users - - - - - - - your website, place orders, and even confirm delivery orders precisely.

(A) to be noticing

(B) to notice

(C) noticing

(D) noticed

11. Customers must show a photo ID in order - - - - - - - the delivery order tickets at the reserve counter.

(A) to be picked up

(B) to picking up

(C) to pick up

(D) to be picking up

12. An outsider cannot but - - - - - - - to understand the complexity of the development concerning the automated transportation process as it has evolved today.

(A) struggles

(B) struggled

(C) to struggle

(D) struggle

中文翻譯 (D) 此次貨運業金融大騙局造成數千萬積蓄損失，震驚了許多投資者。

題目解析 本題屬於『不定詞』的考法。上下文關鍵字是 shock，後面結構應當用「不定詞 (to VR)」。由上下文句意判斷，應當用「主動語態」，所以答案選 (D)。

中文翻譯 (B) 由於網路到處都是貨運公司的資訊，因此很難督促使用者留意你的網站、下訂單，甚至確認訂貨訂單。

題目解析 本題屬於『不定詞』的考法。上下文關鍵字是 urge，後面結構應當用「不定詞 (to VR)」。由上下文句意判斷，應當用「主動語態」，所以答案選 (B)。

中文翻譯 (C) 客戶必須出示帶照片的身份證，以便在預約櫃臺拿訂購送貨單。

題目解析 本題屬於『不定詞』的考法。由上下文句意判斷，選用「不定詞 (to VR)」，又上下文句意應用「主動」，中文翻譯為「為了要檢選…」，所以答案選 (C)。

中文翻譯 (D) 局外人不得不努力去理解自動運輸過程演變至今的複雜發展。

題目解析 本題屬於『不定詞』的考法。上下文關鍵字是 cannot but，後面結構應當用「不定詞 (to VR)」，其中 to 是省略的。所以答案選 (D)。

13. Some customers prefer - - - - - - - a minimum order they placed each month to pouring in large amounts for delivery discounts.

(A) to maintain

(B) is maintaining

(C) maintained

(D) maintaining

14. Thank you for the quotation of 5th July, and you are in need of - - - - - - - the following part details for our delivery.

(A) supply

(B) supplying

(C) to supply

(D) being supplied

15. The purchase meeting is likely - - - - - - - at headquarters soon, but we will notify participants when an official location has been set.

(A) to take the place

(B) to taking place

(C) take place

(D) to take place

16. Before you want the delivery made, our driver will hand you a receipt when he calls - - - - - - - the consignment.

(A) to collecting

(B) collected

(C) to be collected

(D) to collect

中文翻譯 (D) 有些客戶喜歡保持他們每個月所訂購的最低數量,更勝於挹注大量數量所得來的折扣。

題目解析 本題屬於『動名詞』的考法。上下文關鍵字是 prefer...to...,因為 to 後面結構是「動名詞 (V-ing)」,所以 prefer 後面的動詞形式也應該用 V-ing,以達到同特質的物件、比較目的,所以答案選 (D)。

中文翻譯 (B) 感謝您 7 月 5 日的報價,而您需要提供以下有關運輸部分的細節。

題目解析 本題屬於『動名詞』的考法。上下文關鍵字是介系詞 of,後面結構應當用「動名詞 (V-ing)」;且為「主動」用法,所以答案選 (B)。

中文翻譯 (D) 採購大會可能很快會在總部舉行,但等到正式的場地決定時,我們會通知與會人員。

題目解析 本題屬於『不定詞』的考法。上下文關鍵字是 likely,選用「發生、舉辦」的片語為「take place」,為「主動」用法,後面結構應當用「不定詞 (to VR)」,所以答案選 (D)。

中文翻譯 (D) 等您確定要送貨後,我們的司機會在領取貨物時,交給您一張收據。

題目解析 本題屬於『不定詞』的考法。由上下文句意判斷,主詞是人,應當用主動,且用帶有「企圖、目的」句意的「不定詞 (to VR)」,所以答案選 (D)。

17. Road transportation tends - - - - - - - comparatively cheaper and more direct than rail, and in the past few years haulage has doubled in the UK.

(A) to becoming

(B) to become

(C) to became

(D) to be become

18. Invoices and your account for transport charges should be sent for us to allow - - - - - - - precise record of mutual shipment.

(A) to keep

(B) keeping

(C) to be kept

(D) to be keeping

19. Goldcliff Diner failed to deny - - - - - - - this unique artcraft from a master placed in its lobby, so it contacted several galleries in the area to avoid possible issues.

(A) purchase

(B) purchased

(C) be purchased

(D) purchasing

20. In order - - - - - - - others in net proceeds, crews responsible for purchasing order must have good communication skills with those in Logistics Department.

(A) to be outnumbered

(B) to outnumber

(C) to have outnumbered

(D) to outnumbering

中文翻譯 (B) 公路運輸相對地趨向變得比較便宜、也比鐵路更直接，而且，在過去的幾年中，貨運業在英國已成長一倍。

題目解析 本題屬於『不定詞』的考法。關鍵字是 tend (意欲…)，由上下文句意判斷，後面結構應當用「不定詞 (to VR)」，所以答案選 (B)。

中文翻譯 (B) 您應將發票連同您的運輸費用帳戶發送給我們，以允許雙方保有發貨的準確記錄。

題目解析 本題屬於『動名詞』的考法。上下文關鍵字是 allow，後面結構應當用「動名詞 (V-ing)」，所以答案選 (B)。

中文翻譯 (D) Goldcliff 餐廳無法否認這尊置於大廳的獨特手工藝品是向一位大師購買的，於是便聯繫地區的幾家畫廊，以避免相關爭議。

題目解析 本題屬於『動名詞』的考法。上下文關鍵字是 deny，後面結構應當用「動名詞 (V-ing)」，所以答案選 (D)。

中文翻譯 (B) 為了在淨收益的數量上勝過其他人，負責採購部門人員都必須擁有與物流部門人員良好溝通的能力。

題目解析 本題屬於『不定詞』的考法。由上下文句意判斷，選用「為了要」的中文，應當用「不定詞 (to VR)」表示「目的、企圖性」，所以答案選 (B)。

1. I am calling - - - - - - - whether the timetable of annual convergence of transportation industry is subject to changes, for example to the availability of manufacturers' mass production schedule.

(A) inquire
(B) to inquire
(C) inquired
(D) inquiring

2. The rapid growth of express delivery service makes us anticipate - - - - - - - efficiency in prompt delivery that becomes more indispensable part of the quarterly profit and loss account.

(A) to continuing
(B) continuing
(C) to continue
(D) continue

3. It is not sophisticated for the company - - - - - - - solely on one import source to meet the demand for parts production, instead of searching for possible cooperations with other sources.

(A) to rely
(B) to relying
(C) to be relied
(D) to be relying

4. We suggested your request for the basins - - - - - - - in tens and packing in cartons rather than wooden containers.

(A) to being arranged
(B) be arranged
(C) to arrange
(D) to be arranged

中文翻譯 (B) 我打電話來詢問年度的運輸業聚會時間表是否可以更改，例如，改成方便製造商產品量產的行程。

題目解析 本題屬於『不定詞』的考法。由上下文句意判斷，選用「為了要」的中文，應當用「不定詞 (to VR)」表示「目的、企圖性」，所以答案選 (B)。

中文翻譯 (B) 由於快遞業務成長快速，我們開始期待能持續達成有效率的快遞服務，並讓快遞服務的效率度成為季損益帳中不可或缺的一部分。

題目解析 本題屬於『動名詞』的考法。上下文關鍵字是 anticipate，後面結構應當用「動名詞 (V-ing)」，所以答案選 (B)。

中文翻譯 (A) 公司僅僅依靠一個進口來源滿足零件生產的需求，而不是尋找其它可能的來源進行合作的這件事，並不複雜。

題目解析 本題屬於『不定詞』的考法。由上下文句意判斷，選用「為了要…」的中文，且有「虛主詞 (it)」出現，應當用「不定詞 (to VR)」，所以答案選 (A)。

中文翻譯 (B) 我們建議，以十為單位安排用紙箱、而不是木製容器來包裝您要求的盆子。

題目解析 本題屬於『不定詞』的考法中的「意志動詞」考法。由上下文關鍵字為 suggest；由句意判斷，名詞子句中的動詞形式，應當選用省略 should 的動詞原形 (VR) 答案，又因為是「被動」型態，所以答案選 (B)。

5. The bill of lading, commercial invoice, consular invoice and certificate of insurance, together with our draft drawn at 60 days sight will be in a need - - - - - - - to Barminister Bank Ltd.

(A) having been passed
(B) to be passing
(C) to have passed
(D) to have been passed

6. Please forward these purchase documents to your correspondent in Munich, which are worth - - - - - - - them with deliberation to the consignee against acceptance of our 60 days draft.

(A) to hand
(B) to be handed
(C) handing
(D) to be handing

7. On accepting your order, we will enclose a debit note for this purchase amount, and shall appreciate - - - - - - - your credit note by return, and in the hope of depositing directly into our savings accounts specified by the salespeople by the end of this month.

(A) receiving
(B) to receive
(C) to be receiving
(D) to received

8. Many importers and exporters, however, prefer - - - - - - - their costs by dealing with clearing or forwarding agents in the countries of their supplies to cutting down on expenses by laying off employees.

(A) to reduce
(B) reducing
(C) reduce
(D) be reduced

中文翻譯 **(D)** 請務必將提貨單、商業發票、領事發票和保險憑證，連同我們簽署後 60 日期限的匯票傳到 Barminister 銀行有限公司。

題目解析 本題屬於『不定詞』的考法。由上下文句意判斷，選用「不定詞 (to VR)」，又因為是被動型態，所以答案選 (D)。選項 (A) 應當用「不定詞」形式，所以不選。選項 (B) 應當用「被動」形式，所以不選。選項 (C) 應當用「被動」形式，所以不選。

中文翻譯 **(C)** 請把這些採購文件轉寄給在慕尼黑的聯絡人員，這些文件值得審慎交付給反對接受我們 60 天匯票的收件人。

題目解析 本題屬於『動名詞』的考法。上下文關鍵字是 worth，後面結構應當用「動名詞 (V-ing)」，所以答案選 (C)。

中文翻譯 **(A)** 一收到您的訂單後，我們將會附上一張購買金額的借條，並感謝您的信用票據回應，也希望您可於本月前直接將此信用票據存入我們銷售人員所指定的儲蓄賬戶。

題目解析 本題屬於『動名詞』的考法。上下文關鍵字是 appreciate，後面結構應當用「動名詞 (V-ing)」，所以答案選 (A)。

中文翻譯 **(B)** 然而，關於降低開支的方式，許多進口商和出口商寧願處理清算或轉介其供應國家代理商，也不願裁員。

題目解析 本題屬於『動名詞』的考法。上下文關鍵字是 prefer，後面結構應當用「動名詞 (V-ing)」，所以答案選 (B)。prefer 後面如果有比較的對象時，以比較對象的連接詞或介系詞為動詞變化依據。後面結構有 to + V-ing (to cutting down...)，所以答案選 (B)。

9. The manager has encouraged Mr. Brade - - - - - - - for the abroad position responsible for mutual orders as well as trust matters, on account of his impressive language skills in the price negotiation.

(A) have applied

(B) have been applied

(C) to apply

(D) be applied

10. These simplified services are particularly valuable in foreign trades because of the complicated arrangements which have - - - - - - - in advance.

(A) to making

(B) to be making

(C) to make

(D) to be made

11. - - - - - - - market exposure of its products for possible orders, the firm will distribute complimentary featuring the compatibility with other devices to visitors in every booth.

(A) For the promotion

(B) After promoting

(C) Promotion

(D) To promote

12. The agent takes delivery of the goods and either forwards them to the buyer or arranges for them - - - - - - - if the buyer does not want them immediately.

(A) to be warehoused

(B) be warehoused

(C) to warehouse

(D) to be warehousing

中文翻譯 (C) 考慮 Brade 先生在價格談判上、令人印象深刻的語言技能，該經理鼓勵他申請國外的職位，專職雙方訂單與信任的事務。

題目解析 本題屬於『不定詞』的考法。上下文關鍵字是 encourage，後面結構應當用「不定詞 (to VR)」。所以答案選 (C)。

中文翻譯 (D) 簡化的服務在國外交易中尤為可貴，因為複雜的安排必須提前受理進行。

題目解析 本題屬於『不定詞』的考法。由上下文句意判斷，選用「不定詞 (to VR)」，又上下文句意應用「被動」，中文翻譯為「為了要被制訂…」，所以答案選 (D)。

中文翻譯 (D) 為了提升產品市場曝光程度與可能的訂單量，該公司將在每個展覽攤位發放給能相容於其他設備的免費贈品給參觀者。

題目解析 本題屬於『不定詞』的考法。由上下文句意判斷，選用「為了要」的中文，應當用「不定詞 (to VR)」表示「目的、企圖性」，所以答案選 (D)。

中文翻譯 (A) 如果買家沒有立即性的需求，代理商於交付貨物時，不是轉發給買方，就是為他們安排倉儲。

題目解析 本題屬於『不定詞』的考法。由上下文句意判斷，選用「不定詞 (to VR)」，又因為是被動型態，中文翻譯為「為了要被儲存…」，所以答案選 (A)。

13. The purpose of the conference is to fix and maintain freight rates at a profitable level, and to ensure that a sufficient minimum of cargo is always forthcoming - - - - - - - the regular sailings they undertake to provide.

(A) to be feeding
(B) to be fed
(C) to feed
(D) to feeding

14. Mechanical handling permits - - - - - - - of cargoes in a matter of hours rather than days; thus, reducing the time ships spend in port, and greatly increasing the number of sailings.

(A) to loaded
(B) loading
(C) to be loaded
(D) to be loading

15. Merchants should make it a routine - - - - - - - the strengths of each shipping company in order to use their potentials to full advantage.

(A) to assess
(B) for assessing
(C) assess
(D) assessed

16. You are requested not - - - - - - - the transmission but to send it with the barcode for warranty claim processing and the information stated in the "return delivery" section to the service test centre.

(A) disassemble
(B) to disassemble
(C) disassembled
(D) to be disassembled

中文翻譯 **(C)** 本次會議的目的，是將運價確定並維持在盈利水平上，並確保總是有足夠的最小貨物量，以滿足他們所承諾提供的定期班次。

題目解析 本題屬於『不定詞』的考法。由上下文句意判斷，選用「不定詞 (to VR)」，且為「主動」，所以答案選 (C)。

中文翻譯 **(B)** 機械裝卸的方式允許貨物裝載在幾個小時內就能完成，而不需耗時幾天；如此一來，可以減少船舶在港口花費的時間，並大大地增加班次的數量。

題目解析 本題屬於『動名詞』的考法。上下文關鍵字是 permit，後面結構因為沒有受詞，應當用「動名詞 (V-ing)」，所以答案選 (B)。

中文翻譯 **(A)** 商家應該讓評估各個船公司的長處一事，成為例行公事，以便充分發揮其潛力。

題目解析 本題屬於『不定詞』的考法。由上下文句意判斷，選用「為了要」的中文，且有「虛主詞 (it)」出現，應當用「不定詞 (to VR)」，所以答案選 (A)。

中文翻譯 **(B)** 請您不要拆開變速器，而是將其此機器，連同用於保修申請處理的條碼、和 "退貨" 部分中聲明的相關資訊，一起發送到服務檢測中心。

題目解析 本題屬於『不定詞』的考法中的「意志動詞」考法。由上下文關鍵字為 request；由句意判斷，動詞形式應當選用「不定詞 (to VR)」的答案，所以答案選 (B)。

17. The new cargo railway being constructed south of the city will be no use - - - - - - - it faster for people to commute from the suburban neighborhoods to urban ones.

(A) making

(B) make

(C) to make

(D) made

18. On account of the demanding deadline of the production delivery, Ms. Potter admitted - - - - - - - to choose the factory hiring a few more seasonal workers to ease the stress of overburdened employees.

(A) to decide

(B) to be decided

(C) to be deciding

(D) deciding

19. The goods cannot be retailed even at a discount, and we would like to know whether you consider - - - - - - - them, or holding them for inspection.

(A) to return

(B) to returning

(C) returning

(D) to be returned

20. I have enclosed a copy of their receipt from their goods depot at Köln, and you can have any other documents that we can supply - - - - - - - you with your claim.

(A) to help

(B) to helping

(C) to be helped

(D) to helped

中文翻譯	(A) 城市南部的新貨運鐵路正在興建中，但此鐵路卻無法加快人們通勤往返於郊區與城市之間的速度。
題目解析	本題屬於『動名詞』的考法。上下文關鍵字是 no use，後面結構省略掉介系詞 (in)，所以應當用「動名詞 (V-ing)」，所以答案選 (A)。

中文翻譯	(D) 由於產品運輸的期限急迫，Potter 女士決定選擇有僱用幾個季節性工人的工廠，以減輕員工負擔過重的壓力。
題目解析	本題屬於『動名詞』的考法。上下文關鍵字是 admit (承認)，後面結構應當用「動名詞 (V-ing)」；且為「主動」用法，所以答案選 (D)。

中文翻譯	(C) 本品不能零售，甚至以打折價出售，而我們想知道的是，你是否考慮退回，或將商品帶過來以利檢驗。
題目解析	本題屬於『動名詞』的考法。上下文關鍵字是 consider，後面結構應當用「動名詞 (V-ing)」，所以答案選 (C)。

中文翻譯	(A) 我隨信附上他們在 Köln 倉庫的貨物收據複印本，另外應您的要求，我們還會幫忙提供您其他的文件。
題目解析	本題屬於『不定詞』的考法。由上下文句意判斷，由上下文句意判斷，主詞是人，應當用主動，且用帶有「企圖、目的」句意的「不定詞 (to VR)」，所以答案選 (A)。

Unit 6 分詞（現在分詞 & 過去分詞）

單字與練習主題：展場會展

練習前先看一眼

基本概念 一 分詞（Participles）

1. 分詞的特徵 現在分詞 (Present Participle: V-ing)；過去分詞 (Past Participle: V-p.p.)

(1) 何謂分詞？由動詞而來：

　　A. 具「動詞性質」：後面可以有「受詞」的結構

　　B. 可以用當作「形容詞 (Adj.)」、「副詞 (Adv.)」所使用。

　　C. 與時間無關；與修飾對象的「主動、被動」極度相關。

2. 分詞的用法？

(1) 主要動詞的一部份 (beV + Ving ／ beV + V(p.p.))

　　例：Rodger is moving on his study in Russia well.

　　　　Rodger 持續在俄羅斯讀書狀況良好。

　　　　Susan is told to catch up with other classmates in English.

　　　　Susan 被告知在英文一科要趕上其他同學。

(2) 當形容詞 (Adj.) 修飾 N: 分為「前位修飾」、「後位修飾」

　　A. Vt → V-ing 　　：主動

　　　　 → V(p.p.) 　：被動

　　　例：a. an criticizing book = a book which criticizes something：

　　　　　　一本批判的書 (書中內容批評別人)

　　　　　b. an excited student = a student who is excited：

　　　　　　一個興奮的學生

　　　　　c. A rolling stone gathers no moss.

　　　　　　= A stone which is rolling gathers no moss.：

　　　　　　滾石不生苔 (轉業不聚財)

d. The gentleman standing over there is our principal.：

站在那兒的那位紳士是我們的校長。

= The gentleman who is standing over there is our principal.

e. a criticized speech = a speech which is criticized by someone：

一個飽受批評的演講 (被批評)

f. a letter written in English = a letter which is written in English：

一封用英文寫的信

g. a broken glass = a glass which is broken：

一個破掉的杯子

h. a wounded soldier = a soldier who is wounded：

一位受傷的士兵

B. Vi → Ving 　　：進行 / 習性 / 狀態

　　→ V (p.p.) 　：被動 / 完成 / 結果

　例：a. a drowning man = a man who is drowning：

一位溺水的男人 (溺水中、仍活著)

b. a drowned man = a man who is drowned：

一位溺水的男人 (溺水了、掛了)

c. boiling water = water which is boiling：

滾燙的水 (正在滾)

d. boiled water = water which has been boiled：

開水 (滾燙過後的水)

e. the fallen leaves = the leaves which has fallen：

落葉 (強調「結果」-- 掉下來的狀態)

f. the falling leaves = the leaves which are falling：

落葉 (強調「過程」-- 正在掉下來)

g. a faded coat = a coat which is faded：

一件褪色的外套 (因為外力而褪色)

h. a drunken driver = a driver who is drunk：

一位酒醉的司機 (因為外物而酒醉)

i. a retired soldier = a soldier who is retired：

一位退休的士兵 (因為外力而退休)

1. 情緒動詞：

   (1) 當「動詞」時，主詞需為「非人」的對象

   (2) 變成「過去分詞」修飾「說話者」本身的情緒

   (3) 變成「現在分詞」修飾對說話者之外的「他者」價值判斷，中文多翻譯成「令人…」

     例句：我對這本書感興趣。

     → The book interests me.   ⇦ 當「動詞」時，主詞為「非人」的對象

     = I am interested in (by) the book. ⇦ 主動改為被動時，動詞作變化，用「過去分詞」修飾人的情緒是因為外在因素所「被動誘發」，「by＋行為者」因為遷就於動詞使用習慣，改用動詞相搭配的介系詞用法。

     = The book is interesting to me. ⇦ 當動詞作變化，用「現在分詞」修飾「非人」的對象或對說話者之外的「他者」價值判斷。而此時介系詞用法用 "to"，意指「對…而言」。

2. 『使役動詞』中，驅使的對象如果用「動態形容詞」加以修飾時，由動詞所衍生的「分詞」來加以使用；其中「主動、進行」用「現在分詞」；「被動、完成」用「過去分詞」。

     例句：The mother left the boy crying alone on the street.

        這個媽媽留下男孩獨自在街上哭。

        The bombs have got the land unwanted after the war.

        戰爭後，炸彈已讓這土地寸草不生。

3. 複合形容詞：由特定詞性 (Adj., Adv., Noun) 加上動詞變化所形成，簡略如下：

Adj.	+	N-ed	:	long-haired; hot-tempered
		V-en	:	ready-made; new-born
		V-ing	:	good-looking; easy-going
Adv.	+	V-en	:	well-done; well-known
		V-ing	:	fast-moving; far-reaching
N	+	V-en	:	air-conditioned; man-made
		V-ing	:	peace-loving; heart-breaking
數字	+	Adj.	:	water-proof; duty-free
		N	:	a ten-dollar bill; a five-minute break

練習：複合形容詞

(1) This is the _____ songs this year. It's also my favorite song.

(A) selling-best (B) sold-best (C) best-selling (D) best-sold

答案：C 這是一首年度暢銷歌。它也是我的最愛。

解析：原句為：This is the song that sells the best this year. 為主動用法，所以變成複合形容詞時變成「Adv. + V-ing」的 best-selling。

(2) Rick was the _____ man in the party last night.

(A) worst-dressed (B) bad-dress (C) worst-dress (D) bad-dressed

答案：A Rick 昨晚榮登宴會穿得最糟男士。

解析：原句為：Rick was the man that was dressed the worst last night. 為被動用法，所以變成複合形容詞時變成「Adv. + V-p.p.」的 worst-dressed。

(3) The _____ animal which showed on TV scared me a lot.

(A) three-heading　(B) three-heads　(C) three-headed　(D) three-head

答案：C　在電視上出現的三頭動物讓我十分驚嚇。

解析：原句為：The animal with tree heads which showed on TV scared me a lot. 變成複合形容詞時變成「Adj. ＋ Ned」的 three-headed。

(4) The _____ table looks pretty unique that I decided to buy it at the first sight.

(A) three-legged　(B) three-legged　(C) three-leg　(D) three-leg

答案：B　這三角桌看起來相當獨特，以致於我第一眼看見時決定買。

解析：原句為：The table with tree legs looks pretty unique that I decided to buy it at the first sight. 變成複合形容詞時變成「Adj. ＋ Ned」的 three-legged。

(5) My father is an _____ person. He only enjoys old movies and old songs.

(A) old-fashion　(B) old-fashioned　(C) old-fashioning　(D) old-fashionable

答案：B　我老爸是個老派人物。他只喜歡老電影與老歌。

解析：原句為：My father is a person with old fashion. 變成複合形容詞時變成 old-fashioned。

4. 當 Adv. 修飾整個句子時，是為「分詞構句」：

(1) 是由省略「連接詞」或「主詞」變化而來

(2) 與修飾對象的「主動、被動」極度相關。

(3)「分詞構句」型式：由「對等子句」、「副詞子句」、「形容詞子句」簡化而來。

　　A. 型I.　連接詞 ＋ (S_1 ＋ V_1...)，S_2 ＋ V_2...

　　　　此時的 連接詞＝「Adv.-子句 連接詞」，用來修飾後面主要句意。

　　【圖形化】

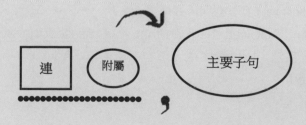

B. 型 II. $S_1 + V_1$ .... 連接詞 + $(S_2 + V_2...)$.

此時的 連接詞 =「Adv.-子句 連接詞」/「Adj.-子句 連接詞（限定用法）」，用來修飾前面句意。

【圖形化】

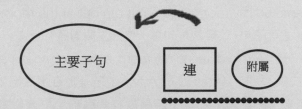

C. 型 III. $S_1 + V_1$......, 連接詞 + $(S_2 + V_2...)$.

此時的 連接詞 = 對等連接詞 / Adj.-子句 連接詞（非限定用法）

「對等連接詞」用來銜接前面句意。

「Adj.-子句連接詞（非限定用法）」用來修飾前面句意。

【圖形化】

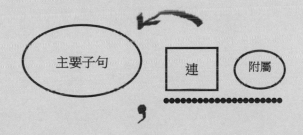

D. 分詞構句變化過程

　　步驟一：去掉 連接詞，V 做變化

　　步驟二：V 變化的原則：主動 (V-ing) / 被動 (V-p.p.)

　　步驟三：S_1 或 S_2 留下與否；主詞相同時，省略靠近連接詞的主詞。主詞不同時，兩個主詞都得出現。

例句：

型 I.　When I entered my room, I saw the cat.　➜ 副詞子句

　　→ 分詞構句：(When) Entering my room, I saw the cat.

型 II. I saw the cat when it walked out of my room. ➜ 副詞子句

    → 分詞構句：I saw the cat, it walking out of my room.

    I saw the cat which walked out of my room. ➜ 形容詞子句

    → 分詞構句：I saw the cat walking out of my room.

型 III. I entered my room, and a cat ran out at the moment.

    ➜ 對等子句 (改變次要句意、修飾主要句意)

    → 分詞構句：I entering my room, a cat running out at the moment.

E. 分詞的口訣：「非形 (Adj.) 即副 (Adv.)」：若是放在『名詞』前後修飾「名詞」，則為「形容詞」功能；若是放在『動詞』前後修飾『動詞』、「句子」前中後修飾「句子」，則為「副詞」功能。

【註】分詞 (Participles) 變成其他詞性加上字尾變化之後的分詞，可以從「形容詞」或「副詞」，轉變成為「介系詞」、「連接詞」…等等。以下容將在「介系詞」與「連接詞」章節詳述。

☐ 1	a range of	/ˈrendʒ/	phr	許多
☐ 2	a variety of	/vəˈraɪətɪ/	phr	許多
☐ 3	academic	/͵ækəˈdɛmɪk/	adj	學校的；學院的
☐ 4	admission	/ədˈmɪʃən/	n	承認；招認
☐ 5	affordable	/əˈfɔrdəbl/	adj	負擔得起的
☐ 6	alternatively	/ɔlˈtɜnətɪv/	adv	二者擇一地
☐ 7	appliances	/əˈplaɪəns/	n	器具，用具；應用
☐ 8	available	/əˈveləbl/	adj	（指物）可用的或可得到的
☐ 9	booth	/buθ/	n	售貨攤；攤位
☐ 10	brochure	/broˈʃʊr/	n	（作介紹或宣傳用的）小冊子
☐ 11	wiring money	/ˈwaɪərɪŋ ˈmʌnɪ/	n	電匯
☐ 12	catalogue	/ˈkætələg/	n	目錄
☐ 13	comment	/ˈkɑmɛnt/	n/v	意見，評論；批評
☐ 14	commit	/kəˈmɪt/	v	奉獻，致力於
☐ 15	complex	/ˈkɑmplɛks/	n	複合型住宅；辦公大樓
☐ 16	refinance	/͵riˈfaɪ nəns/	n	重新貸款
☐ 17	comprehensive	/͵kɑmprɪˈhɛnsɪv/	adj	（幾乎）包羅萬象的；全面的
☐ 18	condition	/kənˈdɪʃən/	n	狀態；處境；地位；身份
☐ 19	conduct	/kənˈdʌkt/	n/v	行為；指揮；帶領
☐ 20	cookware	/ˈkʊkˈwɛr/	n	鍋具
☐ 21	coupon	/ˈkupɑn/	n	減價優待券
☐ 22	critical	/ˈkrɪtɪkl/	adj	批評的；非難的
☐ 23	cultivated	/ˈkʌltəˈvetɪd/	adj	耕耘的；有教養的
☐ 24	detail	/dɪˈtel/	n/v	細目；細節；詳情
☐ 25	diagram	/ˈdaɪəgræm/	n/v	圖表；用圖解法表示，圖示
☐ 26	overdraft	/ˈovəˈdræft/	n	透支
☐ 27	distinctive	/dɪˈstɪŋktɪv/	adj	特別的；有特色的
☐ 28	distribute	/dɪˈstrɪbjʊt/	v	分發、分配某事物

☐ 29	subsidiary	/səb`sɪdɪˏɛrɪ/	n	子公司
☐ 30	electronics	/ɪˋlɛk`trɑnɪks/	n	電子學
☐ 31	enquiry	/ˏɪn`kwaɪərɪ/	n	詢問；調查；打聽
☐ 32	establish	/ɪˋstablɪʃ/	v	建立，設立 (某事物)
☐ 33	exhibition	/ˏɛksə`bɪʃən/	n	展覽品；展覽
☐ 34	expo (exposition)	/ˏɛkspə`zɪʃən/	n	博覽會；說明；展覽會
☐ 35	fabulous	/ˋfæbjʊləs/	adj	難以置信的
☐ 36	fair	/fɛr/	n	廟會；商品展覽會
☐ 37	flagship	/flˋægʃɪp/	n	旗艦店
☐ 38	furnish	/ˋfɝnɪʃ/	v	供應；裝備；提供
☐ 39	guarantee	/ˏgarən`ti/	n	(交易的) 保證，保證書
☐ 40	hardware	/hɑrd wˋɛr/	n	硬體；五金器具
☐ 41	hard-wearing	/ˋhɑrd wˋɛrɪŋ/	a	耐磨的
☐ 42	illustrate	/ˋɪləstret/	v	(用示例、圖表等) 說明，闡明 (某事物)
☐ 43	insight	/ˋɪn`saɪt/	n	洞察力；深刻的瞭解
☐ 44	maintain	/menˋten/	v	保持或維持某事物
☐ 45	novice	/ˋnɑvɪs/	n	新手；生手；初學者
☐ 46	on the spot	/spɑt/	n	當場
☐ 47	opportunity	/ˏɑpɚ`tunətɪ/	n	良機；機會
☐ 48	outstanding	/ˋaʊt`stændɪŋ/	adj	傑出的，未付的，突出的
☐ 49	preferred	/prɪˋfɝd/	adj	更好的；優先的；偏好的
☐ 50	procedure	/prəˋsidʒɚ/	n	程序
☐ 51	prominently	/ˋprɑmənəntlɪ/	adv	顯著地；重要地
☐ 52	purchase	/ˋpɝ tʃəs/	v/n	購買
☐ 53	query	/ˋkwɜrɪ/	n	疑問；問題
☐ 54	recommend	/ˏrɛkə`mɛnd/	v	推薦
☐ 55	remarkable	/rɪˋmɑrkəbl/	adj	不平常的，顯著的，值得注意的
☐ 56	renovation	/ˏrɛnə `veʃən/	n	更新；恢復活力；修理
☐ 57	representative	/ˏrɛprɪ`zɛntətɪv/	adj/n	有代表性的，典型的；代表

	58	reputation	/ˌrɛpjəˈteʃən/	n	名聲;名譽;名氣
	59	request	/rɪˈkwɛst/	n	請求,請願,需要
	60	section	/ˈsɛkʃən/	n	部分
	61	joint venture	/ˈdʒɔɪnt ˈvɛntʃɚ/	n	合資
	62	stadium	/ˈstedɪəm/	n	露天大型運動場
	63	stand	/stænd/	n	攤位(用於陳列、展覽、宣傳等目的的)
	64	stationery	/ˈstæʃənɛrɪ/	n	文具
	65	stress	/strɛs/	n	重壓,壓力
	66	take effect	/ˈtek ɪˈfɛkt/	n	生效
	67	terms	/tɝmz/	n	學期,期間,期限
	68	trial	/ˈtraɪəl/	n/adj	審訊,考驗;嘗試的,試驗性的
	69	verify	/ˈvɛrəˌfaɪ/	v	證實,核對(某事物);檢查
	70	monopoly	/məˈnɑplɪ/	n	壟斷

NOTE

....

....

....

....

....

....

....

....

1. Please send me your - - - - - - - catalogue and a price list.

   (A) illustration

   (B) illustrating

   (C) illustrate

   (D) illustrated

2. I have seen one of your safes in a fair booth, you - - - - - - - on your address to me.

   (A) passing

   (B) passed

   (C) past

   (D) passes

3. If you are particularly - - - - - - - about the recent electricity bills, you must visit our stand to reduce your expense to meet your budget.

   (A) concerns

   (B) concern

   (C) concerned

   (D) concerning

4. Could you please send me details of the refrigerators - - - - - - - in yesterday's 'Evening Post'?

   (A) advertising

   (B) advertised

   (C) advertise

   (D) advertises

中文翻譯 **(D)** 請將您的插圖商品目錄和價格表寄給我。

題目解析 本題屬於『過去分詞』的考法。由上下文句意判斷，動詞 (illustrate) 與名詞 (catalogue) 的關係應該為「被動」用法，用「過去分詞」形式當「形容詞」，用是為「被圖解說明」的對象，所以答案選 (D)。

中文翻譯 **(A)** 在你傳你的地址給我 (之前)，我就已在會展攤位看到你其中一個保險箱了。

題目解析 本題屬於『現在分詞』的考法。由上下文結構判斷，空格雖然為「動詞」選項，但是因為與前句並沒有「連接詞」存在，推測應當是省略「連接詞 (before)」，所以選擇「動詞」變成「分詞」的答案；且動詞 (pass) 與名詞 (you) 的關係應該為「主動」用法，用「現在分詞」形式當「形容詞」，是為「主動傳遞」的句意，所以答案選 (A)。

中文翻譯 **(C)** 如果你特別擔心近期的電費，你就必須參觀我們的攤位，如此可減少您的支出並符合您的預算。

題目解析 本題屬於『情緒動詞』中『過去分詞』的考法。用「過去分詞」修飾人的情緒是因為外在因素所「被動誘發」，中文翻成「使人感到…」，用以修飾講話者被影響的情緒，是為「被動」用法，所以答案選 (C)。

中文翻譯 **(B)** 請問你能不能把昨天在 "晚間郵報" 廣告的冰箱細節寄給我？

題目解析 本題屬於『過去分詞』的考法。由上下文結構判斷，空格雖然為「動詞」選項，但是因為與前句並沒有「連接詞」存在，推測應當是省略「連接詞 (which/that)」，所以選擇「動詞 (are advertised)」變成「分詞 (advertised)」的答案；且動詞與名詞的關係應該為「被動」用法，是為「被廣告」的對象，所以答案選 (B)。

5. Thank you for your visit, - - - - - - - about the electric heaters in our expo booth.

(A) enquire

(B) enquiry

(C) enquiring

(D) enquires

6. We are - - - - - - - to enclose the latest detailed catalogue for your possible reference.

(A) pleaing

(B) please

(C) pleasing

(D) pleased

7. Visitors in the stadium are quite - - - - - - - by our Model Info 2, the newest solar battery.

(A) impressed

(B) impressing

(C) impress

(D) impresses

8. Purchasers would find details of our terms in the price list - - - - - - - on the inside front cover of the catalogue.

(A) print

(B) printing

(C) printed

(D) prints

中文翻譯 (C) 謝謝您光臨我們展會的攤位，並詢問電暖器的問題。

題目解析 本題屬於『現在分詞』的考法。由上下文結構判斷，空格為「動詞」選項，但是因為前面結構為「名詞 (visit)」結構，推測應當是省略「連接詞 (which/that)」，動詞做變化的結果，所以選擇「動詞 (enquire)」變成「分詞 (enquiring)」的答案；且動詞與名詞的關係應該為「主動」用法，是為「主動詢問」的句意，所以答案選 (C)。

中文翻譯 (D) 我們很高興地附上最新的詳細目錄，以供您參考。

題目解析 本題屬於『情緒動詞』中『過去分詞』的考法。用「過去分詞」修飾人的情緒，是因為人的情緒由外在因素所「被動誘發」，中文翻成「使人感到…」，用以修飾講話者被影響的情緒，所以答案選 (D)。

中文翻譯 (A) 展場參訪者對我們最新的太陽能電池—信息 2 號機型，印象深刻。

題目解析 本題屬於『情緒動詞』中『過去分詞』的考法。用「過去分詞」修飾人的情緒，是因為人的情緒由外在因素所「被動誘發」，中文翻成「使人感到…」，用以修飾講話者被影響的情緒，所以答案選 (A)。

中文翻譯 (C) 買家會在產品目錄封面內頁的價格表上，找到我們所印的產品規範。

題目解析 本題屬於『過去分詞』的考法。由上下文結構判斷，空格雖然為「動詞」選項，但是因為與前句並沒有「連接詞」存在，推測應當是省略「連接詞 (which/that)」，所以選擇「動詞 (is printed)」變成「分詞 (printed)」的答案；且動詞與名詞的關係應該為「被動」用法，是為「被列印」的對象，所以答案選 (C)。

9. Perhaps you will consider placing a trial order in the fair, - - - - - - - you with an opportunity to test its efficiency.

(A) provides

(B) provided

(C) provide

(D) providing

10. I appreciate your remarkable comments - - - - - - - March 8th on the electronic typewriter for us to get further improvement.

(A) dated

(B) date

(C) dating

(D) dates

11. If you would like to see demonstrations of any models in the catalogue, we would be happy to arrange for our representatives - - - - - - - on you whenever convenient.

(A) call

(B) called

(C) calling

(D) calls

12. Mr. Jones is - - - - - - - with buying the displaying lawnmowers from your stand in the expo, and encouraged me to contact you.

(A) delights

(B) delighting

(C) delight

(D) delighted

中文翻譯 (D) 也許你會考慮在展場裡下單購買試用的產品，而這是一個能測試該產品效率的機會。

題目解析 本題屬於『現在分詞』的考法。由上下文結構判斷，空格雖然為「動詞」選項，但是因為與前句並沒有「連接詞」存在，推測應當是省略「連接詞 (which)」，所以選擇「動詞 (provides)」變成「分詞 (providing)」的答案；且動詞與名詞的關係應該為「主動」用法，所以答案選 (D)。

中文翻譯 (A) 感謝您在 3 月 8 日對我們電子打字機產品的重要評論，這能讓我們做出更進一步的改善。

題目解析 本題屬於『過去分詞』的考法。由上下文結構判斷，空格雖然為「動詞」選項，但是因為與前句並沒有「連接詞」存在，推測應當是省略「連接詞 (which/that)」，所以選擇「動詞 (is dated)」變成「分詞 (dated)」的答案；且動詞與名詞的關係應該為「被動」用法，所以答案選 (A)。

中文翻譯 (C) 如果您想看在目錄中的任何模組的演示，我們將樂意為您安排我們的代表，在您方便的時候拜訪您。

題目解析 本題屬於『現在分詞』的考法。由上下文結構判斷，空格雖然為「動詞」選項，但是因為與前句並沒有「連接詞」存在，推測應當是省略「連接詞 (who)」，所以選擇「動詞 (calls)」變成「分詞 (calling)」的答案；且動詞與名詞的關係應該為「主動」用法，所以答案選 (C)。

中文翻譯 (D) Jones 先生很高興買了您於展場攤位上展示的割草機機器，並鼓勵我與您聯繫。

題目解析 本題屬於『情緒動詞』中『過去分詞』的考法。用「過去分詞」修飾人的情緒是因為外在因素所「被動誘發」，中文翻成「使人感到…」，用以修飾講話者被影響的情緒，所以答案選 (D)。

13. Through our service, you can rent one of our five rooms fully - - - - - - -
for business purposes.

(A) furnishes

(B) furnish

(C) furnished

(D) furnishing

14. Alternatively, you will find a smaller size of 11-inch laptop - - - - - - - in
our flagship store on Jiang-Kang Rd.

(A) showed

(B) show

(C) shows

(D) showing

15. After we receive the order you place, we will have these models in stock
- - - - - - - , and will be glad to show you in no time.

(A) collected

(B) collect

(C) collects

(D) collecting

16. We highly recommend this book with - - - - - - - description of mysterious
creatures in ancient fables, and with insight into the possible origins of
them.

(A) detail

(B) detailed

(C) details

(D) detailing

中文翻譯 (C) 透過我們的服務，你可以從我們設備齊全的五間房間中，挑一間來租用，並做為商辦。

題目解析 本題屬於『過去分詞』的考法。由上下文結構判斷，空格雖然為「動詞」選項，但是因為與前句並沒有「連接詞」存在，推測應當是省略「連接詞 (which/that)」，所以選擇「動詞 (is furnished)」變成「分詞 (furnished)」的答案；且動詞與名詞的關係應該為「被動」用法，所以答案選 (C)。

中文翻譯 (A) 或者你會發現，我們健康路的旗艦店有展示尺寸更小 (11 英吋) 的筆記型電腦。

題目解析 本題屬於『過去分詞』的考法。由上下文結構判斷，空格雖然為「動詞」選項，但是因為與前句並沒有「連接詞」存在，推測應當是省略「連接詞 (which/that)」，所以選擇「動詞 (is showed)」變成「分詞 (showed)」的答案；且動詞與名詞的關係應該為「被動」用法，所以答案選 (A)。

中文翻譯 (A) 收到您下的訂單之後，我們會把這些有存貨的機型搜集起來，並樂意立即向您展示。

題目解析 本題屬於『過去分詞』的考法。由上下文結構判斷，關鍵字為「使役動詞 (have)」，因為驅使的對象為「非人」的項目，所以「動詞 (collect)」變成「分詞 (collected)」答案；且動詞與名詞的關係應該為「被動」用法，所以答案選 (A)。

中文翻譯 (B) 我們強烈推薦這本書，裡面詳細介紹遠古神話中的神秘生物、並以精闢的見解剖析他們的可能來源。

題目解析 本題屬於『過去分詞』的考法。由上下文結構判斷，空格雖然為「動詞」選項，但是因為用來修飾後面「名詞 (description)」，所以「動詞 (detail)」變成「分詞 (detailed)」答案，中文翻譯為「被詳細敘述的…」；且動詞與名詞的關係應該為「被動」用法，所以答案選 (B)。

17. Our - - - - - - - online stationery shop is committed to providing students and business people with a wide variety of high-quality stationery items as well as PC products and other services.

(A) newly-established

(B) newly-establishing

(C) newly-establish

(D) new-established

18. The Gear has all the office supplies you need, especially the latest fax machine suitable for having complex design diagrams - - - - - - - .

(A) sent

(B) send

(C) sending

(D) sends

19. When - - - - - - - to customers' enquiries, be sure you have answered every query in the exhibition.

(A) replies

(B) reply

(C) replying

(D) replied

20. The sale offering discount prices and warranty - - - - - - - is exclusively in this week during the exhibition.

(A) promise

(B) promised

(C) promises

(D) promising

中文翻譯 (A) 我們新成立的網路文具店致力為學生和商務人士服務，提供各種高品質的文具、電腦產品與其他服務。

題目解析 本題屬於『複合形容詞』的綜合考法。由上下文句意判斷，動詞 (establish) 與名詞的關係應當是被動，又搭配副詞加以修飾動詞，所以答案選 (A)。

中文翻譯 (A) Gear 公司有所有你所需要的辦公用品，特別是適合傳送複雜設計圖的最新傳真機。

題目解析 本題屬於『過去分詞』的考法。由上下文結構判斷，關鍵字為「使役動詞 (have)」，因為驅使的對象為「非人」的項目，所以「動詞 (send)」變成「分詞 (sent)」答案；且動詞與名詞的關係應該為「被動」用法，所以答案選 (A)。

中文翻譯 (C) 在回答客戶的詢問前，請確定您已回答了展場上的每個問題。

題目解析 本題屬於『分詞構句』中的『現在分詞』考法。由上下文結構判斷，空格雖然為「動詞」選項，且有「連接詞 (when)」存在，但是因為沒有「主詞」，所以「動詞 (reply)」變成「分詞 (replying)」答案；且動詞與主詞的關係應該為「主動」用法，所以答案選 (C)。

中文翻譯 (B) 促銷之優惠價格折扣和保固承諾僅限於本週的會展期間提供。

題目解析 本題屬於『過去分詞』的考法。由上下文結構判斷，空格雖然為「動詞」選項，但是因為與前句並沒有「連接詞」存在，推測應當是省略「連接詞 (which/that)」，所以選擇「動詞 (is promised)」變成「分詞 (promised)」的答案；且動詞與名詞的關係應該為「被動」用法，所以答案選 (B)。

1. Your request will take effect in two days, and we will arrange a technical representative to instruct your employees for operation as - - - - - - - upon purchase.

   (A) guarantee
   (B) is guarantee
   (C) guarantees
   (D) guaranteed

2. The price list is enclosed in our brochure at the booth, - - - - - - - details of conditions and terms of using and maintaining.

   (A) includes
   (B) including
   (C) included
   (D) includes

3. The test-run on our latest model No. 5 - - - - - - - after purchase will definitely verify our good quality in the process of mass production.

   (A) provides
   (B) provide
   (C) provided
   (D) providing

4. We today display separately a range of models and samples specially - - - - - - - for their hard-wearing qualities under any critical circumstances.

   (A) selected
   (B) select
   (C) selecting
   (D) selects

中文翻譯 (D) 正如您於購買時就獲得的保證，您的要求將在兩天後生效，而且我們會安排技術代表人員指導您的員工進行操作。

題目解析 本題屬於『過去分詞』的考法。由上下文結構判斷，空格雖然為「動詞」選項，但是因為與前句並沒有「主詞」存在，推測應當是省略「主詞 (which/that)」，所以選擇「動詞 (is guaranteed)」變成「分詞 (guaranteed)」的答案；且動詞與名詞的關係應該為「被動」用法，所以答案選 (D)。

中文翻譯 (B) 價目表會附在我們展覽攤位的宣傳冊中，其中還包括使用和維護的條款與細節。

題目解析 本題屬於『分詞構句』中的『現在分詞』考法。由上下文結構判斷，空格雖然為「動詞」選項，但是沒有「連接詞」存在，推測應當是省略「連接詞 (which/that)」，所以選擇「動詞 (includes)」變成「分詞 (including)」的答案；且動詞與主詞的關係應該為「主動」用法，所以答案選 (B)。

中文翻譯 (C) 隨您購買我們最新型號 No.5 後，我們將附上該型號的測試結果，如此必能驗證量產過程中的好品質。

題目解析 本題屬於『過去分詞』的考法。由上下文結構判斷，空格雖然為「動詞」選項，但是因為與前句並沒有「連接詞」存在，推測應當是省略「連接詞 (which/that)」，所以選擇「動詞 (is provided)」變成「分詞 (provided)」的答案；且動詞與名詞的關係應該為「被動」用法，所以答案選 (C)。

中文翻譯 (A) 我們今天個別展示一系列的模組和樣本，這組特選系列耐磨，能抵擋任何嚴峻的情況。

題目解析 本題屬於『過去分詞』的考法。由上下文結構判斷，空格雖然為「動詞」選項，但是因為與前句並沒有「連接詞」存在，推測應當是省略「連接詞 (which/that)」，所以選擇「動詞 (is selected)」變成「分詞 (selected)」的答案；且動詞與名詞的關係應該為「被動」用法，所以答案選 (A)。

5. A catalogue and price list of the typewriter, as -------- in your last booth visit of 18th May, is enclosed.

(A) requests

(B) requesting

(C) requested

(D) request

6. It would be of great help if you could demonstrate the operation process on the spot, -------- the range of compatibility supplied as you guaranteed.

(A) proves

(B) prove

(C) proving

(D) proved

7. Come to our fair event, and you will know that our academic support office is -------- on campus, while the research and marketing section are in the downtown complex building.

(A) locate

(B) locates

(C) locating

(D) located

8. In the case of a soft-binding, your documents are applied to the front and back cover, which has a distinctive marble design effect, -------- a neat and attractive finish.

(A) produce

(B) produced

(C) producing

(D) produces

中文翻譯 (C) 裡頭所附的，是您在上次 5 月 18 日的展場參觀中，所要求的打字機目錄和價格表。

題目解析 本題屬於『分詞構句』中的『過去分詞』考法。由上下文結構判斷，空格雖然為「動詞」選項，有「連接詞 (as)」存在，但是因為句中並沒有「主詞」存在，所以「動詞 (request)」變成「分詞 (requested)」答案；且動詞與主詞的關係應該為「被動」用法，所以答案選 (C)。

中文翻譯 (C) 如果您能當場示範操作流程，證明操作提供之相容度如您所保證，那將會有很大的幫助。

題目解析 本題屬於『分詞構句』中的『現在分詞』考法。由上下文結構判斷，空格雖然為「動詞」選項，但是沒有「連接詞」存在，推測應當是省略「連接詞 (which/that)」，所以選擇「動詞 (proves)」變成「分詞 (proving)」的答案；且動詞與主詞的關係應該為「主動」用法，所以答案選 (C)。

中文翻譯 (D) 來到我們展場，你將瞭解，我們的學術支援辦公室位於校園內，而研發和市場部都在市中心綜合大樓。

題目解析 本題屬於『過去分詞』的考法。由上下文結構判斷，空格雖然為「動詞」選項，但是因為與前句並沒有「連接詞」存在，推測應當是省略「連接詞 (which/that)」，所以選擇「動詞 (located)」變成「分詞 (located)」的答案；且動詞與名詞的關係應該為「被動」用法，所以答案選 (D)。

中文翻譯 (C) 在軟裝訂情況下，您的內文會放在有特殊大理石紋設計的封面和封底上，整體呈現俐落、迷人的風格。

題目解析 本題屬於『分詞構句』中的『現在分詞』考法。由上下文結構判斷，空格雖然為「動詞」選項，但是因為沒有「連接詞」，推測應當是省略「連接詞 (which/that)」，所以選擇「動詞 (produces)」變成「分詞 (producing)」的答案；且動詞與主詞的關係應該為「主動」用法，所以答案選 (C)。

9. The fair agenda - - - - - - - schedule and the procedure for attending the session is listed below.

(A) describe

(B) described

(C) describing

(D) describes

10. Workshops - - - - - - - by exhibition admission staff deal with discussions including writing admission papers, preparing for the interviews and advice on completing application preparation.

(A) conducting

(B) conduct

(C) conducted

(D) conducts

11. Customers will pleasantly surprised by the complimentary gifts - - - - - - - to any booth visitors with fabulous coupons.

(A) distributes

(B) distribute

(C) distributing

(D) distributed

12. We have received a number of enquiries over keyboard parts suitable for us to offer your possible order, which seems to be a great opportunity for office renovation - - - - - - - place this coming few months.

(A) take

(B) taken

(C) taking

(D) takes

新多益進分大絕招〔文法〕＋〔單字〕

(C) 本次展場的議程安排和出席會議的流程如下所述。

本題屬於『過去分詞』的考法。由上下文結構判斷，空格雖然為「動詞」選項，但是因為與前句並沒有「連接詞」存在，推測應當是省略「連接詞(which/that)」，所以選擇「動詞(describes)」變成「分詞(describing)」的答案；且動詞與名詞的關係應該為「主動」用法，所以答案選 (C)。

(C) 研討會是由展場行政人員負責舉辦，會上討論內容包括：撰寫入學論文、準備面試，和完整的申請書準備建議。

本題屬於『過去分詞』的考法。由上下文結構判斷，空格雖然為「動詞」選項，但是因為與前句並沒有「連接詞」存在，推測應當是省略「連接詞(which/that)」，所以選擇「動詞(is conducted)」變成「分詞(conducted)」的答案；且動詞與名詞的關係應該為「被動」用法，所以答案選 (C)。

(D) 消費者至各攤位時，會拿到分送給訪客的贈品和折價券，為此他們感到又驚又喜。

本題屬於『過去分詞』的考法。由上下文結構判斷，空格雖然為「動詞」選項，但是因為與前句並沒有「連接詞」存在，推測應當是省略「連接詞(which/that)」，所以選擇「動詞(are distributed)」變成「分詞(distributed)」的答案；且動詞與名詞的關係應該為「被動」用法，所以答案選 (D)。

(C) 我們正好可提供鍵盤予您下訂單購買，也收到了許多關於此鍵盤零件的詢問，看來接下來的幾個月會是重新翻修辦公室的好時機。

本題屬於『現在分詞』的考法。由上下文結構判斷，空格雖然為「動詞」選項，但是因為與前句並沒有「連接詞」存在，推測應當是省略「連接詞(which/that)」，所以選擇「動詞(takes)」變成「分詞(taking)」的答案；且動詞與名詞的關係應該為「主動」用法，所以答案選 (C)。

13. Porter's comprehensive introduction and instruction, as well as the time line of dates and events, make this book not only a reference work but also a treasure that should be purchased by any - - - - - - - family.

(A) cultivate

(B) cultivated

(C) cultivates

(D) cultivating

14. Taking the chance of Oversea Study Fair, I strongly recommend this university for your further study for the master's degree, for its reputation concerning quality is prominently - - - - - - - in its outstanding record of academic essay publication.

(A) reflects

(B) reflect

(C) reflected

(D) reflecting

15. Jason has a large hardware store in Southampton, and is interested in the electric heaters - - - - - - - in your stand in Electronic Appliances Fair.

(A) promote

(B) promoting

(C) promoted

(D) promotes

16. We offer lighting to fit every need and budget, which is very affordable, available in a wide variety of colors and patterns - - - - - - - in the expo at an immediate discount.

(A) displayed

(B) display

(C) displays

(D) displaying

中文翻譯 (B) Porter 詳盡的介紹、說明與事件的時間線，使得這本書不僅是參考書，也是任何一個有文化素養的家庭應購入的寶藏。

題目解析 本題屬於『過去分詞』的考法。由上下文結構判斷，空格雖然為「動詞」選項，但是因為用來修飾後面「名詞 (family)」，所以「動詞 (cultivate)」變成「分詞 (cultivated)」答案，中文翻譯為「被教化的…」；且動詞與名詞的關係應該為「被動」用法，所以答案選 (B)。

中文翻譯 (C) 從傲人的學術論文發表記錄就能看出這所學校的名氣，因此我想透過海外留學展的機會，大力推薦您進入此大學進修並取得碩士學位。

題目解析 本題屬於『過去分詞』的考法。由上下文結構判斷，空格為「動詞 (reflect)」選項，且動詞與名詞的關係應該為「被動」用法，所以選用「過去分詞」形式，所以答案選 (C)。

中文翻譯 (C) Jason 是一間大型五金行的老闆，其店面位於 Southampton；他對你在電子家電博覽會促銷的電子熱水器很感興趣。

題目解析 本題屬於『過去分詞』的考法。由上下文結構判斷，空格雖然為「動詞」選項，但是因為與前句並沒有「連接詞」存在，推測應當是省略「連接詞 (which/that)」，所以選擇「動詞 (are promoted)」變成「分詞 (promoted)」的答案；且動詞與名詞的關係應該為「被動」用法，是為「被促銷」的對象，所以答案選 (C)。

中文翻譯 (A) 我們有提供符合各種需求與預算的照明產品，價錢也非常實惠；而展場中所展示的產品不但有立即的折扣，顏色和樣式也非常多元。

題目解析 本題屬於『過去分詞』的考法。由上下文結構判斷，空格雖然為「動詞」選項，但是因為與前句並沒有「連接詞」存在，推測應當是省略「連接詞 (which/that)」，所以選擇「動詞 (are displayed)」變成「分詞 (displayed)」的答案；且動詞與名詞的關係應該為「被動」用法，所以答案選 (A)。

17. Every month, our magazine features a comparison of new cooking products available on the market; today, we are showing five of the - - - - - - - brands of stainless steel cookware sets to our visitors on the last day of fair here.

(A) top-sell
(B) top-sold
(C) top-selling
(D) toply-selling

18. The manager determined to lower the price for purchasers because wireless connectors are - - - - - - - types of devices and choices for young novices and professional experts to operate electronics alike in seconds.

(A) prefers
(B) prefer
(C) preferring
(D) preferred

19. As a practitioner of cooking, I suggest our buyers to choose cookware that is constructed around a copper core, - - - - - - - heat more evenly. And this feature cannot be stressed enough.

(A) distributing
(B) distributed
(C) distributes
(D) distribute

20. As to the use of this machine, we strongly suggest users - - - - - - - prior working experience in the related fields of publication are preferred but not required.

(A) equipping
(B) equipped
(C) equip
(D) equips

(C) 每月詳細比較市面上的烹飪產品是我們雜誌的特色，而今天，也是展會的最後一天，我們要向各位訪客展示 5 個最暢銷品牌的不銹鋼炊具組。

題目解析 本題屬於『複合形容詞』的綜合考法。由上下文句意判斷，動詞 (sell) 與名詞 (brand) 的關係應當是主動，又搭配形容詞加以修飾名詞，所以答案選 (C)。

中文翻譯 **(D)** 年輕的新手和專家只需幾秒就會操作電子相關產品，因此無線連接器成為他們的首選設備，也才有經理降低無線連接器價格的決定。

題目解析 本題屬於『過去分詞』的考法。由上下文結構判斷，空格雖然為「動詞」選項，但是因為用來修飾後面「名詞 (types)」，所以「動詞 (prefer)」變成「分詞 (preferred)」答案，中文翻譯為「較 (被) 喜歡的…」；且動詞與名詞的關係應該為「被動」用法，所以答案選 (D)。

中文翻譯 **(A)** 身為烹飪界的一員，我建議我們的消費者選擇沿著圍繞銅質中心打造、更均勻分佈熱量的炊具。而這個功能在怎麼強調也不為過。

題目解析 本題屬於『分詞構句』中的『現在分詞』考法。由上下文結構判斷，空格雖然為「動詞」選項，但是因為沒有「連接詞」，推測應當是省略「連接詞 (which/that)」，所以選擇「動詞 (distributes)」變成「分詞 (distributing)」的答案；且動詞與主詞的關係應該為「主動」用法，所以答案選 (A)。

中文翻譯 **(A)** 至於本機的使用，我們強烈建議，優先考慮具備相關領域工作經驗的使用者，但這不是必備條件。

題目解析 本題屬於『現在分詞』的考法。由上下文結構判斷，空格雖然為「動詞」選項，但是因為與前句並沒有「連接詞」存在，推測應當是省略「連接詞 (which/that)」，所以選擇「動詞 (equips)」變成「分詞 (equipping)」的答案；且動詞與名詞的關係應該為「主動」用法，所以答案選 (A)。

練習前先看一眼

基本概念 ─ 連接詞（Conjunction）

(1) A.『連接詞』的存在是為了一個句子裡，動詞(們)的合理存在。與動詞的關係為 (-1) 的概念，例如，2 個動詞需存在 1 個連接詞，3 個動詞就必須有 2 個連接詞，依此類推；所以，讀者或受試者可以依此規則判斷句子的對錯或所需答案的結構。

B. 連接詞在句子的使用方式有以下幾種：

a. 對等連接詞 (co-ordinate conjunction): 連接「句意」或「重要性」相等的部分；需前後結構相等、或文法作用相同。

b. 附屬連接詞 (sub-ordinate conjunction): 連接「次要句意」或「次要重要性」的部分，加以修飾主要句意。

基本概念 ─ 連接詞（Conjunction）

1. 型 I. 連接詞 + (S$_1$ + V$_1$...)，S$_2$ + V$_2$ ...

此時的 連接詞 =「Adv.- 子句 連接詞」，用來修飾後面主要句意。

【圖形化】

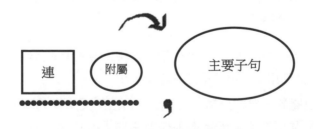

這樣將「副詞子句連接詞」放句首的有：「時間」、「地方」、「條件」、「讓步」、「原因」的句子關係。

2. 型II. ▶ S1 + V1 ……… . 連接詞 + (S₂ + V₂ …).

此時的 連接詞 =「Adv.- 子句 連接詞」/「Adj.- 子句 連接詞「（限定用法）」，用來修飾前面句意。而「名詞子句」用來接受前面句意，或作前面名詞的「等同語」。因為要與「Adj.- 子句 連接詞「（限定用法）」做區隔與討論，請見本書第 11 章「三大子句」詳細解說。

【圖形化】

這樣的「副詞子句連接詞」有表示「時間」、「地方」、「比較」、「條件」、「讓步」、「擬態」、「對比」、「原因」、「結果」、「目的」的句子關係。重點節錄如下：

「時間」副詞連接詞：

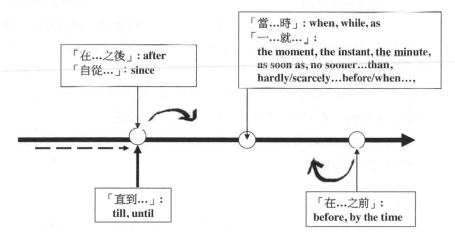

例句：(1) When she comes, I will tell her to wait for you.
　　　　當她來時，我會告訴她要等你。

　　　(2) They had got everything ready before I arrived.
　　　　在我到達之前，他們已準備好一切事情。

　　　(3) On seeing the police, the thief ran away.　賊一看到警察就逃跑。
　　　　= As soon as the thief saw the police, the thief ran away.

「**地方**」**副詞連接詞：**where, wherever, everywhere...

例句：(1) You should put the book where it was.　你應該把書放在原來的地方。

　　　(2) Where there is a will, there is a way.　有志者，事竟成。

「**比較**」**副詞連接詞：**同等比較 (as...as...; the same as...; not so much... as...),

　　　　　　　　　　優質比較 (more than; more... than...),

　　　　　　　　　　劣質比較 (less than; less... than...)

例句：(1) Ma is more brave than wise.　馬有勇無謀。

　　　= Ma is less wise than brave. = Ma is not as wise as brave. = Ma is not
　　　so much wise than brave.

「**條件**」**副詞連接詞：**「假如」

　　　「連接詞」: if, unless, as long as, only if, if only,

　　　「動詞」衍生出的「現在分詞 / 過去分詞」當作「連接詞」的用法有：

　　　　　　providing/provided that..., suppose/supposing that..., granted/

　　　　　　granting that...,

　　　「介系詞片語」形成「連接詞」用法：「介系詞」用法用「同位語」結構加上

　　　「名詞子句」充當「連接詞」: on condition that, in case that, in that, now
　　　that, in the event that...

例句：(1) If you don't have a good command of English grammar, you won't write
　　　good English.　如果你英文文法不好，你寫不出好英文。

　　　= Unless you have a good command of English grammar, you won't
　　　write good English.

「**讓步**」**副詞連接詞：**「儘管、雖然」

　　　「連接詞」的用法有：though, although, even if, even though, as, while,
　　　no matter +(wh-),(wh-) + ever,

　　　「動詞」衍生出的「現在分詞/過去分詞」當作「連接詞」的用法有：
　　　granting/granted that...

　　　「介系詞片語」形成「連接詞」用法：「介系詞」用法用「同位語」結構加上
　　　「名詞子句」充當「連接詞」: despite the fact that..., in spite of the fact
　　　that..., for all that..., notwithstanding the fact that...,

例句：(1) Even if I am busy, I will attend the meeting.　雖然忙，我也要參加會議。

(2) For all that she affirms it, I won't believe it. 雖然她肯定這件事，我還是不相信。

「擬態」副詞連接詞：「彷彿、好像」

「連接詞」的用法有：as if, as though, as, just as

例句：(1) It looks as if it is going to rain. 天氣看起來快下雨了。

(2) Air is to man as water is to fish. 空氣之於人，猶如水之於魚。

「對比」副詞連接詞：「就如同」

「連接詞」的用法有：while

「介系詞片語」形成「連接詞」用法：「介系詞」用法用「同位語」結構加上「名詞子句」充當「連接詞」：on the contrary that...,

例句：(1) I do every single bit of housework while he just does the dishes now and again. 我做了每一件家事，然而他只是偶爾洗洗盤子。

「原因」副詞連接詞：「因為；由於」

「連接詞」的用法有：because, since, as, now that...

「動詞」衍生出的「現在分詞/過去分詞」當作「連接詞」的用法有：seeing that..., considering that...,

「介系詞片語」形成「連接詞」用法：「介系詞」用法用「同位語」結構加上「名詞子句」充當「連接詞」：in that..., in the view of the fact that..., on the ground(s) that..., on account that..., for the reason that...

例句：(1) Seeing that she was seriously ill, they sent for doctors.
因為她病情嚴重，他們派人請了醫生。

(2) Since you say so, I suppose it is true. 既然你這麼說，我想這是真的。

「結果」副詞連接詞：「如此…以致於…」

「連接詞」的用法有：so that, such... that, so... that..., but...(要不是), but that...(要不是)

「介系詞片語」形成「連接詞」用法：「介系詞」用法用「同位語」結構加上「名詞子句」充當「連接詞」：to such a degree that..., to such an extent that...,

例句：(1) Jason has so many things to do that he is busy all day long.
Jason 有這麼多事要做，以致於他整天忙碌。

(2) He explained the poem in great detail, so that the students all understood.
他非常詳細地講解這首詩，所以學生們都理解了。

「目的」副詞連接詞：「為了要⋯」、「以免⋯」

「連接詞」的用法有：that, so that, lest (以免)，

「介系詞片語」形成「連接詞」用法：「介系詞」用法用「同位語」結構加上

「名詞子句」充當「連接詞」：in order that, in case (以免), for (the) fear

that (以防)⋯

例句：(1) We talked quietly in order that we should not disturb the other
passengers. 我們小聲講話，以免打擾其他旅客。

(2) He emphasized it again and again, lest she (should) forget.
他反覆強調這一點，以免她忘了。

而此類「Adj.- 子句連接詞 (限定用法)」，暗示著前面的名詞有許多可能性，所以要加以
限定，有：

who/which/that ＋ V ：此時連接詞的位置 (position) 為「主詞」

whom/which/that ＋ S ＋ V ：此時連接詞的位置 (position) 為「受詞」

where/when/how/why ＋ S ＋ V ：此時連接詞的位置 (position) 為「副詞」

例句：(1) Boys who attend the school must wear uniforms.

➔ 連接詞的位置為「主詞」

在這間學校上學的男孩子必須穿制服。

(2) Boys whom the principal talked to did not wear uniforms.

➔ 連接詞的位置為「受詞」

跟校長講話的男孩子們沒有穿制服。

(3) They failed to recognize the place where their guests might stay.

➔ 連接詞的位置為「副詞」

他們無法知道，賓客們會落腳的地方。

3. 型 III.　　　$S_1 + V_1 \ldots \ldots\ldots,$ 連接詞 $+ (S_2 + V_2 \ldots).$

此時的 連接詞＝ Adj.- 子句 連接詞 (非限定用法)；因為前面名詞「獨一無二」或「只
有一個」，不用限定，所以叫「非限定」。

口訣為：「有，非限定，唯一、補述」

「Adj.- 子句連接詞 (非限定用法)」用來修飾「前面句意」或「某部分句意」。

【圖形化】

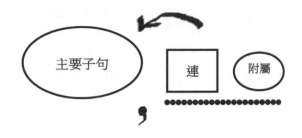

此類「Adj.- 子句連接詞（非限定用法）」有：

who/which/that ＋ V ：此時連接詞的位置 (position) 為「主詞」

whom/which/that ＋ S ＋ V ：此時連接詞的位置 (position) 為「受詞」

where/when/how/why ＋ S ＋ V ：此時連接詞的位置 (position) 為「副詞」

例句：(1) I love my girlfriend, who studies in Tainan.

我愛我的女朋友，她在台南讀書。

(2) I love my girlfriend, whom I just talked to.

我愛我的女朋友，我剛剛跟她講話。

(3) This is the villa, where we spend the summer vacation.

就是這一間休閒別墅，我們暑假都待在那兒的那間。

4. 型 IV. $S_1 + V_1 ...., $ 連接詞 $+ (S_2 + V_2 ...)$.

此時的 連接詞 ＝ 對等連接詞：連接「句意」或「重要性」相等的部分；需前後結構相等、或文法作用相同。

【圖形化】

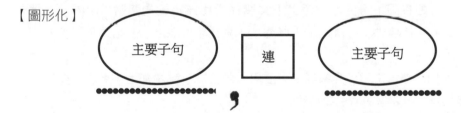

此類「對等子句連接詞」有：對等連接詞 (coordinate conjunction)：F, A, N, B, O, Y, S

中文	對等連			差別
因為	果	for	因	附加訊息、前果後因
而且	- / +	and	- / +	附加訊息
也不是	-(型)	nor	+(型)	皆否

中文	對等連			差別
但是	- / +	but	+ / -	前後相反
或/否則	任一 / 結果	or	任一 / 結果	任一 / 結果
但是；尚未	- / +	yet	+ / -	前後相反
所以	因	so	果	附加訊息、前因後果

例句：(1) Mandy is beautiful, but her heart is less pretty than her appearance.

　　　　Mandy 是漂亮的，然而她的心卻不比她的外表美麗。

　　　(2) One's outlook can be deceptive, so what one's inside outweighs what one looks like.

　　　　一個人的外表是會騙人的，所以一個人的內在勝過一個人的外在。

【 New TOEIC 考點在於 】

1. 「對等子句連接詞」考的是依照上下文關係所應該搭配的適當「對比、對照」、「承接句意」的對等連接詞用法。

2. 「Adj.子句連接詞」考的是依照上下文關係所應該搭配的適當「主詞」、「受詞」、「副詞」的關係代名詞用法。

3. 「Adv.子句連接詞」考的是依照上下文關係所應該搭配的適當「時間」、「地方」、「比較」、「條件」、「讓步」、「擬態」、「對比」、「原因」、「結果」、「目的」連接詞用法。

4. 此章節使用時機，常與「介系詞」用法用「同位語」結構加上「名詞子句」充當「連接詞」一起考，考生要特注意。

5. 在下一章節的「介系詞」用法中，會加以介紹帶有部分「副詞子句連接詞」意義的「介系詞」用法；而「介系詞」的使用時機容易與「連接詞」用法搞混，考生要注意結構的問題，加以判斷正確答案。

☐ 1	acceptance	/əkˋsɛptəns/	n	接受；答應；同意；認可
☐ 2	accountant	/əˋkaʊntənt/	n	會計師；會計員
☐ 3	affect	/əˋfɛkt/	v	影響，感動，感染，假裝，喜歡
☐ 4	alternatively	/ɔl ˋtɝnə tɪveˑlɪ/	adv	二者擇一地
☐ 5	apologize	/əˋpɑləˏdʒaɪz/	v	道歉；賠不是
☐ 6	appreciate	/əˋpriʃɪˏet/	v	理解並欣賞（某事物）；感激
☐ 7	approve	/əˋpruv/	v	贊成；認可；滿意；同意
☐ 8	arrangement	/əˋrændʒmənt/	n	安排；整理；佈置
☐ 9	aspect	/ˋəspɛkt/	n	方面
☐ 10	audit	/ˋɔdɪt/	n/v	（政府的）審計，查帳
☐ 11	available	/əˋvæləbl/	adj	（指物）可用的或可得到的
☐ 12	balance	/ˋbæləns/	n	收支差額；餘額
☐ 13	bill	/bɪl/	n/v	帳單，鈔票，法案；開列，宣佈
☐ 14	calculate	/ˋkælkjəˏlet/	v	計算；推算；估計
☐ 15	cancel	/ˋkænsl/	v	取消；廢除
☐ 16	cheque	/tʃɛk/	n	支票
☐ 17	condition	/kənˋdɪʃən/	n	狀態；處境；地位；身份
☐ 18	confirm	/kənˋfɝm/	v	證明（報告、意見等）的正確性；確認
☐ 19	convince	/kənˋvɪns/	v	使某人確信；使某人明白
☐ 20	counterfoil	/ˋkaʊntɚˏfɔɪl/	n	（支票、票據等的）存根
☐ 21	credit	/ˋkrɛdɪt/	n	賒購；賒購制度；信用
☐ 22	current	/ˋkɝ ənt/	adj	現在的；現行的；當前發生的
☐ 23	debit balance	/ˋdɛbɪt ˋbæləns/	phr	借方餘額
☐ 24	delivery	/dɪˋlɪvərɪ/	n	遞送，投遞，交付（信件、貨物等）
☐ 25	deposit	/dɪˋpɑzɪt/	n	存款
☐ 26	detail	/dɪˋtel/	n	細目；細節；詳情
☐ 27	dishonour	/dɪsˋɑnɚ/	v	（指銀行）拒絕兌現（支票等）

☐	28	document	/ˈdɑkjəmənt/	n	文件;公文;文獻
☐	29	draft	/dræft/	n/v	匯票;草稿,起草
☐	30	due	/dju/	adj	應支付;須立即支付;到期
☐	31	economy	/ɪˈkɑnəmɪ/	n	經濟
☐	32	enclose	/ɪnˈkloz/	v	將某物放入封套、信件、包裹等中
☐	33	evaluate	/ɪˈvæljʊˈet/	v	評價,估計,評估
☐	34	excess	/ɪkˈsɛs/	n	過度;過分;過量
☐	35	expand	/ɪkˈspænd/	v	使(某事物)變大;增強,擴展
☐	36	facility	/fəˈsɪlətɪ/	n	容易學好或做好事物的能力;能夠或易於做某事的環境、設備等
☐	37	favor	/ˈfevɚ/	n	贊成,贊同;偏袒
☐	38	formal	/ˈfɔrml/	adj	正式的;正規的;按規矩的;有禮貌的
☐	39	forward	/ˈfɔrwɚd/	v/adj/adv	將(信件等)投遞到新地址;轉遞;向前的迅速的;向前地
☐	40	grateful	/ˈgretfəl/	adj	感激的;感謝的
☐	41	in credit	/ˈɪn ˈkrɛdɪt/	prh	信用良好
☐	42	influence	/ˈɪnfluəns/	v	影響力;作用
☐	43	inform	/ɪnˈfɔrm/	v	通知或報告某人(某事);告訴某人
☐	44	inspect	/ɪnˈspɛkt/	v	檢查(某事物)
☐	45	interest	/ˈɪntrəst/	n	利息
☐	46	invoice	/ˈɪnvɔɪs/	n	發票;發貨清單
☐	47	irrevocable	/ɪˈrɛvəkəbl/	adj	不能改變的;不能撤回的;不能取消的;最後確定性的
☐	48	loan	/lon/	n	借出物;(尤指)借款
☐	49	note	/not/	v	注意(某事物);觀察
☐	50	overdraft	/ˈovɚˈdræft/	n	透支;透支額
☐	51	overdue	/ˈovɚˈdju/	adj	(到期或到時)未付款,未完成,未到達
☐	52	oversight	/ˈovɚˈsaɪt/	n	疏忽;失察

☐ 53	payment	/ˈpemənt/	n	支付；付款；繳納；報酬
☐ 54	post-dated	/ˌpost ˈdetɪd/	adj	過期的
☐ 55	premise	/ˈprɛmɪs/	n	(推理所依據的)前提；假定
☐ 56	rate	/ret/	n	比率；率
☐ 57	realize	/ˈrɪəˌlaɪz/	v	認識到或承認(某事物)屬實；瞭解到
☐ 58	reference	/ˈrɛfərəns/	n	提到；說到；涉及
☐ 59	regarding	/rɪˈgɑrdɪŋ/	prep	關於，有關
☐ 60	reminder	/rɪˈmaɪdə/	n	提醒者，令人回憶的東西，提醒物；催函，催單
☐ 61	rent	/rɛnt/	n	租金；地租；房租
☐ 62	sight	/saɪt/	n	視力；視覺；看；看見
☐ 63	signature	/ˈsɪgnətʃə/	n	簽名；簽字
☐ 64	slip	/slɪp/	n	紙條
☐ 65	squeeze	/skwiz/	v	擠，搾，捏
☐ 66	standing order	/ˈstændɪŋ ˈovə/	phr	定期扣款
☐ 67	take over	/ˈtek ˈovə/	prh	接收，接管
☐ 68	transfer	/ˈtrænsˌfɝ/	v	轉移
☐ 69	valid	/ˈvælɪd/	adj	(因符合止當手續)有法律效力的
☐ 70	verify	/ˈvɛrəˌfaɪ/	v	證實，核對

NOTE

....

....

....

....

....

1. It was not easy for me to convince the bank - - - - - - - they let me have a loan to start a new business.

(A) which

(B) because

(C) that

(D) although

2. Macro-economic policy is generally concerned with the tradeoffs between low interest rates and inflation - - - - - - - high interest rates and unemployment.

(A) or

(B) and

(C) so

(D) for

3. Many companies are still reluctant to make major capital investments out of uncertainty over - - - - - - - the recovery will continue.

(A) so

(B) which

(C) that

(D) whether

4. There are many people like you - - - - - - - for one reason or another find it difficult to be consistent savers.

(A) of which

(B) whom

(C) who

(D) to whom

中文翻譯 (C) 對我而言，去說服銀行讓我有一筆貸款來創業，是不容易的。

題目解析 本題屬於『連接詞』中的「名詞子句」考法。由上下文句意判斷，動詞 (convince) 後面應用「名詞子句」當受詞，又為完整句意，所以答案選 (C)。

中文翻譯 (A) 宏觀經濟政策普遍關心的是，低利率和通貨膨脹或高利率和失業之間的權衡。

題目解析 本題屬於『連接詞』中的「對等連接詞」考法。由上下文句意判斷，後面應用「選擇性」句意的連接詞，所以答案選 (A)。

中文翻譯 (D) 在復甦能否持續的不確定中，許多公司仍然不願意作出重大資本投資。

題目解析 本題屬於『連接詞』中的「名詞子句」考法。由上下文句意判斷，介系詞 (over) 後面應用「名詞子句」當受詞，又為「選擇性」句意，所以答案選 (D)。

中文翻譯 (C) 有很多人像你這樣的人，因某些理由，很難成為從一而終的儲蓄戶。

題目解析 本題屬於『連接詞』中的「形容詞子句」考法。由上下文句意判斷，空格前面的先行詞為人 (you)，後面結構找到動詞 (find)，所以判斷應用關係代名詞的「主詞 (who)」，所以答案選 (C)。

5. This way, your monthly savings deposit takes a small contribution from every paycheck automatically, and you will be surprised - - - - - - - quickly this simple trick can make your savings add up.

(A) what

(B) how

(C) why

(D) that

6. Before using your savings - - - - - - - borrowing money to start a business, you should carefully evaluate the financial risks involved.

(A) and

(B) or

(C) but

(D) for

7. The most attractive, yet dangerous aspect of the credit system is that you can buy things - - - - - - - , at the moment, you do not have the money.

(A) even if

(B) despite

(C) and

(D) which

8. I am writing in reference to an overdue payment for invoice #5542-87, - - - - - - - is now in excess of three months overdue.

(A) what

(B) that

(C) which

(D) who

中文翻譯 (B) 這樣一來，你每月的儲蓄存款會自動從每個月的薪水扣除，而且你會驚奇地發現，這個簡單的技巧就可以迅速地讓您的儲蓄增加。

題目解析 本題屬於『連接詞』中的「名詞子句」考法。由上下文句意判斷，形容詞 (surprised) 後面應用「名詞子句」結構，空格後面又為副詞 (quickly)，所以選擇承接「不完整句意」表示「方式、方法」的答案 (B)。

中文翻譯 (B) 在用你的儲蓄或借貸來創業之前，你應該仔細評估所涉及的財務風險。

題目解析 本題屬於『連接詞』中的「對等連接詞」考法。由上下文句意判斷，後面應用「選擇性」句意的連接詞，所以答案選 (B)。

中文翻譯 (A) 信用體系最吸引人、但也是最危險的地方在於，就算那一刻你沒有錢，你還是可以買東西。

題目解析 本題屬於『連接詞』中的「副詞子句」考法。由上下文句意判斷，應該選擇「即使、雖然」句意的答案 (A)。

中文翻譯 (C) 這封信是要告知您，其中提到的逾期付款貨單 # 5542-87，目前逾期超過三個月。

題目解析 本題屬於『連接詞』中的「形容詞子句」考法。由上下文句意判斷，空格前面的先行詞為非人 (payment)，且空格前有逗點 (,)，為「非限定用法」，且不可用 that，且空格後面為「動詞」，直接表示空格為關係代名詞的「主詞 (which)」用法，所以答案選 (C)。

9. I have enclosed a reference from Mr. Young, - - - - - - - banks with your branch.

(A) whom

(B) who

(C) whose

(D) which

10. I appreciate a letter of apology from your department - - - - - - - you have verified these errors made by your clients' account management.

(A) and

(B) no sooner than

(C) as soon as

(D) before

11. Your application for a bank account has been successful, - - - - - - - we are able to offer you the following.

(A) and

(B) or

(C) but

(D) for

12. A copy of the bank account conditions - - - - - - - apply to your account is enclosed.

(A) though

(B) because

(C) what

(D) that

中文翻譯 (B) 我隨信附上有關與你們分行交易的 Young 先生相關資料。

題目解析 本題屬於『連接詞』中的「形容詞子句」考法。由上下文句意判斷，空格前面的先行詞為人 (Mr. Young)，為「非限定用法」，空格後面為「動詞」，直接表示空格為關係代名詞的「主詞 (who)」用法，所以答案選 (B)。

中文翻譯 (C) 您於確認管理客戶帳戶時所犯的錯誤後，便立即自您部門發出的道歉信函，對此我感到十分感激。

題目解析 本題屬於『連接詞』中的「副詞子句」考法。由上下文句意判斷，應該選擇「一…就…」句意的答案 (C)。而答案 (B) 錯在結構錯誤，所以不選。

中文翻譯 (A) 您的銀行帳戶已申請成功，以下是我們能夠為您提供的內容。

題目解析 本題屬於『連接詞』中的「對等連接詞」考法。由上下文句意判斷，後面應用「承接句意、前後一致」的連接詞，所以答案選 (A)。

中文翻譯 (D) 在此附上的是，適用於您帳戶的銀行賬戶條件副本。

題目解析 本題屬於『連接詞』中的「形容詞子句」考法。由上下文句意判斷，空格前面的先行詞為非人 (conditions)，為「限定用法」，且空格後面為「動詞」，直接表示空格為關係代名詞的「主詞 (which)」用法，所以答案選 (D)。

13. Would you please arrange for $3,000, - - - - - - - is to be transferred from our No. 2 account to their account with Denmark Banks, Leadshell Street, London, on the 1st of every month, beginning 1st May this year?

(A) but

(B) and

(C) which

(C) what

14. I am writing to you with reference to our conversation three days ago - - - - - - - we discussed my opening a current account with your branch.

(A) what

(B) how

(C) when

(D) where

15. Our invoice clearly requested a full payment within 45 days of delivery, and this is the third reminder - - - - - - - we have sent you regarding this invoice.

(A) what

(B) of which

(C) which

(D) who

16. Will you please note that as from August 11th — the two signatures that will appear on the cheques for our number 1 and 2 accounts will be mine - - - - - - - that of our new accountant Mr. Harolf, who is taking over from Mr. David?

(A) but

(B) and

(C) or

(C) what

中文翻譯 (C) 可否請您自今年五月起，每月的 1 號從我們的 2 號帳戶轉移 3000 美元到他們 Leadshell 街、倫敦帳戶的丹麥銀行？

題目解析 本題屬於『連接詞』中的「形容詞子句」考法。由上下文句意判斷，空格前面的先行詞為非人 ($3,000)，為「非限定用法」，空格後面為「動詞」，直接表示空格為關係代名詞的「主詞 (which)」用法，所以答案選 (C)。

中文翻譯 (C) 這封信是關於，三天前在談話中，討論到我在您們分行開立活期帳戶一事。

題目解析 本題屬於『連接詞』中的「副詞子句」考法。由上下文句意判斷，應該選擇與時間「當…時」相關的句意，所以答案選 (C)。

中文翻譯 (C) 我們的貨單明確要求，全額付款後 45 天交貨，而這是我們已經向您發出，有關該貨單的第三次提醒。

題目解析 本題屬於『連接詞』中的「形容詞子句」考法。由上下文句意判斷，空格前面的先行詞為非人 (reminder)，為「限定用法」，且與介系詞用法無關，且空格後面為「主詞」加「動詞」結構，直接表示空格為關係代名詞的「受詞」或「副詞」用法，所以答案選 (C)。

中文翻譯 (B) 可否請你注意，從 8 月 11 日起，兩個將出現在我們的 1 號和 2 號帳戶支票上的簽名，一個名字是我，和我們即將接管 David 先生業務的新會計 Harolf 先生？

題目解析 本題屬於『連接詞』中的「對等連接詞」考法。由上下文句意判斷，後面應用「承接句意、前後一致」的連接詞，所以答案選 (B)。

17. We have just moved to new premises at the above address, - - - - - - -
would like to pay our monthly rent to our landlords by standing order.

(A) but

(B) and

(C) which

(C) what

18. - - - - - - - this has cleared, we will send your check guarantee/debit card
to you.

(A) Though

(B) Once

(C) Before

(D) On

19. Would you please cancel cheque No. 1789526485 for $3,000 in favor of
B.Gelt Ltd., - - - - - - - appears to have been lost in the post?

(A) but

(B) which

(C) and

(C) what

20. The account numbers and details are on the enclosed transfer slip, and I
would be grateful - - - - - - - you could stamp the counterfoil and return it
to me.

(A) since

(B) because

(C) as

(D) if

中文翻譯 (B) 我們剛搬到上述地址的新地點，並想以月扣繳的方式，支付房東每月的租金。

題目解析 本題屬於『連接詞』中的「對等連接詞」考法。由上下文句意判斷，後面應用「承接句意、前後一致」的連接詞，所以答案選 (B)。

中文翻譯 (B) 一旦這 (債務) 被清償，我們將發送您的支票保證 / 借記卡給你。

題目解析 本題屬於『連接詞』中的「副詞子句」考法。由上下文句意判斷，應該選擇「一旦…」句意的答案 (B)。

中文翻譯 (B) 由於署名給 B.Gelt 有限公司、編號 1789526485 的 3000 美元支票似乎已在郵寄過程中遺失了，可否請您取消呢？

題目解析 本題屬於『連接詞』中的「形容詞子句」考法。由上下文句意判斷，空格前面的先行詞為非人 (cheque)，為「非限定用法」，空格後面為「動詞」，直接表示空格為關係代名詞的「主詞 (which)」用法，所以答案選 (B)。

中文翻譯 (D) 該帳號的號碼及細節，在附件裡的轉帳單上；如果你能加蓋存根，並將其寄回的話，我將不勝感激。

題目解析 本題屬於『連接詞』中的「副詞子句」考法。由上下文句意判斷，應該選擇與條件「假如」相關的句意，所以答案選 (D)。

1. I am writing to inform you - - - - - - - you have an overdraft of NT$1,500 on your current account.

(A) though

(B) after

(C) that

(D) what

2. The bank allowed your last credit transfer to Hank Ltd. to pass - - - - - - - you have a large credit balance on your deposit account.

(A) as

(B) for

(C) after

(D) which

3. However, we would like to point out that we cannot allow overdraft facilities - - - - - - - you make a formal arrangement with the bank.

(A) thus

(B) unless

(C) as soon as

(D) the instant

4. Alternatively, would you please make sure - - - - - - - your current account is in credit?

(A) for

(B) which

(C) so

(D) that

中文翻譯 (C) 這封信是要告知您,您目前的帳戶有新台幣 1500 元的透支。

題目解析 本題屬於『連接詞』中的「名詞子句」考法。由上下文句意判斷,動詞 (inform) 後面應用「名詞子句」當受詞的結構,所以選擇承接「完整句意」的答案(C)。

中文翻譯 (A) 銀行允許您將最後的額度轉移到 Hank 有限公司,因為您的存款帳戶,有大量的貸方餘額。

題目解析 本題屬於『連接詞』中的「副詞子句」考法。由上下文句意判斷,應該選擇與時間「當…時」相關的句意,所以答案選(A)。

中文翻譯 (B) 不過,我們要指出,除非你與銀行有正式的安排,否則我們無法允許透支。

題目解析 本題屬於『連接詞』中的「副詞子句」考法。由上下文句意判斷,應該選擇與假設「除非」相關的句意,所以答案選(B)。

中文翻譯 (D) 另外,可否請您確保您的目前帳戶依舊信用良好?

題目解析 本題屬於『連接詞』中的「名詞子句」考法。由上下文句意判斷,形容詞 (sure) 後面應用「名詞子句」結構,因為後面省略 about the fact 的「同位語」結構,所以選擇承接「完整句意」的答案(D)。

5. The reason I did not realize I had overdrawn my account was because I had received a post-dated cheque for $2,000 from a customer - - - - - - - had not been cleared.

(A) than

(B) so

(C) which

(D) who

6. Thank you for your letter of August 8th, and please allow me to apologize for my oversight in not realizing - - - - - - - I had a debit balance on my current account.

(A) unless

(B) because

(C) which

(D) that

7. Thank you for allowing the credit transfer to Homemakers to go through - - - - - - - the fact that it created the debit balance.

(A) as if

(B) though

(C) in spite

(D) despite

8. Judy would like to make an appointment to see you in order - - - - - - - she tends to discuss either a loan or overdraft to enable her to expand her business.

(A) to

(B) that

(C) which

(D) for

中文翻譯 (C) 我之所以沒有意識到我帳戶已透支，是因為我之前收到了 2,000 元的客戶遠期支票，而這票尚未入帳。

題目解析 本題屬於『連接詞』中的「形容詞子句」考法。由上下文句意判斷，空格前面的先行詞為非人 (cheque)，為「限定用法」，空格後面為「動詞」，直接表示空格為關係代名詞的「主詞 (which)」用法，所以答案選 (C)。

中文翻譯 (D) 感謝您 8 月 8 日的來信，並請允許我向您致歉，因為我的疏忽而沒有意識到我目前的帳戶出現借方餘額。

題目解析 本題屬於『連接詞』中的「名詞子句」考法。由上下文句意判斷，動詞 (realize) 後面應用「名詞子句」當受詞的結構，所以選擇承接「完整句意」的答案 (D)。

中文翻譯 (D) 謝謝你將信貸轉讓給 Homemakers 以利週轉，儘管它已產生借方餘額的事實。

題目解析 本題屬於『連接詞』中的「副詞子句」考法。由上下文句意判斷，應該選擇與讓步「即使、雖然」相關的句意，且後面用「名詞」與「名詞子句」的「同位語關係」，所以答案選「介系詞」＋「名詞」的結構，所以選 (D)。選項 (C) 應該為 in spite of ＋ N 或 in spite that ＋子句用法，因為與文法不符，所以不選。

中文翻譯 (B) Judy 想與你約時間碰面，因為她想和你討論為了能夠拓展她的業務，她該用貸款還是透支的方式。

題目解析 本題屬於『連接詞』中的「副詞子句」考法。由上下文句意判斷，應該選擇與目的「為了要…」相關的句意，且要用「連接詞」結構，所以答案選 (B)。

9. You have had an overdraft in the past year - - - - - - - partly influenced our decision.

(A) who

(B) which

(C) than

(D) so

10. With reference to our meeting on 23rd September, we are pleased to tell you that the credit for two million NT dollars, - - - - - - - you requested has been approved.

(A) who

(B) so

(C) than

(D) which

11. I think it would be better if the credit were given in the form of a loan at the current rate of interest - - - - - - - is 15 percent, and which will be calculated on half-yearly balances.

(A) who

(B) so

(C) than

(D) which

12. The money will be credited to your current account - - - - - - - available from September 30th subject to your returning schedule by that time.

(A) and

(B) yet

(C) but

(D) for

(B) 您有過過去一年透支的事實，而這對我們的決定會有部分的影響。

本題屬於『連接詞』中的「形容詞子句」考法。由上下文句意判斷，空格前面的先行詞為非人 (overdraft)，為「限定用法」，且空格後面為「動詞」，直接表示空格為關係代名詞的「主詞 (which)」用法，所以答案選 (B)。

(D) 參照本次 9 月 23 日的會議，我們很高興地告訴您，您所要求的信貸 200 萬台幣已批准。

本題屬於『連接詞』中的「形容詞子句」考法。由上下文句意判斷，空格前面的先行詞為非人 (two million NT dollars)，為「非限定用法」，且空格後面為「主詞」加「動詞」結構，直接表示空格為關係代名詞的「受詞」或「副詞」用法，所以答案選 (D)。

(D) 我認為，如果信貸用貸款的形式，以目前的利息利率是 15%，並被計算在半年度的餘額中，將會是比較好。

本題屬於『連接詞』中的「形容詞子句」考法。由上下文句意判斷，空格前面的先行詞為非人 (the current rate of interest)，為「限定用法」，且空格後面為「主詞」加「動詞」結構，直接表示空格為關係代名詞的「受詞」或「副詞」用法，所以答案選 (D)。

(A) 這筆錢將存入您的當前帳戶，並從 9 月 30 日起入帳，而這件事可依您之後回程的行程作更改。

本題屬於『連接詞』中的「對等連接詞」考法。由上下文句意判斷，後面應用「承接句意、前後一致」的連接詞，所以答案選 (A)。

13. The draft has been made out for payment 30 days after sight, - - - - - - - the documents will be handed to you on acceptance.

(A) but

(B) and

(C) as

(D) for

14. There is also a credit squeeze at present - - - - - - - has particularly affected loans to the service sector of the economy.

(A) who

(B) so

(C) what

(D) which

15. - - - - - - - agreed, we have forwarded our bill, No. 1671 for $30,000 NT dollars with the documents to your bank, Nederlandsche Bank in Amsterdam.

(A) Though

(B) With

(C) As

(D) Despite

16. I enclosed an audited copy of the company's current balance sheet, - - - - - - - I imagine you will wish to inspect for the loan.

(A) which

(B) so

(C) than

(D) who

中文翻譯 (B) 該匯票將於見票後 30 天付款，且該文件將於驗收後交付於你。

題目解析 本題屬於『連接詞』中的「對等連接詞」考法。由上下文句意判斷，後面應用「承接句意、前後一致」的連接詞，所以答案選 (B)。

中文翻譯 (D) 對於經濟結構的服務層面而言，目前還有一個會特別影響貸款的信貸緊縮。

題目解析 本題屬於『連接詞』中的「形容詞子句」考法。由上下文句意判斷，空格前面的先行詞為非人 (credit squeeze)，為「限定用法」，且空格後面為「動詞」，直接表示空格為關係代名詞的「主詞 (which)」用法，所以答案選 (D)。

中文翻譯 (C) 按照約定，我們已將編號 1671 號，總計 30,000 元台幣的帳款與文件，轉發到您在阿姆斯特丹的 Nederlandsche Bank 銀行。

題目解析 本題屬於『連接詞』中的「副詞子句」考法。由上下文句意判斷，應該選擇與擬態「就如同…」相關的句意，所以答案選 (C)。

中文翻譯 (A) 附上公司目前資產負債表的審計副本，我想你會希望檢查貸款的部分。

題目解析 本題屬於『連接詞』中的「形容詞子句」考法。由上下文句意判斷，空格前面的先行詞為非人 (sheet)，為「非限定用法」，且空格後面為「主詞」加「動詞」結構，直接表示空格為關係代名詞的「受詞」或「副詞」用法，所以答案選 (A)。

17. The bill was due on April 5th, - - - - - - - appears to have been dishonoured.

(A) and

(B) that

(C) whom

(D) who

18. We are prepared to allow you a further three days before presenting it to the bank again, - - - - - - - time we hope that the draft will have been met.

(A) in which

(B) which

(C) on which

(D) for which

19. - - - - - - - the account is still not settled, we will have to make a formal protest, which we hope will not be necessary.

(A) Unless

(B) Providing that

(C) Because

(D) Due to

20. We have instructed our bank, Northern City Ltd., to open a confirmed irrevocable letter of credit for $3,500 dollars in your favor, - - - - - - - is valid until June 1st.

(A) which

(B) that

(C) whom

(D) who

中文翻譯 (A) 該款項是在 4 月 5 日到期，而且似乎已被退票。

題目解析 本題屬於『連接詞』中的「對等連接詞」考法。由上下文句意判斷，後面應用「承接句意、前後一致」的連接詞，所以答案選 (A)。

中文翻譯 (A) 我們準備再寬限您三天時間，以便您將款項存入銀行，而這一次我們希望該匯票將會兌現。

題目解析 本題屬於『連接詞』中的「形容詞子句」考法。由上下文句意判斷，空格前面的先行詞為非人 (three days)，為「限定用法」，且空格後面為「主詞」加「動詞」結構，直接表示空格為關係代名詞的「受詞」或「副詞」用法；且句中缺少與「先行詞」相搭配的「介系詞」用法，所以答案選 (A)。

中文翻譯 (B) 假如該帳戶仍然沒有解決，我們勢必將作出正式的抗議，而這部分我們希望可以避免。

題目解析 本題屬於『連接詞』中的「副詞子句」考法。由上下文句意判斷，應該選擇與假設「如果」相關的句意，所以答案選 (B)。

中文翻譯 (A) 我們已通知我方銀行 -Northern City 有限公司，開立以您為抬頭、3500 美元的保兌不可撤銷信用狀，有效期至 6 月 1 日止。

題目解析 本題屬於『連接詞』中的「形容詞子句」考法。由上下文句意判斷，空格前面的先行詞為非人 (letter of credit)，為「非限定用法」，且空格後面為「動詞」，直接表示空格為關係代名詞的「主詞 (which)」用法，且前面有逗點，所以答案選 (A)。

Unit 8　介系詞

單字與練習主題：醫療與保險

練習前先看一眼

基本概念 （一） 介系詞

新多益常考的介系詞與「名詞」、「動詞」、「形容詞」的相搭配用法應用，介紹如下：

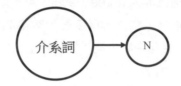

此類型的考法有：

1. 表示「時間」的介系詞 ▶ 又有分「點時間」與「一段時間」

(1) 介系詞 +「點時間」：

　A. 表示「點時間」：<u>in ＋年、月</u> / <u>on ＋星期、特定時間</u> / <u>at ＋點鐘</u>

　　例如：in August（在八月）, in 2014, on Tuesday（在星期2）, on June 5th
　　　　（在6月5號）, at 10 o'clock, at the moment（在那一瞬間）...

　B. 表示「時間起點」：since/from/after

　　例如：since the end of the war（自從戰爭後）, from now on（從現在起）,
　　　　after breakfast（早餐之後）...

　　圖示為：

> 「在...之後」：**after**
> 「自從...」：**since/from**

　C. 表示「時間終點」：to/before/by/till/until

　　例如：to this day（直到今天）, before 6 o'clock（6點前）, by the end of the
　　　　year（年底前）, till the end of the year（持續到年底前）...

圖示為：

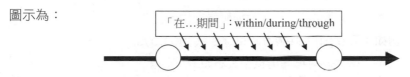

⑵ 介系詞＋「一段時間」

A. 表示「在…期間」：within/during/through

  例如：within a week（一星期之內）, during the vacation（假期期間）, through the vacation（整個假期）

  圖示為：

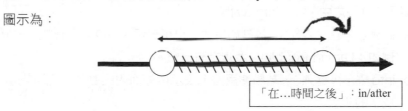

B. 表示「在…時間之後」：in/after

  例如：in a week（一星期之後）, after 5 days（5天過後）

  圖示為：

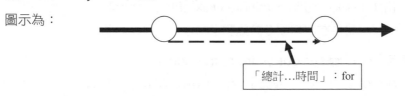

C. 表示「總計…時間」：for；用在「金額；總數」方面則為「總計…數量」

  例如：for 20 years（總計20年）

  圖示為：

D. 圖示為（標註為：「總計…時間」：for）

⑶ 介系詞＋「時間」的習慣用法：in the morning（在早上）, on Sunday morning（在星期天早上）, at the age of sixty（在60歲時）, in those days（在那幾天）, in his old age（在他的晚年）...

2. 表示「地點」的介系詞

A. 表示「在…地方」: at, in

at 表示相較「狹窄」的地點；in 表示相較「寬廣」的地點；公共場所用 at

例如：at the airport (在機場)

圖示為：

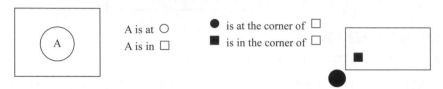

B. 表示「向著…; 對著…」: at, to

a. at 表示「以點為目標」，且與動詞連用。

例如：The girl threw the stone at the boys.

這女孩對那些男孩子丟石頭。

b. to 表示「方向」,

例如：The girl pointed to the boys. 這女孩指向那些男孩子。

C. 表示「在…之中」: in, into, within

a. in 表示「在…內部」，為靜態用法，也可表示「完成、已存在」的狀態。

例如：I am in trouble. 我現在有麻煩。

b. into 表示「進入」，為動態用法，表示由外而內的動作；也可表示「逐漸形成」的狀態。

例如：I got into trouble. 我惹上麻煩了。

c. within 表示「在…範圍之內」，為抽象名詞專用。

例如：I live within 5-minute walk of the school.

我住在離學校 5 分鐘腳程的地方。

D. 表示「從…地點」: out of, from, through, off

a. out of 表示「在…外面」，為靜態用法時表示「位置」；為動態用法時表示「動作」。

例如：The flower is out of the window. 窗外有花。

He looks out of the window. 他由窗往外看。

b. from 為「動作的出發點」，為靜態用法時表示「從…地點」；為動態用法時表示「動作的出發點」。

例如：I am from Tainan.　我來自於台南。

　　　I came here from Tainan.　我從台南來這。

c. through 表示「動作所經過的途徑」。

　　例如：He entered the room through the window.　他從窗戶進入房間。

d. off 表示「分離」。

　　例如：The book fell off the shelf.　這本書從架上掉落。

以上綜合圖示為：

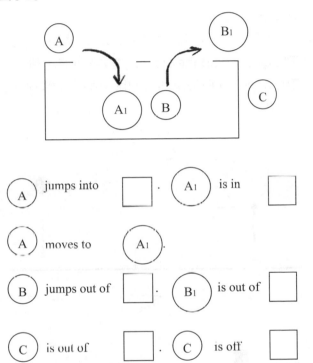

E. 表示「在…之上 ←→ 在…之下」：

on/upon ←→ off/beneath, above ←→ below, over ←→ under, up ←→ down

a. on 表示「與物體表面的接觸」。其相反意思為 off「遠離；離開」, beneath 「在…表面之下」。而

　　on 後面接抽象名詞時，可以表示「專門關於…」的句意。

　　例如：The book lies on the desk.　這本書放在桌上。

　　　　　There is a small boat off the shore.　離岸邊有一艘船。

　　　　　The toy lies beneath the desk.　桌下有玩具。

b. above 表示「在⋯上方」。其相反意思為 below「在⋯之下」。

例如：The UFO appears above the horizon.　這架飛碟出現在地平面上。

　　　Submarines are deep below the sea.　潛水艇身居海中。

c. over 表示「在⋯(垂直)正上方」。其相反意思為 under「在⋯(垂直)正下方」。而 over 後面接抽名詞時，可以表示「涵蓋⋯」的句意。

例如：Put the tea pot over the slow fire.　把茶壺放在慢火上。

　　　Add more firewood under the pot to keep the heat.

　　　加點柴火在爐底下以保持溫度。

d. up 表示「由下往上」。其相反意思為 down「由下往上」。

例如：The girls ran up the stairs.　這群女孩跑上樓。

　　　The apples fell down from the tree.　蘋果從樹上掉下來。

以上綜合圖示為：

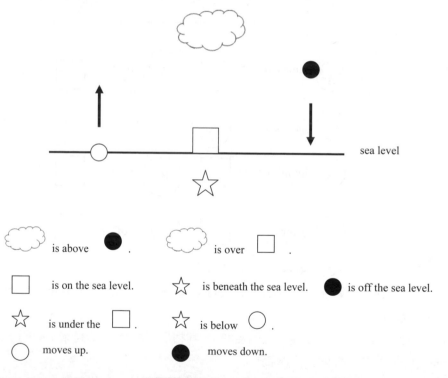

F. 表示「在⋯之間」：between (2 者專用), among (3 者專用)

例如：The girl sat between Jason and me.　這女孩坐在 Jason 與我之間。

　　　The girl sat among students from different countries.

　　　這女孩坐在不同國籍的學生之間。

圖示為：

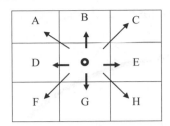

○ is between B and G, between D and E .
between A and H, between C and F,
● is among A, B, C, D, E, F, G, H.

G. 表示「在…周圍」：round, around, about

   a. round 表示「按照固定方向繞著…走」。

     例如：The moon moves round the earth.　月球繞著地球走。

   b. around 表示「以…為中心圍繞」。

     例如：They sat around the teacher.　他們圍著老師坐著。

   c. about 表示「沒有次序的分布；星羅棋布」。

     例如：Cookies lay about on the desk.　餅乾四散在桌上。

     以上綜合圖示為：

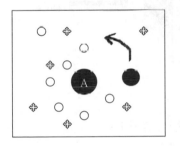

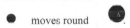 moves round．

 is around．

is about．

H. 表示「越/穿過、沿著」：along (沿著), through (穿過), across (越過), over (越過)

   a. along 表示「沿著…(水平)方向」。

     例如：You just need to walk along the street.
         你只要沿著這條路走下去。

   b. over 表示「沿著…(垂直)方向、越過」。

     例如：The visitors climbed over the mountain by themselves.
         觀光客獨自攀登這座山。

   c. through 表示「穿過…(物體)」。

     例如：The road runs through the mountain.　這條路穿過這座山。

d. across 表示「越過⋯(物體)」。

例如：The man walked across the park fast.　這人快速走過公園。

以上綜合圖示為：

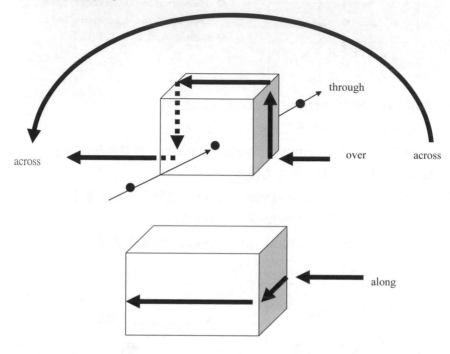

3. 其他的介系詞

A. 表示「製造材質」：of (源自於⋯), from (用⋯/ 由⋯)

　　a. of 表示「源自於⋯」；成品仍然可見原材質。

　　　　例如：The statue is built of iron and steel.　這雕像由鋼鐵建造而成。

　　b. from 表示「用⋯/ 由⋯」；成品已不復見原材質。

　　　　例如：The wine is made from grapes.　葡萄酒由葡萄所製成而成。

B. 表示「方式、方法」：by (用⋯方式/方法), with (用⋯工具), through (透過間接的方法/手段)

　　例如：The machine was invented by him.　這機器由他所發明。

　　　　　You can get there by train.　你可以搭火車去那裡。

　　例如：We recognize the criminal with the picture.　這機器由他所發明。

　　例如：Susan came to know the truth through Jack.

　　　　　Susan 透過 Jack 知道事實。

C. 表示「度量衡、計算」：by (長、寬、高標準的單位), at (比率、數字的單位), for (總價／共的單位)

例如：Meat is sold by pound.　肉品以磅為計價單位。

The pay is counted by the day.　薪資以日為計價單位。

例如：The car runs at the rate of 100 miles an hour.

那車時速每小時 100 英哩。

例如：The amount of money donated is for 2,000.

捐贈的錢數目為 2000 元。

D. 表示「除…之外；排除」：

「除…之外 -- 排除」：except, but, excepting, aside from, apart from

「除…之外 -- 附加」：besides, aside from, apart from, in addition to

「沒有」：without, barring, but for

例如：I know everything except this.　除了這件事不知道外，我知道所有事。

I know everything but this.　除了這件事不知道外，我知道所有事。

例如：I know everything besides this.　除了這件事外，我還知道所有事。

例如：Can you finish the project without my assistance?

沒有我的協助，能獨力完成這計畫？

But for your help, I cannot finish the project alone.

沒有你的協助，我無法獨力完成這計畫。

E. 表示「原因」：

at (感覺), for (內在、心理), from (原因、動機), of (情緒、死亡、生病), over (悲傷、快樂情緒), with (外在影響心理), through (間接原因)

「原因」：because of, on account of, for the sake of, due to, owing to, thanks to, by virtue of

例如：We are all astonished at the news.　我們都對這消息感到驚訝。

例如：I am sorry for your misery.　我為你的悲慘遭遇感到抱歉。

例如：Peter is suffering from a cold.　Peter 感冒中。

Judging from his way of talking, we come to the conclusion that he is not trustworthy.

從他的講話方式判斷，我們得到的結論是他不值得信任。

例如：I am afraid of the darkness at night.　我害怕夜晚的黑。

Most of the people died of the disease.　大部分的人死於這疾病。

例如：We all feel sorry over his death.　我們都對他的死感到抱歉。

例如：He was sent to the hospital through carelessness.
他因為疏忽受傷送醫。

例如：She cannot utter a word with fright.　她因恐懼無法言語。

例如：His diligence is still in vain on account of his negligence.
因為他的疏忽，他的勤奮功虧一簣。

F. 表示「儘管、雖然」：despite, in spite of, with all

例如：Despite his hardworking, he failed to get promoted.
儘管他努力工作，他還是無法擢昇。

G. 表示「關於…」：多為動詞所衍生出來：as to, as for, regarding, respecting, touching, concerning, including, related to, relating to, with/in reference to, with/in regard to, with respect to, in terms of, in light of

例如：With respect to democracy, the party launched a new political atmosphere.　提到民主，這政黨展開政治新氣象。

基本概念 二 常考介系詞用法

1. 常見與「動詞」一起連用的介系詞

「遵守，一致」：comply with = stick to = live up to = action on = conform / assent / yield / submit to = in conformity with

「組成」：be made up of = be composed of = be constituted of

「專心於」：absorb oneself in = be bent on = be wrapped up in = be devoted = devote oneself to = be addicted to = addict oneself to = be engrossed in = engross oneself in = be hooked on = be lost in = lose oneself in = busy oneself in = give oneself to = apply oneself to = up to one's ears = have / keep one's mind on = set one's mind on

「控告 (A) 罪名 (B)」：charge (A) with (B) = sue (A) for (B) = indict / impeach (A) for (B)

「把 A 當作 B」：view / see A as B = refer to A as B = think of A as B = regard A as B
= recognize / reckon A as B = acknowledge A as B = look upon A as B

= put A down for B = identify A with B = relate A to B = connect A to B

「堅持」: hinge on = hold on / fast = hang on = stick to = persist in = insist on

圖示為：

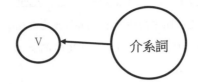

2. 常見與「名詞」一起連用的介系詞

「把…列入考慮」: take ... into account = take account of ... = take ... into consideration

「看起來像」: bear resemblance to = be the very image / picture of

「照料」: take care of = take charge of = be in charge of

「強調、重視」: put / lie emphasis on = lay / put / lie stress on

「由於」: in terms of = in (the) light of = in virtue of

圖示為：

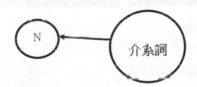

「絕不」: on no account = in no way = by no means = in no case = on no condition = in no situation = under/in no circumstances

「與…一致」: of one accord = in accord (ance) with = with one voice = to a man

「徒勞無功」: to no end = of no avail = without avail = in vain = with no result

「立刻，馬上」: by the hand = in half a shake = in an instant = in a moment = by the turn = in no time = at a word

「將要」: on the verge of = on the brink of = on the edge of = on the point of

「偶爾」: by chance = by accident = on and off = at times = once in a while

圖示為：

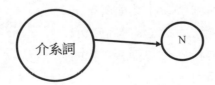

3. 常見與「形容詞」一起連用的介系詞

「與…一致」：be agreeable to = be identical to

「厭倦於」：be tired of = be sick of = be fed up with = be weary of

「勝任」：be competent for = be qualified to = be equal to

「精通」：= be good at = be at home in / with = be skilled in = be adept in = be expert in = be learned in = be versed in = be proficient in = be master of = be great on / at

「忠於」：be faithful to = be loyal to = be true to

「渴望」：be anxious for = be eager / hunger / thirst for = be desirous of

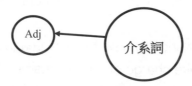

關於 New TOEIC 考題中的『介系詞』考法，重要觀念有：

1. 新多益的介系詞考法中，著重於與「名詞」、「動詞」、「形容詞」的相搭配用法應用，簡圖如下。

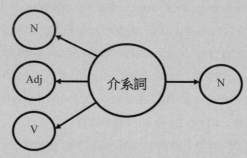

2. 考生要多注意各詞性與「介系詞」的相搭配用法。

3. beV＋V(p.p.)＋介系詞(prep.) 後面所帶出的字皆為「介系詞」用法。此結構等同於 VR＋反身代名詞＋介系詞(prep.) 後面所帶出的字也皆為「介系詞」用法。

☐ 1	affect	/əˈfɛkt/	v	影響，假裝；感染；使感動
☐ 2	assessor	/əˈsɛsɚ/	n	輔佐人，顧問
☐ 3	automatically	/ˌɔtəˈmætɪklɪ/	adv	自動地；無意識地，機械地
☐ 4	average	/ˈævərɪdʒ/	n/adj	平均；一般的；
☐ 5	belong	/bəˈlɔŋ/	v	屬於
☐ 6	benefit	/ˈbɛnəfɪt/	n/v	利益；獲利
☐ 7	calculate	/ˈkælkjʊlet/	v	計算；預測；估計
☐ 8	claim	/klem/	n/v	要求；聲稱；認領
☐ 9	compel	/kəmˈpɛl/	v	使(某人)做某事；強迫
☐ 10	compensation	/ˌkɑmpənˈseʃən/	n	補償，薪資，賠償金
☐ 12	comprehensive	/ˌkɑmprɪˈhɛnsɪv/	adj	全面的；理解的；廣泛的
☐ 13	confirm	/kənˈfɝm/	v	證實，證明
☐ 14	consequently	/ˈkɑnsɪˌkwɛntlɪ/	adv	結果，必然地，因此
☐ 15	contain	/kənˈten/	v	包含；含有
☐ 16	cover	/ˈkʌvɚ/	n	保險(以防損失、傷亡等)
☐ 17	customary	/ˈkʌstəmˌɛrɪ/	adj	合乎習俗的；習慣上的
☐ 18	decrease	/dɪˈkris/	v/n	(使某物)變小或變少；減少
☐ 19	detail	/dɪˈtel/	n	細目；細節；詳情
☐ 20	effect	/ɪˈfɛkt/	n/v	結果，效果，影響；造成；實現，達到
☐ 21	endorsement	/ɪnˈdɔrsˌmənt/	n	背書；贊同；簽署；支持
☐ 22	enquire	/ɪnˈkwaɪr/	v	詢問
☐ 23	estate	/ɪˈstet/	n	地產

☐ 24	evaluation	/ɪˈvæljʊˈeʃən/	n	估價;賦值;評價
☐ 25	extent	/ɪkˈstɛnt/	n	程度
☐ 26	fault	/fɔlt/	n	缺點;缺陷
☐ 27	fitting	/ˈfɪtɪŋ/	n/adj	試穿;裝配; 試衣;適宜的
☐ 28	fixture	/ˈfɪkstʃɚ/	n	(建築物內的)固定 裝置(如澡盆、 水箱、馬桶等)
☐ 29	grant	/grænt/	v	同意給予或允許 (所求)
☐ 30	grateful	/ˈgretfəl/	adj	感激的;感謝的
☐ 31	immediate	/ɪˈmɪːdɪət/	adj	立即的,直接的
☐ 32	inclusion	/ɪnˈkluʒən/	n	包含;內含物
☐ 33	indemnification	/ɪnˈdɛmnɪfɪˈkeɪʃən/	n	賠償,保障,補償
☐ 34	indicate	/ˈɪndəˈket/	v	指示;指出;標示
☐ 35	inflation	/ɪnˈfleʃən/	n	脹大;通貨膨脹
☐ 36	insure	/ɪnˈʃʊr/	v	保險;投保
☐ 37	issue	/ˈɪʃʊ/	n	重要的議題
☐ 38	leaflet	/ˈliflɪt/	n	散頁印刷品; (通常指)傳單
☐ 39	mention	/ˈmɛnʃən/	v	說到或提到
☐ 40	oblige	/əˈblaɪdʒ/	v	強迫或要求(某人) 做某事物
☐ 41	occupy	/ˈɑkjəˈpaɪ/	v	佔用,佔有
☐ 42	particular	/pɚˈtɪkjələ/	adj	信息;細節;事項
☐ 43	per annum	/pɚˈænəm/	adv	每年
☐ 44	pilferage	/ˈpɪlərɪdʒ/	n	行竊;偷盜
☐ 45	policy	/ˈpɑləsɪ/	n	保險單
☐ 46	possession	/pəˈzɛʃən/	n	領有;所有物; 財產
☐ 47	premise	/ˈprɛmɪs/	n	(推理所依據的)前 提
☐ 48	premium	/ˈprimɪəm/	n	保險費
☐ 49	property	/ˈprɑpɚtɪ/	n	所有物;財產
☐ 50	prospectus	/prəˈspɛktəs/	n	章程,簡章, 計畫書
☐ 51	protection	/prəˈtɛkʃən/	n	保護;防衛

☐ 52	provision	/prə`vɪʒn/	n/v	供應；防備；向…供應糧食
☐ 53	quote	/kwot/	v	引用，引述
☐ 54	range	/reɪndʒ/	n/v	山脈；範圍，行列；排列
☐ 55	reference	/`rɛfərəns/	n	提到；說到
☐ 56	regard	/rɪ`gɑrd/	n/v	關心；把…看作
☐ 57	regular	/`rɛgjələ/	adj	有規律的；定期的
☐ 58	reluctantly	/rɪ`lʌktəntlɪ/	adv	不情願地；勉強地
☐ 59	renew	/rɪ`nju/	v	更新；恢復
☐ 60	renewal	/rɪ`njul/	n	更新；恢復
☐ 61	reply	/rɪ`plaɪ/	n/v	回答，答覆
☐ 62	require	/rɪ`kwaɪ&/	v	需要，要求，命令
☐ 63	respectively	/rɪ`spɛktɪvlɪ/	adv	分別地，各自地
☐ 64	revise	/rɪ`vaɪz/	v/n	修訂；修訂
☐ 65	sort	/sɔrt/	n/v	種類，類型；把…分類
☐ 66	sufficiently	/sə`fɪʃntlɪ/	adv	十分地；充分地
☐ 67	suggest	/sə`dʒɛst/	v	提議
☐ 68	suit	/sut/	v	適合於
☐ 69	term	/tɝm/	n	期間；期限；條款
☐ 70	transit	/`trænzɪt/	n	搬運；載運；運輸

NOTE

....

....

....

....

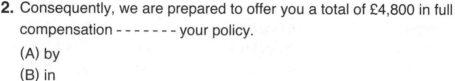
1. A copy of our prospectus containing particulars of our policies - - - - - - - householders is enclosed.

(A) for

(B) of

(C) at

(D) by

2. Consequently, we are prepared to offer you a total of £4,800 in full compensation - - - - - - - your policy.

(A) by

(B) in

(C) under

(D) between

3. As you will see - - - - - - - the prospectus, our comprehensive policies provide a very wide range of cover.

(A) with

(B) from

(C) within

(D) at

4. As you propose to ship regularly, we can offer you a rate of 2.48% benefit interest - - - - - - - a total cover of £60,000.

(A) for

(B) of

(C) with

(D) from

中文翻譯 (A) 附件是我們計畫書的副本，上有包含我們房屋所有人的保單詳情。

題目解析 本題考題屬於『介系詞』考法中「介系詞＋名詞」的考法。從上下文句意判斷，介系詞的中文翻譯為「為了…」，所以答案選(A)。

中文翻譯 (C) 因此，我們準備在您的保單下，為您提供共計4800英鎊的全額賠償。

題目解析 本題考題屬於『介系詞』考法中「介系詞＋名詞」的考法。從上下文句意判斷，介系詞的中文翻譯為「在…之下」，所以答案選(C)。

中文翻譯 (B) 正如你從計畫書所看到的，我們的綜合性保單有提供非常廣泛的保障。

題目解析 本題考題屬於『介系詞』考法中「介系詞＋名詞」的考法。從上下文句意判斷，介系詞的中文翻譯為「從…地方」，所以答案選(B)。

中文翻譯 (A) 就你提出定期出貨的建議，我們可提供您總計60,000英鎊的保障與2.48%的利率優惠。

題目解析 本題考題屬於『介系詞』考法中「介系詞＋名詞」的考法。從上下文句意判斷，介系詞的中文翻譯為「總計…」，所以答案選(A)。

5. Cover should take effect - - - - - - - May 1st next year.

(A) in

(B) at

(C) by

(D) from

6. For contents, we provide only one type of cover - - - - - - - a rate of 10% value increase per annum.

(A) in

(B) at

(C) by

(D) from

7. However, Jack suggests that we also pay a further £800 for structural damage - - - - - - - your premises.

(A) in

(B) at

(C) by

(D) to

8. I look forward to receiving the policy - - - - - - - the next few days.

(A) with

(B) from

(C) within

(D) at

中文翻譯 (D) 保單應該在明年 5 月 1 日開始生效。

題目解析 本題考題屬於『介系詞』考法中「介系詞＋名詞」的考法。從上下文句意判斷，介系詞的中文翻譯為「從…開始」，所以答案選 (D)。

中文翻譯 (B) 對於內容，我們只提供每年 10% 比率增加的這種保單。

題目解析 本題考題屬於『介系詞』考法中「介系詞＋名詞」的考法。從上下文句意判斷，關鍵字為 rate，介系詞的中文翻譯為「以…(價格 / 比率)」，所以答案選 (B)。

中文翻譯 (D) 不過，Jack 認為，我們還要為您的房屋結構損壞多支付 800 英鎊。

題目解析 本題考題屬於『介系詞』考法中「名詞＋介系詞」的考法。從上下文句意判斷，關鍵字為 damage，介系詞的中文翻譯為「對…而言」，所以答案選 (D)。

中文翻譯 (C) 我期待未來幾天就能收到保單。

題目解析 本題考題屬於『介系詞』考法中「介系詞＋名詞」的考法。從上下文句意判斷，介系詞的中文翻譯為「在…之內」，所以答案選 (C)。

9. The policy is now being prepared and it should reach you - - - - - - - a week's time.

(A) in

(B) at

(C) by

(D) to

10. I should also mention that further claims - - - - - - - the issue may affect your premium when the policy is renewed.

(A) in

(B) from

(C) over

(D) at

11. I would, therefore, suggest a valued policy - - - - - - - all risks for which we can quote 4.35% higher than others.

(A) in

(B) for

(C) by

(D) against

12. In particular we wish to know whether you can give a special rate - - - - - - - return for the promise of regular monthly shipments.

(A) in

(B) for

(C) by

(D) against

中文翻譯 (A) 保單目前正在準備中，應該在一個星期的時間內到達。

題目解析 本題考題屬於『介系詞』考法中「介系詞＋名詞」的考法。從上下文句意判斷，介系詞的中文翻譯為「在…(一段時間)之內／後」，所以答案選 (A)。

中文翻譯 (C) 我應該要提到的是，保單續約時，對這個議題的進一步要求可能會影響你的保費。

題目解析 本題考題屬於『介系詞』考法中「介系詞＋名詞」的考法。從上下文句意判斷，介系詞的中文翻譯為「涵蓋…」，所以答案選 (C)。

中文翻譯 (D) 因此，我建議，對為此我們可以開出價錢比別人高 4.35％的抗風險保單。

題目解析 本題考題屬於『介系詞』考法中「介系詞＋名詞」的考法。從上下文句意判斷，介系詞的中文翻譯為「針對／防備…」的句意，所以答案選 (D)。

中文翻譯 (A) 我們特別想知道，你是否可因每月定期運送貨物的承諾，給一個優惠的價格當作回饋。

題目解析 本題考題屬於『介系詞』考法中「介系詞＋名詞」的考法。從上下文句意判斷，介系詞的中文翻譯為「回應／回覆…」，所以答案選 (A)。

13. The personal medical insurance will be effected - - - - - - - our receiving the enclosed proposal form, completed by yourself.

(A) with
(B) on
(C) within
(D) at

14. We would be grateful if you could send the necessary claim forms - - - - - - - us .

(A) in
(B) for
(C) by
(D) to

15. The premium of pilferage, which is common in warehouses, has only cost us £400 per annum - - - - - - - average.

(A) with
(B) on
(C) in
(D) at

16. Please arrange the necessary cover and bring the policy - - - - - - - us as soon as possible.

(A) for
(B) to
(C) in
(D) at

中文翻譯 (B) 當我們一收到你所完成的附件申請表後，個人醫療保險將生效。

題目解析 本題考題屬於『介系詞』考法中「介系詞＋名詞」的考法。從上下文句意判斷，介系詞的中文翻譯為「一…就…」的句意，所以答案選 (B)。

中文翻譯 (D) 如果你可以將必要的理賠表格寄給我們，我們將不勝感激。

題目解析 本題考題屬於『介系詞』考法中「動詞＋名詞」的考法。從上下文句意判斷，關鍵字為 send，為「授與動詞」用法，後面需先接「間接受詞」，且必須是「人」。而「直接受詞」必須是為「非人」的對象；「間接受詞」與「直接受詞」對調時，必須出現介系詞；而介系詞用法是由「動詞」所決定。介系詞的中文翻譯為「給…」，所以答案選 (D)。

中文翻譯 (B) 倉儲常見的偷竊理賠保費，每年平均只花了我們 400 英鎊。

題目解析 本題考題屬於『介系詞』考法中「介系詞＋名詞」的考法。從上下文句意判斷，關鍵字為 average，與名詞相搭配形成介系詞片語，中文翻譯為「一般而言；平均來說」，所以答案選 (B)。

中文翻譯 (B) 請安排必要的承保範圍，並儘快把保單交付於我們。

題目解析 本題考題屬於『介系詞』考法中「介系詞＋名詞」的考法。從上下文句意判斷，關鍵字為 bring，介系詞的中文翻譯為「給…」，所以答案選 (B)。

17. Please complete and return it no later than 7 days before the date
- - - - - - - which the medical policy is to run.
(A) within
(B) from
(C) by
(D) to

18. Please let us know - - - - - - - what terms you can provide cover for the
risks mentioned.
(A) for
(B) to
(C) in
(D) on

19. Please send me particulars of your terms and conditions - - - - - - - the
policy and a proposal form if required.
(A) with
(B) on
(C) for
(D) at

20. Thank you very much for your letter of April 6th - - - - - - - which you
enquired about our insurance cover.
(A) for
(B) to
(C) in
(D) on

中文翻譯 **(B)** 請填妥該醫療保單，並於生效日前 7 天內交回。

題目解析 本題考題屬於『介系詞』考法中「介系詞 + 名詞」的考法。從上下文句意判斷，介系詞的中文翻譯為「從…起」，所以答案選 (B)。

中文翻譯 **(D)** 請告訴我們您提供風險保障的條件為何。

題目解析 本題考題屬於『介系詞』考法中「介系詞 + 名詞」的考法。從上下文句意判斷，介系詞的中文翻譯為「專門針對…」，所以答案選 (D)。

中文翻譯 **(C)** 如果需要的話，請將您詳細的保單條款、條件連同申請表格給我。

題目解析 本題考題屬於『介系詞』考法中「介系詞 + 名詞」的考法。從上下文句意判斷，介系詞的中文翻譯為「為了…」，所以答案選 (C)。

中文翻譯 **(C)** 非常感謝您 4 月 6 日來信詢問我們的保險保障。

題目解析 本題考題屬於『介系詞』考法中「介系詞 + 名詞」的考法。從上下文句意判斷，介系詞的中文翻譯為「在…當中 (在您的來信中)」，所以答案選 (C)。

1. We wish to cover the consignment against all risks from our warehouse
-------the above address to the port of Quebec.
(A) in
(B) at
(C) on
(D) with

2. When calculating the premium, would you please take the following
-------consideration?
(A) with
(B) on
(C) into
(D) to

3. As we will be making regular shipments, we wondered whether you
could arrange open cover -------£60,000 against all risks to insure
consignments to North and South American Eastern seaboard ports.
(A) by
(B) in
(C) for
(D) with

4. Details -------regard to packing and values are attached, and we
would be grateful if you could quote a rate covering all risks from port to
port.
(A) for
(B) at
(C) on
(D) with

(B) 我們希望能替委託的貨物投保，以防止從倉庫（位於上述地址）至魁北克港之間的所有風險。

題目解析 本題考題屬於『介系詞』考法中「介系詞＋名詞」的考法。從上下文句意判斷，介系詞的中文翻譯為「在…(住址)」，所以答案選 (B)。

中文翻譯 **(C)** 可以請您在計算保費時，考慮以下部分嗎？

題目解析 本題考題屬於『介系詞』考法中「介系詞＋名詞」的考法。從上下文句意判斷，是為片語「把…列入考慮 (take … into consideration)」的中文，所以答案選 (C)。

中文翻譯 **(C)** 由於我們即將進行定期的運輸，因此我們想知道您是否能針對所有從北美和南美東海岸港口的貨物風險，安排總計 60,000 英鎊的預約保險單。

題目解析 本題考題屬於『介系詞』考法中「介系詞＋名詞」的考法。從上下文句意判斷，介系詞的中文翻譯為「總計…」，所以答案選 (C)。

中文翻譯 **(D)** 一併附上關於包裝和價值方面的細節，另外，若你能針對港口與港口間的所有風險加以報價，我們將不勝感激。

題目解析 本題考題屬於『介系詞』考法中「介系詞＋名詞」的考法。從上下文句意判斷，是為片語「關於…(with regard to)」的中文，所以答案選 (D)。

5. From the conditions that apply - - - - - - - householders' policies, I understand that no charge for this increased cover will be made before the next renewal date.

(A) in

(B) at

(C) on

(D) to

6. From the copy of the report enclosed, one will see that although Jason agrees that the fire was probably caused by an electrical fault, he feels that £4,000 is a more likely evaluation for damage to stock - - - - - - - present market prices.

(A) in

(B) at

(C) on

(D) with

7. Further to our telephone conversation, I should be obliged for the details if you would review the rate of premium charged - - - - - - - the above fire policy for goods in our transit shed at No. 4 Dock.

(A) under

(B) at

(C) within

(D) with

8. I have enclosed leaflets explaining our three fully-comprehensive industrial policies which offer the sort of cover you require, and I think that policy A351 would probably suit you best as it offers the widest protection - - - - - - - 65% with full indemnification.

(A) in

(B) at

(C) on

(D) with

　新多益進分大絕招〔文法〕+〔單字〕

中文翻譯 (D) 我從適用於屋主的保險中瞭解到,直到下一次展延日期前,增加的保險將免費。

題目解析 本題考題屬於『介系詞』考法中「介系詞 + 名詞」的考法。從上下文句意判斷,是為片語「適用…(apply to)」的中文,所以答案選 (D)。

中文翻譯 (B) 我們從附上的報告副本裡知道,雖然 Jason 同意火災可能是由於電氣故障所造成,然而對於貨物存放災害的評估,他覺得 4000 英鎊約莫是目前的市場行情。

題目解析 本題考題屬於『介系詞』考法中「介系詞 + 名詞」的考法。從上下文句意判斷,關鍵字為 price,片語的中文翻譯為「以…價格」,所以答案選 (B)。

中文翻譯 (A) 另外在我們的電話交談中,假如你要檢查 4 號船塢轉運棚於貨物火險所收取的保費利率,我覺得我有責任解釋細節。

題目解析 本題考題屬於『介系詞』考法中「介系詞 + 名詞」的考法。從上下文句意判斷,介系詞的中文翻譯為「在…(條件之下)」,所以答案選 (A)。

中文翻譯 (B) 我已經隨信附上傳單,解釋我們三個全面廣泛的工業政策,提供您需要的承保內容。而我個人覺得,保單 A351 可能會最適合你,因為它提供 65% 全數理賠最廣泛的保護。

題目解析 本題考題屬於『介系詞』考法中「介系詞 + 名詞」的考法。從上下文句意判斷,介系詞的中文翻譯為「以…(數字 / 差距)」,所以答案選 (B)。

9. I have now received our assessor's report - - - - - - - reference to CF 37568 in which you asked for compensation for the damage to two turbine engines.

(A) for

(B) at

(C) on

(D) with

10. I have recently bought the property at the above address with possession as off July 1st, and wish to take out comprehensive cover - - - - - - - both building and contents in the sums of £120,000 and £30,000 respectively.

(A) in

(B) at

(C) on

(D) with

11. I now wish to increase the amount of cover from its current figure of £25,000 - - - - - - - £30,000 with immediate effect.

(A) in

(B) by

(C) on

(D) to

12. I hope you will agree to reduce the coverage sufficiently to bring it more into line - - - - - - - the extent of the risk insured under other policies.

(A) in

(B) at

(C) on

(D) with

中文翻譯 (D) 我現在已經收到了關於 CF 37568 的評估報告，而在報告中，您對兩個渦輪發動機要求損害賠償。

題目解析 本題考題屬於『介系詞』考法中「介系詞＋名詞」的考法。從上下文句意判斷，介系詞的中文翻譯為「附帶…情況」，所以答案選 (D)。

中文翻譯 (C) 我最近於 7 月 1 日買了以上地址的房地產與地上所有物，並想對建物及內含物，分別保 120,000 英鎊與 30,000 英鎊的綜合型保單。

題目解析 本題考題屬於『介系詞』考法中「介系詞＋名詞」的考法。從上下文句意判斷，介系詞的中文翻譯為「專門對…」，所以答案選 (C)。

中文翻譯 (D) 從即日起，我想從目前 25,000 英鎊的保額，增加到 30,000 英鎊。

題目解析 本題考題屬於『介系詞』考法中「介系詞＋名詞」的考法。從上下文句意判斷，片語的中文翻譯為「從…到…(from...to...)」，所以答案選 (D)。

中文翻譯 (D) 我希望你同意將承保範圍壓低到與其他保單所保障的風險程度一致。

題目解析 本題考題屬於『介系詞』考法中「介系詞＋名詞」的考法。從上下文句意判斷，片語的中文翻譯為「與…一致 (bring sb/sth into line with)」，所以答案選 (D)。

13. If you are satisfied with the terms, please complete the enclosed proposal form and return it to us - - - - - - - your cheque for £195.00, and we will effect insurance as from May 1st this year.

(A) in

(B) at

(C) on

(D) with

14. - - - - - - - reply to your letter of March 5th, I am pleased to say that arrangement for an all risk open cover policy for chinaware shipment to North and South American seaboard ports is granted.

(A) In

(B) At

(C) On

(D) With

15. Please arrange the cover in this sum for all the risks mentioned in your letter, and follow - - - - - - - the terms quoted, namely 5% per annum decrease in the fee.

(A) in

(B) at

(C) on

(D) with

16. - - - - - - - this situation, we have been reluctantly compelled to introduce the medical insurances which have an automatic increase in the amount of premium at each renewal of the policy.

(A) In

(B) At

(C) On

(D) With

中文翻譯 (D) 如果你對條件覺得滿意，請填妥隨附的提議表格，並附帶您 195 英鎊的支票寄回給我們，而保險將從今年五月一日生效。

題目解析 本題考題屬於『介系詞』考法中「介系詞 + 名詞」的考法。從上下文句意判斷，介系詞的中文翻譯為「附帶…情況」，所以答案選 (D)。

中文翻譯 (A) 在此告知您一個好消息，以回應您於 3 月 5 日的來信：替運往北美和南美沿海港口的瓷器所投保的預約保險單已經通過。

題目解析 本題考題屬於『介系詞』考法中「介系詞 + 名詞」的考法。從上下文句意判斷，片語的中文翻譯為「回應/覆…(in reply to..)」，所以答案選 (A)。

中文翻譯 (C) 請安排這數字內的保單，包括在你的信中所提到的所有風險，並依照所報價的條約內容，每年減價 5%。

題目解析 本題考題屬於『介系詞』考法中「介系詞 + 名詞」的考法。從上下文句意判斷，介系詞的中文翻譯為「專門針對…」，所以答案選 (C)。

中文翻譯 (A) 在這種情況下，我們不願意被迫引進這種在每次保單展延時，就會自動增加保費的醫療保險。

題目解析 本題考題屬於『介系詞』考法中「介系詞 + 名詞」的考法。從上下文句意判斷，片語的中文翻譯為「在…情況 (in the situation...)」，所以答案選 (A)。

17. Please confirm that you have arranged for this, and send me the customary endorsement indicating the charge - - - - - - - inclusion in the policy schedule.

(A) for
(B) by
(C) on
(D) with

18. Unfortunately, our efforts to encourage medical policy-holders to take account - - - - - - - revising the insured sums due to the fact that the inflation have been poorly supported.

(A) for
(B) at
(C) on
(D) of

19. As to the estate insurance, The building we occupy belongs to us and is valued, along - - - - - - - the fixtures and fittings, at £250,000, and at any one time there might be stock worth £70,000 on the premises.

(A) in
(B) at
(C) on
(D) with

20. When these conditions are taken - - - - - - - account, I believe the present rate of premium seems to be unreasonably high.

(A) to
(B) at
(C) into
(D) with

中文翻譯 (A) 請確認您於安排了這一點後，將慣例的簽署內容寄給我，並於上方標示保單計畫的費用。

題目解析 本題考題屬於『介系詞』考法中「名詞＋介系詞」的考法。從上下文句意判斷，介系詞的中文翻譯為「為了…」，所以答案選 (A)。

中文翻譯 (D) 不幸的是，為因應通膨脹，我們努力鼓勵醫療保戶投保人考慮修改被保險的總額，但我們的努力並沒有獲得支持。

題目解析 本題考題屬於『介系詞』考法中「動詞＋名詞＋介系詞」的考法。從上下文句意判斷，片語的中文翻譯為「把…列入考慮 (take account of...)」，所以答案選 (D)。

中文翻譯 (D) 至於地產保險，我們所使用的這座建築是我們所有，連同設備及裝置，總價值 25 萬英鎊；以及無論何時，存放在這棟建築物裡，價值 70,000 英鎊的物品。

題目解析 本題考題屬於『介系詞』考法中「形容詞＋名詞」的考法。從上下文句意判斷，片語的中文翻譯為「連同…(along with)」，所以答案選 (D)。

中文翻譯 (C) 當這些條件都考慮在內時，我相信，目前保險費似乎高地不合理。

題目解析 本題考題屬於『介系詞』考法中「動詞＋名詞＋介系詞」的考法。從上下文句意判斷，片語的中文翻譯為「考慮 (take... into account)」，所以答案選 (C)。

Unit 9 主動與被動語態

單字與練習主題：生物科技

〜〜〜 練 習 前 先 看 一 眼 〜〜〜

基本概念 一 主動與被動的互換

1. 型式

⑴ be V + V(p.p.)

⑵ by +行為者 → 可省略：當行為者不知道、不重要、不強調時

例：1. She was robbed in the bank. 她在銀行被搶。(不知道或不重要)

2. R.O.C. was established in 1911.

中華民國在 1911 年被創立。 （不強調：因為都知道）

2. 感官動詞的被動

感官的被動：
$$
\begin{matrix} \text{be seen} \\ \text{be heard} \\ \text{be felt} \end{matrix} \quad + \text{ to V(R)}
$$

例句：Mary was seen to take a bath. Mary 被看見在洗澡。

3. 使役動詞的被動

S	+	be V₁(p.p.)	+	O	+		to V₂(R)

S	be V₁(p.p.)	O		to V₂(R)
S	be made / be had (×)	O		to V (R)
S	be let / be bade	O		to V (R)
S	be got	O		to V (R)
S	be helped	O		to V (R)
S	be kept	O		Ving/V-p.p./Adj.
S	be left	O		Ving/V-p.p./Adj

例句：主動：Judy has Jason help Mary's brother finish reading the article.

Judy 讓 Jason 幫忙 Mary 的哥哥完成閱讀這文章。

被動：Jason is made to help Mary's brother (by Judy) finish reading the article.

Jason 被 (Judy) 叫去幫忙 Mary 的哥哥完成閱讀這文章。

主動：Judy cannot make Mary understand his words.

Judy 沒辦法讓 Mary 瞭解他的話。

被動：Mary cannot be made to understand his words.

Mary 沒辦法 (讓她自己) 瞭解他的話。

4. 授與動詞的主動 S + Vt + I.O. + D.O. = S + Vt + D.O. ＋介系詞＋ I.O.

介系詞 → to ： give, bring, lend, send, hand, write, tell, teach, pass, sell, show, do, owe, offer

介系詞 → for ： buy, bring, get, sing, make, order, choose

介系詞 → of ： ask

介系詞 → from ： borrow

(1) 授與動詞的被動：因為有 2 個受詞 (間接受詞 I.O. 與直接受詞 D.O.)，所以有 2 個被動的寫法。

例句：Willy teaches us English. Willy 教我們英文。

→ I.O. ：We are taught English by Willy. 我們被 Willy 教英文。

→ D.O. ：English is taught (to) us by Willy. 英文被教給我們由 Willy。

But，如果是 "write," "make," "buy" 等動詞改成被動語態時，以 D.O. 為主詞比較自然

例句：My girlfriend wrote me a letter. 我的女友寫一封信給我。

→ A letter was written for me by my girlfriend.

一封由我的女友寫給我的信。

(2) 大致區分成 3 種：

A. 可有 2 個被動語態的 V: award, buy, give, leave, lend, offer, pay, show, teach, tell...

B. 用 D.O. 做被動語態主詞的 V: bring, do, make, pass, sell, send, sing, telegraph, write...

C. 用 I.O. 做被動語態主詞的 V: answer, deny, refuse, envy, save, spare...

(3) 可有 2 個被動語態的 V：award, buy, give, leave, lend, offer, pay, show, teach, tell...

主動：He gave me a watch.　他給我一隻錶

被動：I was given a watch (by him).　我被給予一隻錶 (由他)。

The watch was given me (by him).　這錶被給予我 (由他)。

主動：The company offered him a position.　這公司提供他一個職缺。

被動：He was offered a position (by the company).

他被提供一個職缺 (由這公司)。

A position was offered him (by the company).

一個職缺被提供給他 (由這公司)。

主動：The government granted him a pension for life.

政府授與他終身的撫恤金。

被動：He was granted a pension for life (by the government).

他被授與終身的撫恤金 (由政府)。

A pension for life was granted him (by the government).

終身的撫恤金被授與於他 (由政府)。

(4) 用 D.O. 做被動語態主詞的 V：bring, do, make, pass, sell, send, sing, telegraph...

主動：Steward wrote Mendy a letter.　Steward 寫給 Mendy 一封信。

被動：A letter was written to Mendy (by Steward).

一封信被寫給 Mendy (由 Steward)。

主動：The boss brought me a pizza.　老闆帶給我一個 pizza。

被動：A pizza was brought (to me) by the boss.

一個 pizza 由老闆帶來 (給我)。

(5) 用 I.O. 做被動語態主詞的 V：answer, deny, refuse, envy, save, spare...

主動：She answered me the question.　她回答我這個問題。

被動：The question was answered to me by her.　我的這個問題被她所回答。

主動：The authorities refused Sarah the visa.　有關當局拒絕 Sarah 的護照。

被動：The visa was refused to Sarah by the authorities.

Susan 這護照被有關當局拒絕。

A. S + Vt + O + O.C. 的被動

不完全及物動詞：call, elect, choose, appoint...

認為動詞：make, take, think, find, consider...

使役動詞：make/have, let/bid, get, help, leave/keep

不可用：O.C. 當主詞 → 用受詞 (O) 當主詞

例句：We call her a walking dictionary.　我們稱她是活字典。

　　　→ She is called a walking dictionary (by us).

　　　　她被 (我們) 叫做是活字典。

B. Vi. + prep. = Vt. 的被動

主動：You cannot rely on her.　你不可以依賴她。

被動：She cannot be relied on by you.　她不可以被你依賴。

主動：She has to look after the little girl.　她必須照顧這小女孩。

被動：The little girl must be looked after by her.　這小女孩必須被她照顧。

C. Vi. + prep. + Adv. = Vt.-phr. 的被動

主動：Kix spoke ill of Willis.　Kix 講 Willis 的壞話。

被動：Willis was spoken ill of by Kix.　Willis 被 Kix 講壞話。

主動：Willis looked down on Kix's English proficiency.

　　　Willis 鄙視 Kix 的英文專業。

被動：Kix's English proficiency was looked down on by Willis.

　　　Kix 的英文專業被 Willis 所鄙視。

基本概念 二「被動語態」注意事項

1. 連綴動詞 (get / become / grow) + V(p.p.) ➔ 表示「逐漸地轉變成…」--「被動」意涵

例句：I have become acquainted with her.　我漸漸與她熟識。

　　　We got getting tired of Kix's lies.　我們漸漸厭惡 Kix 的謊言。

2. 連綴動詞 (lie / stand / feel / remain) + V(p.p.) ➔ 表示「轉變成 / 進入…狀態」--「被動」意涵

例句：She becomes known to us on that occasion.

　　　在那當下，我們 (變得) 認識她了。

　　　= We came to know her on that occasion.　➔ 轉變

　　　She was known to us. = We knew her.　➔ 狀態　我們認識她。

3. 使役動詞 (have / get) ＋受詞 的被動 ➜ 表示「自願」用 get；表示「非自願」、「無奈」用 have

　例句：I got my watch stolen.(x) ➜ I had my watch stolen. 我的錶被偷了。

　　　　I got my watch repaired.(o) 我讓我的錶被修理。

4. 情緒動詞 -- 主動意被動形

　＜情緒動詞＞ 　主詞 ＋（情緒動詞）＋ 受詞（＝人）

　令人… 　　　　　　 ＝ 主詞 ＋ beV ＋（情緒動詞）-ing ＋ 介系詞 (to) ＋ 受詞（＝人）

　（人）本身覺得… ＝ 主詞 ＋ beV ＋（情緒動詞）-ed ＋　介系詞　＋ 受詞（＝人）

　常見的「動詞」與「介系詞」用法有：

驚訝	be	astounded / astonished / amazed / startled / stunned / surprised	at	
高興	be	delighted / amused / pleased	with	
滿意	be	contented / satisfied	with	
失望 厭惡	be	disappointed / disgusted	at with	
（人）困惑	be	puzzled / confused	about	（事）/（物）
驚嚇 害怕	be	horrified / terrified / scared	at / of	
疲倦	be	tired / fatigued / exhausted	with	
厭倦	be	tired	of	
有興趣 厭煩 困窘 苦惱 興奮	be	interested / bored / embarrassed / annoyed / excited	in with about at/with about	

　例句：Kix was embarrassed about Jimmy's words. Jimmy 的話讓 Kix 覺得尷尬。

5. 主動意被動形 – 此類動詞有

A. 習慣於：be used to = be accustomed to ＋ V-ing

例句：Kix has been used to boasting himself.　Kix 已習慣性吹噓他自己。

B. 致力於 ~；專注於 ~:

beV ＋ V-p.p. ＋ prep. = VR ＋ oneself ＋ prep.

➜ 「be 動詞」加上「過去分詞」所形成的「被動式」，可以用「動詞原形」加上「反身代名詞」來取代。

而兩種用法後面所接的任何字皆為「介系詞」。

be devoted	to	=	devote oneself	to
= be absorbed	in	=	absorb oneself	in
= be engaged	in	=	engage oneself	in
= be dedicated	to	=	dedicate oneself	to
= be applied	to	=	apply oneself	to
= be attended	to	=	attend oneself	to
= be engrossed	in	=	engross oneself	in
= be wrapped	in	=	wrap oneself	in
= be involved	in	=	involve oneself	in
= be occupied	with	=	occupy oneself	with
= be engaged	in	=	engage oneself	in

例句：Willis has been engaged in English teaching for ten years.

Willis 致力於英語教學已 10 年。

C. 任職於：be employed at/in = employ ＋ oneself ＋ at/in

例句：Judy has been employed in the national senior high for 3 years.

Judy 已在這國立高中任職 3 年。

D. 表示「心裡層面」的被動式動詞：

「被說服；相信」: be convinced of / be persuaded into

「對…覺得羞愧」: be ashamed of

「對…熟識」: be acquainted with

例句：Peter has been convinced of her lies.　Peter 一直相信她的謊言。

You should be ashamed of your behavior,Kix.

Kix，你應該為你的行為感到可恥。

He pretended to have been acquainted with her for years.

他假裝已經與她熟識多年。

E. 座落於：be located/situated ＋ in/on/at ＋地方 ＝ sit/stand/lie ＋ in/on/at
＋地方

例句：The white church is located on the hill.

這白色的教堂座落在山丘上。

F. 反對：be opposed to ＝ object to ＝ oppose

例句：Students are opposed to his in-class invectives.

學生反對他在課堂上的謾罵。

G. 就座：be seated ＋ in (on/at) ＋地方　＝ have a seat ＝ sit

例句：Would you please seat yourself on the plane?

可以請各位在機上就座嗎？

H. 傾向於：be inclined to ＝ be intended to ＝ tend to ＝ attempt to

例句：The government is intended to dismiss the mob with violence.

政府傾向於用暴力驅散群眾。

I. 穿著：be dressed in ＝ dress oneself in ＝ put on ＝ wear

例句：People in the protest are dressed in black.

抗議民眾身穿黑衣服。

J. 受傷：be wounded ＝ be injured

例句：The audience got injured in the collapse.

觀眾在倒塌中受傷。

K. 出租：to let (英式用法：for rent)

例句：The householder has plenty of apartments to let.

那房東有許多公寓出租。

L. 該受責備 / 為…負責：to blame for

例句：Lots of officials ought to blame for the oil problems.

許多官員應當為油的問題負責。

M. 據説：

It + be + said/believed/considered + N-子句 .... → S + be + said/ believed/considered + to V....

此句型用來表示「不是很精確的推論或看法」，中文譯為「據説…」，常見的動詞有 said, believed, considered, thought, reported, suggested, expected 等。句中的 it 為虛主詞，真正的主詞為 that 所引導的子句；N-子句中的主詞可提前作為整個句子的主詞。

例句：It is suggested that his master's degree is fake.

據説他的碩士學位是假的。

N. 不能用被動式的動詞：

「發生 (occur / take place / happen)」；「屬於 (belong to)」；「組成 (consist of)」；「價值／花費 (cost / take)」；「持續 (last)」；「相似 (resemble)」；「擁有 (have)」

例句：The expo will take place on July 8th. 展覽將於 7 月 8 日舉行。

O. 用 V-ing 表「被動」：

「值得」： worth / deserve / merit

「需要」： need / want / require

例句：Judy deserves praising on account of her bravery.

Judy 值得為其勇敢稱讚。

「值得的」

be worth	+	N / V-ing
= be worthy	+	of N / of being V-p.p.
= be worthy	+	to be V-p.p.
= be worthwhile	+	to VR / V-ing
= be worth (one's) while	+	to VR / V-ing
= it pays	+	to VR… / that S + V…
=(人)/(物) deserve	+	N / V-ing / to be V-p.p.

例句：這本書值得讀。

→ The book is worth reading.

= The book is worthy of being read.

= The book is worthy to be read.

= The book is worthwhile to be read.

= The book is worthwhile reading. = It pays to read the book.

= The book deserves reading / to be read.

P. 特殊被動式＋介系詞：

a. beV ＋ V(p.p.) ＋ with N(工具) / ＋ by N(行為者)

例句：The man was hit by the little girl.

→ 行為者：這男人被這小女孩撞到。

The man was hit with a ruler.

→ 工具：這男人被尺打到。

b. beV ＋ known ＋ as　N(身份)

＋ by　N(方式、方法)

＋ for　N(原因)

＋ to　N(對象)

例句：

A man is known by the company he keeps. → 觀其友知其人。

The singer is noted for her talents. → 這歌星因她的才智有名。

She is celebrated as a rock singer. → 她以搖滾歌手著名。

Jay is well-known to the people in Taiwan and China.

→ Jay對台灣與中國的人們而言是有名的。

c. 「製造 / 製成」：

(A) be made	of (B):	(A) 由 (B) 製成
		→ (A) = 成品，(B) = 原料 (依然可見原料特性)
(A) be made	from (B):	(A) 由 (B) 製成
		→ (A) = 成品，(B) = 原料 (已不見原料特性)
(A) make	(B)(C):	(A) 把 (B) 變成 (C)
		→ (A) = 行為者，(B) = 被改變對象，(C) = 結果
(A) be made	into (B):	(A) 被變成 (B)
		→ (A) = 原料 / 被改變對象，(B) = 成品 / 結果

例句：

The table is made of wood.　桌子由木頭製成。

The paper is made from wood.　紙由木頭製成。

We make the wood chairs.　我們把木頭製成桌子。

The wood is made into chairs.　木頭被製成桌子。

【 New TOEIC 考試熱點 】

關於 New TOEIC 考題中的『主動、被動』考法中，要注意的是：

1.『被動』的「授與動詞」會出現「介系詞」的考點。

2. 要拿高分的考生，一定要熟悉本章節這幾個動詞的「被動式」使用時機，與
　「介系詞」的相互關係。

☐	1	absorb	/əbˋsɔrb/	v	吸收（某事物）；吸進
☐	2	academic	/͵ækəˋdɛmɪk/	n/adj	大學教師；學院的
☐	3	access	/ˋæksɛs/	n/v	接近；使用的權利
☐	4	accurate	/ˋækjʊrɪt/	adj	準確的；精確的；正確的
☐	5	acquaint	/əˋkwent/	v	介紹，使認識；使瞭解
☐	6	advance	/ədˋvæns/	n/v	前進；推進
☐	7	announce	/əˋnaʊns/	v	宣佈；宣告
☐	8	assemble	/əˋsɛmbl/	v	集合；組裝
☐	9	attachment	/əˋtætʃmənt/	n	連接；附屬物
☐	10	blame	/blem/	v	責備；責怪；
☐	11	broadband	/ˋbrɔd͵bænd/	adj	多頻率的；寬頻
☐	12	browse	/braʊz/	v	隨意翻閱書刊；瀏覽
☐	13	certification	/͵sɝtɪfəˋkeʃən/	n	證明；保證，證書
☐	14	component	/kəmˋponənt/	n	成分
☐	15	confidentially	/͵kɑnfəˋdɛnʃəlɪ/	adj	機密的
☐	16	contact	/ˋkɑntækt/	n/v	接觸；聯繫
☐	17	convince	/kənˋvɪns/	v	使…確信
☐	18	critically	/ˋkrɪtɪklɪ/	adv	批判性地
☐	19	data	/ˋdædə/	n	數據，資料
☐	20	dedicate	/ˋdɛdə͵ket/	v	奉獻，投身於
☐	21	digital	/ˋdɪdʒɪtl/	adj	數位的
☐	22	downward	/ˋdaʊnwəd/	adj	向下的；下降的
☐	23	employ	/ɪmˋplɔɪ/	v	雇用，使從事於，使用
☐	24	encryption	/ɪnˋkrɪpʃən/	n	加密
☐	25	enhance	/ɪnˋhæns/	v	增強
☐	26	estimate	/ˋɛstəmət/	n/v	估計；判斷
☐	27	evaluation	/ɪ͵væljuˋeʃən/	n	估價，評量
☐	28	exponentially	/͵ɛkspəˋnɛnʃəlɪ/	adv	指數函數地；急速增加地
☐	29	facility	/fəˋsɪlətɪ/	n	設備
☐	30	fault	/fɔlt/	n	缺點；缺陷
☐	31	feature	/ˋfitʃə/	n	特徵；特色
☐	32	flaw	/flɔ/	n	裂隙；缺點
☐	33	forecast	/ˋfɔrkæst/	n/v	預想；預報，預測
☐	34	function	/ˋfʌŋkʃən/	n	作用；功能

☐ 35	grant	/grænt/	v/n	同意給予或允許;補助金
☐ 36	hyperlink	/ˈhaɪpəlɪŋk/	n	超連結
☐ 37	imperative	/ɪmˈpɛrətɪv/	adj	必要的;重要的
☐ 38	incline	/ɪnˈklaɪn/	v	有某種傾向;傾向於
☐ 39	injure	/ˈɪndʒə/	v	傷害(某人); 損害
☐ 40	laboratory	/ˈlæbrəˌtɔrɪ/	n	實驗室
☐ 41	manual	/ˈmænjʊəl/	n/adj	手冊;指南;手動的
☐ 42	method	/ˈmɛθəd/	n	方法;辦法
☐ 43	narrow	/ˈnæro/	v/adj	縮小;狹窄的
☐ 44	negative	/ˈnɛgətɪv/	adj	否定或拒絕的
☐ 45	networking	/ˈnɛtˈwɝkɪŋ/	n	網絡;人際關係
☐ 46	noted	/ˈnotɪd/	adj	著名的
☐ 47	opportunity	/ˌɑpəˈtjunətɪ/	n	機會
☐ 48	oppose	/əˈpoz/	v	反對
☐ 49	outstanding	/ˌaʊtˈstændɪŋ/	adj	傑出的,突出的,未付的
☐ 50	peer	/pɪr/	n	同儕團體
☐ 51	private	/ˈpraɪvɪt/	adj	私人的;私有的;私用的
☐ 52	range	/rendʒ/	n	限度,範圍,幅度,程度
☐ 53	recognition	/ˌrɛkəgˈnɪʃən/	n	認識;認出;承認
☐ 54	regular	/ˈrɛgjələ/	adj	有規律的;定期的
☐ 55	replace	/rɪˈples/	v	代替,取代
☐ 56	response	/rɪˈspɑns/	n	回答;答覆
☐ 57	retain	/rɪˈten/	v	保持或保留
☐ 58	rural	/ˈrʊrəl/	adj	鄉村的
☐ 59	seat	/sit/	v	使…就座,坐下
☐ 60	signature	/ˈsɪgnətʃə/	n	簽名;簽字
☐ 61	significantly	/sɪgˈnɪfəkəntlɪ/	adv	有意義地
☐ 62	situate	/ˈsɪtʃʊˌet/	v	使…建於或坐落在某處
☐ 63	specialization	/ˌspɛʃə laɪˈzeʃən/	n	特別化;限定;專門化
☐ 64	state-of-the-art	/ˈstet əv ðə ˈɑrt/	adj	最新科技的,品質最好的
☐ 65	survey	/səˈve/	n	調查,眺望;審視,測量
☐ 66	suspect	/səˈspɛkt/	v	懷疑(某事物);不信任
☐ 67	telecommunication	/ˈtɛlə kəˈmjunəˈkeʃən/	n	電傳視訊,遠距離通信
☐ 68	temporary	/ˈtɛmpəˌrɛrɪ/	adj	暫時的;臨時的
☐ 69	unsolicited	/ˌʌnsəˈlɪsɪtɪd/	adj	未經請求的;自發性的
☐ 70	worthy	/ˈwɝðɪ/	adj	有價值的

1. A fully functional version of the program is made - - - - - - - the exe files at no cost from the Internet for a 30 day evaluation.

(A) be downloaded

(B) to download

(C) to be downloaded

(D) downloaded

2. It - - - - - - - that a firm with a variety of negotiating experiences, a broad range of customers, technology, and suppliers is highly desirable.

(A) is believed

(B) believes

(C) is to be believed

(D) is to believe

3. Aside from the unbearably high temperatures, global warming is also - - - - - - - for the power to go out.

(A) blamed

(B) to be blamed

(C) blame

(D) to blame

4. Bio-informatics brings great benefits, but the facilities worthy of - - - - - - - are big and expensive.

(A) being mentioning

(B) mentioned

(C) being mentioned

(D) mentioning

中文翻譯 (B) 該程式的全功能版本需從網路下載 exe 文件，並有 30 天的免費評估時間。

題目解析 本題屬於『被動式』中「使役動詞」的被動考法。由前面動詞（使役動詞）的被動式判斷，後面的動詞變化應該用 to VR 的變化，中文翻成「被下載…」。所以答案選 (B)。

中文翻譯 (A) 大多數人認為，一間有許多協商經驗、有廣泛的客戶、技術和供應商的公司，是非常搶手的。

題目解析 本題屬於『被動式』中「據說」句意的被動考法。由上下文的句意判斷，動詞變化應該用 beV ＋ V-p.p. 的變化，中文翻成「據說…」。所以答案選 (A)。

中文翻譯 (D) 除了難耐的高溫之外，全球暖化也會導致能源流失。

題目解析 本題屬於『被動式』中「blame」的被動考法。由上下文的句意判斷，後面的動詞變化應該用 to VR 的變化來表示「被動」的意涵，中文翻成「為…負責」。所以答案選 (D)。

中文翻譯 (C) 生物信息學帶來了極大的好處，但值得一提的是大型且昂貴的設施。

題目解析 本題屬於『被動式』中「worthy」的被動考法。由前面結構（介系詞）判斷，後面的動詞變化應該用 V-ing 的變化；又由上下文的句意判斷，應當用「被動式」，中文翻成「被提及」。所以答案選 (C)。

5. Due to technical problems, our website and mailbox for submission ------- to be inaccessible for an indeterminate delay.

(A) are convinced

(B) convinced

(C) are convincing

(D) convincing

6. In order to finish the file attachment process, a click on the attach button ------- to be a must.

(A) is considered

(B) is considering

(C) considered

(D) considering

7. It is important to ------- to your virus examination because new kinds of viruses are emerging daily.

(A) dedicating

(B) dedicated

(C) be dedicating

(D) be dedicated

8. It is imperative that computer passwords ------- confidentially.

(A) be employed

(B) employed

(C) be employing

(D) employing

中文翻譯 (A) 由於技術問題，我們的網站和交付的郵件信箱，因為不明原因的延遲，確定是無法登入的。

題目解析 本題屬於『被動式』中「convince」的被動考法。由上下文的句意判斷，應當用「被動式」，中文翻成「被相信…」。所以答案選 (A)。

中文翻譯 (A) 為了完成文件附加的過程，對附件按鈕點擊被認為是必須的。

題目解析 本題屬於『被動式』中「consider」的被動考法。由上下文的句意判斷，應當用「被動式」，中文翻成「被認為是…」。所以答案選 (A)。

中文翻譯 (D) 重要的是，你要致力於病毒的檢驗，因為新種病毒每天都層出不窮。

題目解析 本題屬於『被動式』中「dedicate」的被動考法。由上下文的句意判斷，應當用「被動式」，中文翻成「奉獻 / 犧牲於…」。所以答案選 (D)。

中文翻譯 (A) 最重要的是，電腦密碼必須被保密地使用。

題目解析 本題屬於『被動式』中「employ」的被動考法。由上下文的句意判斷，應當用「被動式」，中文翻成「被應用…」，而中間省略 should，所以變成 (should) be employed。所以答案選 (A)。

9. It is our pleasure to announce that a new campus e-mail program was created recently, and its headquarter - - - - - - - in the main building.

(A) was locating
(B) was to locate
(C) located
(D) is located

10. Just go by the manual, which makes this computer easily - - - - - - - in no time.

(A) to be assembled
(B) to assemble
(C) assembled
(D) be assembling

11. Keeping up with current innovations and new, emerging services in information technology at the same time seems to be a nearly impossible task to - - - - - - - with.

(A) get acquainted
(B) acquainted
(C) get acquainting
(D) acquainting

12. Maintaining relationships with local businesses and industries has - - - - - - - as something vital to promoting online career and technical education program certification.

(A) to know
(B) been known
(C) to be known
(D) known

中文翻譯 (D) 我們的榮幸地宣布，新校區的電子郵件程式已於最近創立，而它的總部設在主要大樓。

題目解析 本題屬於『被動式』中「locate」的被動考法。由上下文的句意判斷，應當用「被動式」，中文翻成「座落於…」。所以答案選 (D)。

中文翻譯 (C) 只要跟著操作手冊，這台電腦便很容易立即被組裝。

題目解析 本題屬於『被動式』中「使役動詞」的被動考法。由前面結構 (使役動詞) 判斷，後面的動詞變化應該用 VR 的變化；又由上下文的句意判斷，應當用「被動式」，中文翻成「被組裝」。所以答案選 (C)。

中文翻譯 (A) 要同時熟悉、跟上當前的創新與新興的資科服務，這似乎是一個幾近於不可能達成的任務。

題目解析 本題屬於『被動式』中「blame」的被動考法。由上下文的句意判斷，後面的動詞變化應該用 get + V-p.p. 的變化來表示「被動」的意涵，中文翻成「對…熟悉」。所以答案選 (A)。

中文翻譯 (B) 對促進線上職業與技術教育課程的認證來說，保持與當地企業和商家的關係，一直 (被當作) 是十分重要的事。

題目解析 本題屬於『被動式』中「know」的被動考法。由前面結構 (has) 判斷，後面的動詞變化應該用 V-p.p. 的「完成式」變化；又由上下文的句意判斷，應當用「被動式」，中文翻成「被廣為人知的…」。所以答案選 (B)。

13. Our customers - - - - - - - at the fact that most of our recent e-mails were lost when the company's server crashed Wednesday morning.

(A) disappointed

(B) to be disappointed

(C) are disappointed

(D) are disappointing

14. Once we set up your online website where certain people - - - - - - - to its building, it will be completely functional and ready for business to accept orders.

(A) were opposing

(B) were to oppose

(C) were opposing

(D) were opposed

15. Our website has - - - - - - - capable of attracting and retaining profitable customer relationships by official agencies.

(A) to be proving

(B) to be proved

(C) been proved

(D) proved

16. Please accept our apologies for parts of the website which do not function as we - - - - - - - .

(A) are addressed

(B) addressed

(C) to be addressed

(D) have addressed

中文翻譯 (C) 令我們的客戶失望的是，當公司的伺服器週三上午當機時，絕大部分我們最近的郵件遺失了。

題目解析 本題屬於『被動式』中「disappoint」的被動考法。由前面結構（主詞）判斷，後面應該使用「動詞」，且搭配disappoint動詞的變化應該用V-p.p.的變化，中文翻成「覺得失望的⋯」。所以答案選 (C)。

中文翻譯 (D) 一旦我們把人們都反對你設置的線上網站架設好，它就會完全啟用，並隨時為企業接受訂單。

題目解析 本題屬於『被動式』中「oppose」的被動考法。由前面結構（主詞）判斷，後面應該使用「動詞」，且搭配oppose動詞的變化應該用V-p.p.的變化，中文翻成「被反對⋯的⋯」。所以答案選 (D)。

中文翻譯 (C) 經官方機構證實，我們的網站能吸引並留住有增值潛力的客戶關係。

題目解析 本題屬於『被動式』中「prove」的被動考法。由前面結構（完成式has）判斷，後面的動詞變化應該用V-p.p.的「完成式」變化；又由上下文的句意判斷，應當用「被動式」，中文翻成「被證明的⋯」。所以答案選 (C)。

中文翻譯 (A) 同我們所獲知的，因部分網站無法運作，請接受我們的道歉。

題目解析 本題屬於『被動式』中「address」的被動考法。由上下文的句意判斷，後面的動詞變化應該用 be V + V-p.p.的變化來表示「被動」的意涵，中文翻成「被⋯告知的」。所以答案選 (A)。

17. Please note that if the email address which - - - - - - - proves to be not valid, complete, and accurate, you will not receive a response.

(A) granted

(B) is granted

(C) to be granted

(D) granting

18. Since I have strongly - - - - - - - in biology, I decided to choose the biology specialization.

(A) be interested

(B) been interested

(C) to be interested

(D) interested

19. The fingerprint recognition - - - - - - - something the most affordable and cost effective compared to voice, retina, and hand signature system.

(A) is made into

(B) is made of

(C) is made from

(D) is made

20. We - - - - - - - at the fault,and wish to apologize for any inconvenience that you may have suffered from not being able to download your files.

(A) are be stunned

(B) stunned

(C) to be stunned

(D) are stunned

中文翻譯 (B) 請注意，如果給予的電子郵件地址經證明其無效、不完整和不準確，您將不會收到回覆。

題目解析 本題屬於『被動式』中「grant」的被動考法。由前面結構(關係代名詞當主詞)判斷，後面的動詞變化應該用「動詞(單數)」；又由上下文的句意判斷，應當用「被動式」，中文翻成「被授與的…」。所以答案選(B)。

中文翻譯 (B) 因為我一直在生物學上有強烈的興趣，我決定選擇了生物專業。

題目解析 本題屬於『被動式』中「interest」的被動考法。由前面結構(完成式 have)判斷，後面的動詞變化應該用 V-p.p. 的變化；又由上下文的句意判斷，應當用「被動式」，中文翻成「覺得有興趣的…」。所以答案選 (B)。

中文翻譯 (A) 與聲音、視網膜和手工簽名的系統相比之下，指紋識別被塑造成，最實惠和具有成本效益。

題目解析 本題屬於『被動式』中「make」的被動考法。由前面結構(主詞)判斷，後面的動詞變化應該用被動式 (beV + V-p.p.)，又由上下文的句意判斷，應當用「介系詞 (into)」，中文翻成「變成…」。所以答案選 (A)。

中文翻譯 (D) 我們對這錯誤感到訝異，並希望對於您無法下載您的文件而遭受的任何不便，向您道歉。

題目解析 本題屬於『被動式』中「stun」的被動考法。由前面結構(主詞)判斷，後面的動詞變化應該用被動式 (beV + V-p.p.) 的變化，中文翻成「感到驚訝的…」。所以答案選 (D)。

1. By regularly updating your computer, attackers are left - - - - - - - from being able to take advantage of software flaws that they could otherwise use to break into your system.

(A) blocked
(B) to block
(C) to be blocked
(D) block

2. If you suspect that someone has broken into the bio-chemical laboratory, and you might have the chance to - - - - - - - , please contact the police from the network or phone, and contact the Security Office immediately.

(A) injured
(B) injuring
(C) get injured
(D) getting injured

3. For those having difficulties viewing the page, we suggest you close your browsers, deleting all temporary internet files and then have the page - - - - - - - .

(A) be reloaded
(B) to reload
(C) to be reloaded
(D) reloaded

4. In recent years, many students have steered away from traditional on-campus classes, and instead - - - - - - - to choose online classes.

(A) been inclined
(B) inclined
(C) to be inclined
(D) been inclining

中文翻譯 (A) 定期替您的電腦更新可阻止攻擊者利用軟體漏洞侵入您的電腦。

題目解析 本題屬於『被動式』中「使役動詞 (leave)」的被動考法。由前面結構 (動詞 left) 與句意判斷，後面的動詞變化應該用被動式 (V-p.p.) 當作「形容詞」使用，中文翻成「被阻擋的⋯」。所以答案選 (A)。

中文翻譯 (C) 如果您懷疑有人闖入生化實驗室，而你可能會受傷，請透過網路或電話連絡警方，並立即聯繫安全部門。

題目解析 本題屬於『被動式』中「injure」的被動考法。由前面結構 (不定詞) 與句意判斷，後面的動詞變化應該用被動式 (get + V-p.p.)，中文翻成「變的受傷⋯」。所以答案選 (C)。

中文翻譯 (D) 對那些無法開啟頁面的人而言，我們建議你關閉瀏覽器，並刪除所有臨時的網路文件，然後將頁面重新載入。

題目解析 本題屬於『被動式』中「使役動詞 (have)」的被動考法。由前面結構 (have + 非人的受詞) 與句意判斷，後面的動詞變化應該用被動式 (V-p.p.)，中文翻成「被重新載入」。所以答案選 (D)。

中文翻譯 (A) 近年來，許多學生不再選擇傳統的上課方式，而傾向於選擇網上課程。

題目解析 本題屬於『被動式』中「incline」的被動考法。由前面結構 (主詞) 與句意判斷，後面結構應該用動詞，且應該是用被動式 (beV + V-p.p.)，中文翻成「有⋯傾向」。所以答案選 (A)。

5. It is worthy - - - - - - - if you receive unsolicited email from unknown sources and never click on hyperlinks in emails to visit unknown websites.

(A) be noted

(B) to note

(C) to be noted

(D) noted

6. On the other hand in a recent survey on online classes,65% of 900 university students said they still - - - - - - - no on-campus classes, because of the face to face interaction with professors and peers.

(A) opposing to

(B) to oppose to

(C) to be opposed

(D) are opposed to

7. Online Cloud offers a cheap way of transmitting data, but one may - - - - - - - whether the costs of doing any data downloads through the Internet have been estimated correctly.

(A) be puzzled

(B) puzzle

(C) be puzzling

(D) have puzzled

8. Our regular customers will - - - - - - - closely viewing their past ordering record and individual pricing information via the new online order processing system, cumulated in the big data.

(A) absorb in

(B) be absorbed in

(C) be absorbing in

(D) absorb

中文翻譯 (C) 值得引起注意的是，如果你收到來源不明、未經請求而寄來的電子郵件，千萬不要點擊電子郵件的超連結，去拜訪不明網站。

題目解析 本題屬於『被動式』中「worthy」的被動考法。由前面結構（形容詞 worthy）與句意判斷，後面的動詞變化應該用被動式 (of being + V-p.p. / to be + V-p.p.)，中文翻成「值得被注意的…」。所以答案選 (C)。

中文翻譯 (D) 另一方面，最近的線上課程調查顯示，900 位大學生中，有 65％ 的人表示，因為沒有面對面和教授與同儕互動，他們仍然反對取消校園實體課程。

題目解析 本題屬於『被動式』中「oppose」的被動考法。由前面結構（主詞）判斷，後面的動詞變化應該用被動式 (beV + V-p.p.)；又由上下文的句意判斷，應當用「介系詞 (to)」，中文翻成「反對…」。所以答案選 (D)。

中文翻譯 (A) 線上雲端提供了一種傳輸數據的廉價方式；然而，令人困惑的是，透過網路所做的資料下載，其成本是否一直以來被正確地估計。

題目解析 本題屬於『被動式』中「情緒動詞 (puzzle)」的被動考法。由前面結構（主詞）與句意判斷，後面的動詞變化應該用被動式 (beV + V-p.p.)，中文翻成「使人困惑的…」。所以答案選 (A)。

中文翻譯 (B) 透過累積於大數據的新網上訂單處理系統，我們的熟客將密集地專注檢視自己的過去訂貨記錄，和個別訂價的信息。

題目解析 本題屬於『被動式』中「absorb」的被動考法。由前面結構（助動詞 will）與句意判斷，後面的動詞變化應該用被動式 (beV + V-p.p.)；又由上下文的句意判斷，應當用「介系詞 (in)」，中文翻成「專注於…；致力於…」。所以答案選 (B)。

9. Perfect computer networking management systems, rich manufacturing and outstanding production techniques make our company - - - - - - - to our competitors in jewelry industry.

(A) be advanced

(B) advanced

(C) to be advanced

(D) to advance

10. Please fill out this contact form,and you will - - - - - - - through email by one of our professional financial advisors within 24 hours, or feel free to browse our website and check out all of the great information that we have provided for your benefit.

(A) be contacting

(B) contact

(C) be contacting

(D) be contacted

11. The satellite broadband service internet providers offers is a service that many rural or out of the way areas are not - - - - - - - from their cable company or other providers.

(A) to be offered

(B) offering

(C) offered

(D) to be offering

12. Please remember that you must choose whether or not the company can share private information with others; otherwise, your private data will - - - - - - - as the company's continuous practice of selling or sharing with anyone it chooses.

(A) be treated

(B) to treat

(C) to be treated

(D) treated

(B) 完善的電腦網絡管理系統、大量的製造和優秀的生產技術，使我們在珠寶業領先我們的競爭對手。

本題屬於『被動式』中「使役動詞 (make)」的被動考法。由前面結構 (受詞) 與句意判斷，後面的動詞變化應該用被動式 (V-p.p.) 當作「形容詞」用，中文翻成「進步的」。所以答案選 (B)。

(D) 請填寫此聯絡表單，而你將通過電子郵件，由我們專業的財務顧問之一，在 24 小時內與您取得聯繫；或您可隨意瀏覽我們的網站，並檢查所有由我們為您的利益，所提供的重大信息。

本題屬於『被動式』中「contact」的被動考法。由前面結構 (助動詞 will) 與句意判斷，後面的動詞變化應該用被動式 (beV + V-p.p.)，中文翻成「被⋯聯絡」。所以答案選 (D)。

(C) 許多農村或化外之地的有線電視公司和其他供應商，並沒有網路供應商所提供的衛星寬頻服務。

本題屬於『被動式』中「offer」的被動考法。由前面結構 (主詞) 與句意判斷，後面的動詞變化應該用被動式 (beV + V-p.p.)，中文翻成「被提供⋯」。所以答案選 (C)。

(A) 請記住，你必須選擇公司是否能與他人共享私人信息；否則，您的私人資料將被公司視為可繼續由公司所出售或分享給任何對象。

本題屬於『被動式』中「treat」的被動考法。由前面結構 (助動詞 will) 與句意判斷，後面的動詞變化應該用被動式 (beV + V-p.p.)，中文翻成「被當作⋯」。所以答案選 (A)。

13. In this region where plenty of export zones - - - - - - - , thanks to the state-of-the-art production methods, the smart TVs can be largely produced before the deadline to meet customers' expectations.
   (A) be situated
   (B) are situated
   (C) to be situated
   (D) situated

14. The demand of our bio-chemical products in weight-losing has grown exponentially, and with that, of course, the need for more orders
- - - - - - - .
   (A) demanded
   (B) is demanded
   (C) is being demanded
   (D) is demanding

15. The price and performance gaps between notebook PCs and desktops is narrowing on account that continuous improvements - - - - - - - reducing prices in notebook PC components and costs in promotion .
   (A) are made up of
   (B) makes up
   (C) are making up
   (D) are made

16. The database security have been critically improved, going well past encryption and passwords, and now - - - - - - - employing a range of access control features plus digital signatures.
   (A) are known for
   (B) known as
   (C) to be known to
   (D) know as

中文翻譯 **(B)** 由於先進的生產方式，位於此區域內的許多出口加工區，可以在最後期限前，大量地製造智能電視，以滿足客戶的期望。

題目解析 本題屬於『被動式』中「situate」的被動考法。由前面結構(主詞)與句意判斷，後面的動詞變化應該用被動式(beV + V-p.p.)，中文翻成「座落於…」。所以答案選 (B)。

中文翻譯 **(B)** 我們減重的生物化工產品上，需求成倍數增長，因此，會有更多訂單的需求。

題目解析 本題屬於『被動式』中「demand」的被動考法。由前面結構(主詞)與句意判斷，後面的動詞變化應該用被動式(beV + V-p.p.)，中文翻成「被要求」。所以答案選 (B)。

中文翻譯 **(A)** 因為筆記本電腦組件價格、和宣傳成本降低的不斷改進之下，筆記型電腦和桌上型電腦，在價格和性能之間的差距正在縮小。

題目解析 本題屬於『被動式』中「make」的被動考法。由前面結構(主詞)判斷，後面的動詞變化應該用被動式(beV + V-p.p.)；又由上下文的句意判斷，應當用「介系詞(up + of)」，中文翻成「由…所組成」。所以答案選 (A)。

中文翻譯 **(A)** 資料庫安全已大大地被改善，且適用過去的加密系統和密碼，而現在廣為人知的，是採用了一系列的控制特徵，加上數位化的簽名。

題目解析 本題屬於『被動式』中「know」的被動考法。由前面結構(主詞)判斷，後面的動詞變化應該用被動式(beV + V-p.p.)；又由上下文的句意判斷，應當用「介系詞(for)」，中文翻成「因…而廣為人知」。所以答案選 (A)。

17. You - - - - - - - effective up-to-date technology by the staff at Computer Services constantly working hard to enhance their academic experience.

(A) provided with

(B) are provided with

(C) are providing with

(D) providing with

18. The forecast concerning telecommunications, networking equipment and services market has - - - - - - - significantly downward in the face of further negative market.

(A) be revised

(B) to revise

(C) to be revised

(D) been revised

19. Disabled people have - - - - - - - a new world of opportunity, for the web has enabled them to access information, shop and bank far more easily than they could before.

(A) been seated

(B) to seat in

(C) been seated in

(D) seated in

20. While the traditional class teaching is - - - - - - - the popularity of online classes, that does not mean that on-campus classes will become a thing of the past.

(A) being replacing with

(B) replaced with

(C) to be replaced with

(D) being replaced with

中文翻譯 (B) 電腦服務部門裡有不斷努力、強化自身學術經驗的職員,他們能提供給您先進且有效的最新技術。

題目解析 本題屬於『被動式』中「provide」的被動考法。由前面結構(主詞)判斷,後面的動詞變化應該用被動式(beV + V-p.p.);又由上下文的句意判斷,應當用「介系詞(with)」,中文翻成「被提供⋯」。所以答案選(B)。

中文翻譯 (D) 關於電信、網絡設備和服務市場的預測,在面對更進一步的市場負面影響之下,已經顯著往下修訂。

題目解析 本題屬於『被動式』中「revise」的被動考法。由前面結構(助動詞has)句意判斷,後面的動詞變化應該用完成式的被動(have/has been + V-p.p.),中文翻成「被修正」。所以答案選(D)。

中文翻譯 (C) 殘障人士坐擁一個新世界的機會,因為網路使他們比以前更容易且便捷地取得信息、出入商店和銀行。

題目解析 本題屬於『被動式』中「seat」的被動考法。由前面結構(助動詞have)判斷,後面的動詞變化應該用被動式(been + V-p.p.);又由上下文的句意判斷,應當用「介系詞(in)」,中文翻成「坐處於⋯位置」。所以答案選(C)。

中文翻譯 (D) 當傳統的課堂教學正漸漸被線上課程的普及所替換時,並不表示在學校上課會成為歷史。

題目解析 本題屬於『被動式』中「replace」的被動考法。由前面結構(動詞)句意判斷,後面的動詞變化應該用被動式(beV + V-p.p. + with);又由上下文的句意判斷,應當用「進行式(being)」,中文翻成「逐漸變成被取代⋯」。所以答案選(D)。

~~~~~~~ 練 習 前 先 看 一 眼 ~~~~~~~

基本概念 假設語氣

1. 基本概念

(1) 所謂「假設」，本身具有「不確定性」，即「不一定成立」或「根本不成立」的事實。

(2) 所謂「假設」，即「與事實相違背的假定、想像、願望」。

2. 句中的明顯辨別

(1) 由原本的「主詞、動詞一致性」、「動詞、時間一致性」、「假設語氣連接詞」來判斷真假句意。

(2) 所以：現在時間的「事實」是：

I am not here now. → S＋V（現在式）＋T（現在時間）：表示「現在時間的事實」

所以：現在時間的「假設」是：

If I were here now... → S＋V（過去式）＋T（現在時間）：表示「現在時間不可能的事實」，且打破「主詞、動詞一致性」或「動詞、時間一致性」，用「退一步時態」的文法概念，即為「假設」。

此時，利用「主詞、動詞一致性」或「動詞、時間一致性」，再加上「假設語氣連接詞」來形成「假設語氣」，達成一眼就由外觀即可知道，句子是否為「事實」或「假設」。

圖示為：

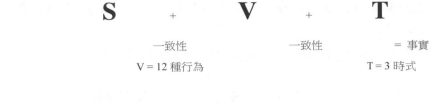

$$S \quad + \quad V \quad + \quad T$$

一致性   一致性   = 事實

V = 12 種行為   T = 3 時式

$$連 \quad + \quad S \quad + \quad V \quad + \quad T$$

一致性(有條件改變)   一致性(打破)   = 假設/條件

(3) 假設語氣的句子必有 2 句：連接詞所帶出的句子，為「假設語氣」下帶有『條件』的句子，另一句即為「假設成立」之後的『必然結果』；所以主要子句必須要有「助動詞」結構。

基本概念 二 「假設語氣」的使用與變化

1.「假設語氣」的基本使用型態有三 與「現在事實」相反的假設、與「過去事實」相反的假設、與「未來事實」相反的假設。而其變化用法，其「假設語氣」的連接詞在「連接詞」一章有提及，常見的有：

「如果」：if, unless, provided that, providing that, granted that, granting that, suppose that, supposing that

「若非、要不是」：but for, but that

「彷彿、好像」：as if, as though

配合「時間」與「動詞」的變化，完成「假設語氣」。分別論述如下：

(1) 與「現在事實」相反的假設 ➜ 全句用「過去式」；沒有連接詞的主要子句需有「助動詞」出現。

    例句：If I were you, I would buy the car.

                V_1 V_2

        如果我是你，我就買那輛車。 ➜ 事實上，我不會是你。

    解說：假設語氣連接詞 (if) 出現，「主詞與動詞的一致性」或「動詞與時間的一致性」打破，所以主詞 (I) 用「過去式 (were)」來當作 V_1，打破「主詞與動詞一致性」。而前面的條件成立，後面的結果就「應該」存在，所以介入「助動詞」表示結果之必然性。如此助動詞還可以用「過去式」的 should, could, might 來代替。

(2) 與「過去事實」相反的假設 ➡ 全句用「過去完成式」；沒有連接詞的主要子句需有「助動詞」出現。

例句：If I <u>had been</u> you then, I <u>would have bought</u> the car.
　　　　　　V₁　　　　　　　　　　　V₂
如果我是你，我就買那輛車。➡ 事實上，我那時不會是你。

解說：假設語氣連接詞 (if) 出現，「主詞與動詞的一致性」或「動詞與時間的一致性」打破，所以過去時間 (then) 動詞 (was) 用「過去完成式 (had been)」來當作 V₁，打破「動詞與時間的一致性」。而前面的條件成立，後面的結果就「應該」存在，所以介入「助動詞」表示結果之必然性。如此助動詞還可以用「過去式」的 should, could, might 來代替，後面依然接「完成式」，也是「過去式」+「完成式」=「過去完成式」。

(3) 與「未來事實」相反的假設 ➡ 有 3 種情況；2 種用「過去式」，1 種用「現在式」。沒有連接詞的主要子句需有「助動詞」出現。

A. 與「未來事實」相反，「很有可能發生」的假設：中文翻成「萬一」，用「過去式」。

例句：If Jack <u>should reject</u> the proposal, Mary <u>would burst</u> / <u>will burst</u> into tears.
　　　　　　　　　　V₁　　　　　　　　　　　　　　　　　V₂
萬一 Jack 拒絕了求婚，Mary 會嚎啕大哭。➡ 還沒發生，但很有可能發生。

解說：假設語氣連接詞 (if) 出現，「主詞與動詞的一致性」或「動詞與時間的一致性」打破。從句意判斷為未來事實，又要表示「很有可能發生」，除了打破「動詞與時間的一致性」之外，加上「助動詞 (should)」在連接詞所在的句子當中，強調這是件「相當有可能發生的未來事實」。而前後動詞保持「過去式」的形式。也因為「很有可能發生」，主要子句助動詞 (should/would/could/might) 也可以用現在式 (shall/will/can/may)，用以一眼看出，這是件相當有可能會成真的未來事實。

B. 與「未來事實」相反，「不可能發生」的假設：用「過去式」或「現在式」

例句：If the sea <u>were to dry</u>, Jack <u>would never marry</u> Susan.
　　　　　　　　V₁　　　　　　　　　V₂
即使海枯，Jack 也不會娶 Susan。➡ 不可能會發生的未來。

解說：假設語氣連接詞 (if) 出現，「主詞與動詞的一致性」或「動詞與時間的一致性」打破。從句意判斷為未來事實，又要表示「不可能發生」，除了

打破「動詞與時間的一致性」之外，加上「Be 動詞 (were)」在連接詞所在的句子當中，強調這是件「絕對不可能發生的未來事實」。而前後動詞保持「過去式」的形式，用以一眼看出，這是件相當絕對不可能發生的未來事實。

C. 與「未來事實」相反，「很有可能會發生」的假設：用「現在式」條件子句，在一般句意下，容易被當作「直說法」的情況，表示前面事件發生時，後面即將面對處理的狀況。

例句：If it <u>rains</u> tomorrow, we <u>will not go</u> out.
V_1 V_2

如果明天下雨，我們就不出去。➜ 不確定會發生；有可能會，有可能不會。

解說：假設語氣連接詞 (if) 出現，「主詞與動詞的一致性」或「動詞與時間的一致性」打破。從句意判斷為未來，這是個存在有「不確定性」的未來，因為沒有人能保證，明天一定會下雨。這種帶有「不確定性」的未來，連「未來事實」這樣一個概念都不成立。所以，打破「主詞與動詞的一致性」，用以一眼看出，雖然有未來時間 (tomorrow)，卻用「現在式」，因為這是個「不確定會不會發生」的未來。

D. 混用情況：主要子句與附屬子句的時間不一致時。

例句：If I <u>had studied</u> hard then, I <u>would lead</u> a much easier life now.
V_1 V_2

如果我那時努力讀書的話，我現在應當可以過舒適得多的生活。

解說：假設語氣連接詞 (if) 出現，「主詞與動詞的一致性」或「動詞與時間的一致性」打破。從帶有「連接詞」的附屬子句判斷，時間為「過去時間」，動詞 V_1 應當用「過去完成式」；而主要子句時間為「現在時間」，動詞 V_2 應當用「過去式」；但是因為主要子句又必須強調「結果的應當存在」，所以需要「助動詞」。

E.「半真半假」的假設語氣：中文分別為「希望 (wish/hope)」、「彷彿 (as if/as though)」、「若非、要不是 (but that/but for)」

a.「希望 (wish/hope)」：「希望」這「動作」是真的，希望的「內容」卻有可能是假的。

例句：I <u>wish</u> (that) I <u>could be</u> a millionaire.
V_1 V_2

我希望我是個百萬富翁。➜「希望」這「動作」是真的，希望的「內容」卻不可能。

解說：雖然沒有假設語氣連接詞，從句意判斷，主要子句 (I wish...) 是為事實，但是附屬的名詞子句 (that...) 描述的是一個不成立、非事實的現在。所以希望的內容用「過去式」。要注意的是，這個用法中並沒有假設語氣連接詞，所以沒有「條件」與「結果」的相互關係，「助動詞」的使用也不是必然出現。

b.「彷彿 (as if/as though)」：「彷彿」描述的「內容」是假的，主要子句是真的。

例句：She <u>talked</u> as if she <u>had been</u> there then.
　　　　　　　V₁　　　　　　　　V₂
她說話的樣子好像她那時在場。➜「說話」這「動作」是真的，描述的「內容」卻不是。

解說：此時假設語氣連接詞為 as if/as though，從句意判斷，主要子句 (she talked...) 是為事實，但是附屬子句 (as if...) 描述的是這是一個不成立的非事實，而且時間為「過去時間」，所以動詞用「過去完成式」。要注意的是，連接詞所在的附屬句子為「條件」，不必出現「助動詞」；而主要子句因為是「事實」，不適用於假設語氣的「結果」規則，所以沒有「助動詞」。

c.「若非、要不是 (but that/but for)」：「若非、要不是」描述的「內容」是真的，主要子句是假的。

例句：I <u>would fail</u> now but for your help.
　　　　　　　V₁
若不是你的幫忙，我現在就失敗了。➜「幫忙」這「動作」是真的，描述的「失敗」卻是假的。
I <u>would have failed</u> then but that you <u>helped</u> me.
　　　　　V₁　　　　　　　　　　　　　　V₂
若不是你的幫忙，我那時就失敗了。➜「幫忙」這「動作」是真的，描述的「失敗」卻是假的。

解說：此時假設語氣連接詞為 but that，從句意判斷，主要子句 (I would have failed...) 為假，但是附屬子句 (but that...) 描述的是這是一個已經成立的事實，而且時間為「過去時間」，所以動詞用「過去式」。要注意的是，主要子句所在的句子為「結果」，必須要有「助動詞」；且

因為不是真的，所以動詞用與「過去事實」相反的「過去完成式」用法，且必須用上「助動詞」。

d. 混用情況：主要子句與附屬子句的時間不一致時。

例句：But that you <u>helped</u> me then, I <u>would fail</u> now.

                  V_1 V_2

若不是你那時候的幫忙，我現在就失敗了。➔「幫忙」這「動作」是真的，描述的「失敗」卻是假的。

解說：假設語氣連接詞 (but that) 出現，主要子句的「主詞與動詞的一致性」或「動詞與時間的一致性」打破。但是，從帶有「連接詞」的附屬子句判斷，but that 的句子是真，主要子句為假。連接詞的附屬子句時間為「過去時間」，又為真的事實，所以動詞 V_1 應當用「過去式」；主要子句時間為「現在時間」，又為假的事實，所以動詞 V_2 應當用「過去式」，但是因為要有助動詞表示結果，所以動詞 V_1 應當用「助動詞過去式 ＋ 動詞原形 (VR)」。

F.「if 的省略」：

a.「與現在時間相反」的假設：were 放句首。

例句：If the deadline were to be extended, we should have enough time to better the quality.

➔ Were the deadline to be extended, we should have enough time to better the quality.

假如期限可以延長的話，我們將有足夠的時間讓品質更好。

b.「與過去時間相反」的假設：had 放句首。

例句：If we had known the truth, we would not have made such errors.

➔ Had we known the truth, we would not have made such errors.

假如我們早點知道真相的話，我們將不會犯下如此錯誤。

c.「與未來時間相反，萬一發生」的假設：should 放句首。

例句：If Mary should come in ten minutes, you could/can get prepared in advance.

➔ Should Mary come in ten minutes, you could/can get prepared in advance.

萬一 Mary 十分鐘之內來的話，你最好事先準備。

G.「假設語氣的特殊句型」:「該是…的時候」、「意志動詞」、「意志形容詞」。

a.「該是…的時候」: It is high/right/about time +【3名2動】.

例句: It is time to tell him

【 that he __ go __ to school early hereafter. 】--

「名詞子句」省略 should

【 that he __ should go __ to school early hereafter. 】--

「名詞子句」強調「應該」

【 that he __ goes __ to school early hereafter. 】--

「名詞子句」表示事實

【 to go to school early hereafter. 】--

「動詞」肯定形式

【 not to go to school early hereafter. 】--

「動詞」否定形式

中文:該是時候告訴他,從此之後,他該早點到校。

中文:該是時候告訴他,從此之後,他不該早點到校。

解說:即是所謂的【3名2動】,3個名詞子句,2個動詞答案。一樣強調說話者加諸於行為者所應做、或要做的動作或事實。

b.「意志動詞」:「要、命、建、堅」+【3名2動】. 已在第五章節提過,所以不再贅述。

c.「意志形容詞」:「重、適、理、必」+【3名2動】.

It is +「重要的」: significant/crucial/critical/essential +【3名2動】.

「適當的」: appropriate/adequate/proper/suitable

「理所當然的」: natural/certain

「必要、急迫的」: imperative/urgent

例句: It is essential to tell Jack

【 that he __show__ up in the expo to promote his own products. 】--

「名詞子句」省略 should

【 that he __should show__ up in the expo to promote his own products. 】--

「名詞子句」強調「應該」

【 that he __shows__ up in the expo to promote his own products. 】--

「名詞子句」表示「事實」

【 __to show__ up in the expo to promote his own products. 】--

「動詞」肯定形式

【 __not show__ up in the expo to promote his own products. 】--

「動詞」否定形式

中义：告訴 Jack 這件事是重要的：他該在展場現身，去促銷自己的產品。

告訴 Jack 這件事是重要的：他不該在展場現身，去促銷自己的產品。

H.「假設語氣的真、假句型」：so/as long as, on condition that, given that, assuming that, suppose/supposing that, provided/providing that, in the event that,

    a. 除了 suppose/supposing that 可以用時間對應動詞的假設語氣用法之外，以上這幾個連接詞用法都是接「真實的事實」，用「直述句」。

        例句：Suppose/Supposing that it rains, we will not go out.

                假如下雨的話，我們將不外出。

        解說：下雨的可能性大。

        例句：Suppose/Supposing that it rained, we should not go out.

                假如下雨的話，我們將不外出。

        解說：對將來的假設。

        例句：Suppose/Supposing that there were no rain for the coming months, we would not have enough water.

                假如接下來這幾個月都不下雨的話，我們將沒有足夠的水。

        解說：對現在情況的假設。

【New TOEIC 考試熱點】

關於 New TOEIC 考題中的『假設語氣』，重要觀念有：

1. 『假設語氣』考題中，先判斷「時間」，再決定「條件（附屬子句）」與「結果（主要子句）」。

2. 「結果（主要子句）」的句子中需要出現「助動詞」用法。

3. 要小心『假設語氣』考題中，連接詞的省略與動詞、助動詞的「倒裝」變化。

4. 要注意『假設語氣』考題中，變化應用句型「若非、要不是」的考法。

5. 要注意『假設語氣』考題中，變化應用句型「意志動詞、意志形容詞…」的考法。

☐ 1	absence	/ˈæbsəns/	n	不在；缺席；缺乏
☐ 2	accessible	/əkˈsɛsəbl/	adj	可接近的；可進入的；可使用的
☐ 3	accommodation	/əˌkɑməˈdeʃən/	n + s [pl]	住宿；膳宿
☐ 4	admonish	/ədˈmɑnɪʃ/	v	勸告或告誡
☐ 5	agency	/ˈedʒənsɪ/	n	經銷；代辦；代理；經銷處
☐ 6	appropriate	/əˈproprɪət/	adj	適當的；合適的
☐ 7	array	/əˈre/	v/n	展示；顯示；陳列
☐ 8	atmosphere	/ˈætməˌsfɪr/	v/n	大氣，氣氛
☐ 9	attempt	/əˈtɛmpt/	v/n	嘗試；努力；試圖
☐ 10	challenge	/ˈtʃalɪndʒ/	n/v	約請或要（某人）參加比賽、競賽
☐ 11	claim	/klem/	v/n	要求；索求
☐ 12	commendation	/ˌkɑmɛnˈdeʃən/	n	讚賞，推薦
☐ 13	complaint	/kəmˈplent/	n	抱怨；埋怨
☐ 14	conflict	/ˈkɑnflɪkt/	n	衝突；爭執
☐ 15	construction	/kənˈstrʌkʃən/	n	建築；施工；建設
☐ 16	consult	/kənˈsʌlt/	v	請教（別人），查閱
☐ 17	contagious	/kənˈtedʒəs/	adj	（指人）患傳染病的；感染性的
☐ 18	cooperate	/koˈɑpəˌret/	v	（與他人）合作
☐ 19	course	/kors/	n	（時間的）進程，過程；航向，航線
☐ 20	courteous	/ˈkɜtɪəs/	adj	彬彬有禮的
☐ 21	customize	/ˈkʌstəmaɪz/	v	訂做
☐ 22	declare	/dɪˈklɛr/	v	正式宣佈（某事）；表明
☐ 23	departure	/dɪˈpɑrtʃɚ/	n	離開；離去
☐ 24	disturb	/dɪˈstɜb/	v	弄亂；打擾；打亂
☐ 25	embark	/ɪmˈbɑrk/	v	上船；登機；開始或從事
☐ 26	encounter	/ɪnˈkaʊntɚ/	v	遭遇；面臨
☐ 27	enforcement	/ɪnˈfɔrs mənt/	n	實施；執行
☐ 28	expand	/ɪkˈspænd/	v	使膨脹；擴張
☐ 29	extol	/ɪkˈstol/	v	讚頌，頌揚
☐ 30	frequency	/ˈfri kwən sɪ/	n	頻率；發生次數
☐ 31	herbal	/ˈhɜbl/	adj	草藥的

☐	32	illness	/ˈɪlnɪs/	n	疾病
☐	33	installment	/ɪnˈstɔlmənt/	n	分期付款
☐	34	investigate	/ɪnˈvɛstəɡet/	v	調查，研究
☐	35	license	/ˈlaɪsns/	v/n	給(某人[某事物])執照或許可證；准許
☐	36	maintenance	/ˈmentənəns/	n	保持；維持；贍養；保養
☐	37	negotiate	/nɪˈɡoʃɪˈet/	v	商議；談判
☐	38	organization	/ˌɔɡənaɪˈzeʃən/	n	組織；機構
☐	39	participate	/parˈtɪsəˈpet/	v	參加，參與
☐	40	passenger	/ˈpæsəndʒə/	n	乘客；旅客
☐	41	permission	/pəˈmɪʃən/	n	許可；准許；允許
☐	42	pharmaceutical	/farməˈsutɪkl/	adj	藥物的；藥學的
☐	43	plunge	/plʌndʒ/	v	(使某物)突然而猛力穿
☐	44	procedure	/prəˈsidʒə/	n	程序
☐	45	promptly	/ˈpramptlɪ/	adv	敏捷地；迅速地
☐	46	property	/ˈprapətɪ/	n	所有物；財產；特性
☐	47	prosperous	/ˈpraspərəs/	adj	興旺的，繁榮的
☐	48	quality	/ˈkwalətɪ/	n	品質，才能，特質
☐	49	reduce	/rɪˈdjus/	v	縮減；減少
☐	50	regular	/ˈrɛɡjələ/	adj	有規律的；定期的
☐	51	remedy	/ˈrɛmədɪ/	n	祛除或減輕病痛的治療(法)、藥物等；補救方法
☐	52	renewal	/rɪˈnjuəl/	n	更新；恢復；復原
☐	53	repair	/rɪˈpɛr/	v	修理或修補
☐	54	route	/rut/	n	路徑，路線
☐	55	streamline	/ˈstrimlaɪn/	v	使(某事物)效率更高、作用更大
☐	56	substantially	/səbˈstænʃəlɪ/	adv	本質上，實質上；相當多地
☐	57	suggest	/səɡˈdʒɛst/	v	提出建議
☐	58	suppose	/səˈpoz/	v	認定；認為；以為；猜想
☐	59	surroundings	/səˈraʊndɪŋz/	n	環境
☐	60	survey	/ˈsəve/	v/n	調查
☐	61	susceptible	/səˈsɛptəbl/	adj	易受某事物影響或損害
☐	62	throughout	/θruˈaʊt/	adv	各處；各方面
☐	63	transformation	/ˌtrænsfˈmeʃən/	n	變化；改適；轉化
☐	64	transportation	/ˌtrænspəˈteʃən/	n	運輸；交通業；輸送
☐	65	urgent	/ˈɜrdʒənt/	adj	急迫的，緊急的
☐	66	venture	/ˈvɛntʃə/	n	(尤指有風險的)商業，企業

1. If boarding started at 7:30 am and the boat left shortly thereafter, we
- - - - - - - early for not being late.

(A) would get up

(B) got up

(C) would have got up

(D) had got up

2. Diners are admonished that smoking - - - - - - - in designated smoking areas only, available in certain restaurants and airports.

(A) to have been permitted

(B) to be permitted

(C) permitted

(D) be permitted

3. Christina - - - - - - - to decline Dr. Yamaha's invitation to dinner on this coming Friday if her schedule conflicted.

(A) would force

(B) forced

(C) would be forced

(D) would be forcing

4. - - - - - - - the reservations staff notified the clients, the additional information would have become needed to complete their requests.

(A) If

(B) Had

(C) Should

(D) Were

中文翻譯 (A) 如果從早上 7:30 開始登船，且船不久後就駛離，那我們就早點起床，免得遲到。

題目解析 本題考題屬於『假設語氣』考法中，與「現在時間」相反的假設。由句中連接詞 (if) 與動詞 (started) 判斷，空格的動詞應當用與「現在時間」相反的「過去式」；但是因為是「主要子句」，需要「助動詞 (would)」，所以答案選 (A)。

中文翻譯 (D) 用餐者被告誡，吸煙只能在某些餐館，和機場所指定准許的吸煙區。

題目解析 本題考題屬於『意志動詞』的考法。由句中連接詞 (that) 與動詞 (admonished) 判斷，空格的動詞應當用省略「助動詞 (should)」之後的「動詞原形 (VR)」；又由上下句意判斷，應該要用「被動」，所以答案選 (D)。

中文翻譯 (C) 如果衝突到本週五的行程安排的話，Christina 將被迫拒絕與 Yamaha 博士吃飯的邀請。

題目解析 本題考題屬於『假設語氣』考法中，與「現在時間」相反的假設。由句中連接詞 (if) 與動詞 (conflicted) 判斷，空格的動詞應當用與「現在時間」相反的「過去式」；但是因為是「主要子句」，需要「助動詞 (would)」，又由上下句意判斷，應該要用「被動式」，所以答案選 (C)。

中文翻譯 (B) 假如預約公司的工作人員通知客戶的話，那麼便需要這份額外的資料，以完成他們的要求。

題目解析 本題考題屬於『假設語氣』考法中，「連接詞的省略」，且與「過去時間」相反的假設。本句的答案首先去除 (C)，因為「助動詞」後面應該接「動詞原形 (VR)」，與題目不合。又由上下句意判斷，本句應該用「主動」，所以又排除 (D)。由後面的動詞 (notified) 與動詞 (would have become) 判斷，空格的動詞應當用省略「連接詞 (if)」之後，選擇用「助動詞」往前挪動的「完成式助動詞 (had)」(If the reservations staff had notified the clients)，所以答案選 (B)。

5. If I - - - - - - - with the professional yet friendly atmosphere in your office, it would prove your effort in rebuilding the branch.

(A) was impressed

(B) impressed

(C) were impressed

(D) had impressed

6. It was agreed that there would be no merger of the Mirror Group and MIN pension funds - - - - - - - a majority of the trustees of both funds agreed.

(A) though

(B) because

(C) unless

(D) when

7. If Dr. Ali - - - - - - - in the office during your cruise, you might leave your message, including your name and contact number on her desk.

(A) were not

(B) were

(C) should have been

(D) should have

8. It is imperative that our company - - - - - - - our customers with a gratifying travel experience; thus, we would like your positive feedback on your trip.

(A) should have provided

(B) provided

(C) provides

(D) provide

中文翻譯 (C) 如果我對你辦公室專業、友好的氣氛留下深刻的印象，那就證明了你於重建分公司的努力。

題目解析 本題考題屬於『假設語氣』考法中，與「現在時間」相反的假設。由句中連接詞 (if) 與動詞 (would prove) 判斷，空格的動詞應當用與「現在時間」相反的「過去式」；但是因為是「附屬子句」，不需要「助動詞」，又由上下句意判斷，應該要用「被動式」，所以答案選 (C)。

中文翻譯 (C) 會議商定，除非兩支基金大多數的受託人同意，否則 Mirror 團隊和 MIN 的養老基金便無法合併。

題目解析 本題考題屬於『假設語氣』的考法中。由上下句意判斷，句中連接詞應當使用『假設語氣』的 unless，所以答案選 (C)。

中文翻譯 (A) 如果 Ali 博士在您參訪期間內不在辦公室裡，您可以在她的辦公桌上留下您的信息，還有您的姓名和聯繫電話。

題目解析 本題考題屬於『假設語氣』考法中，與「現在時間」相反的假設。由句中連接詞 (if) 與動詞 (might leave) 判斷，空格的動詞應當用與「現在時間」相反的「過去式」；但是因為是「附屬子句」，不需要「助動詞」，又由上下句意判斷，應該要用「主動」，所以答案選 (A)。

中文翻譯 (D) 提供客戶令人滿意的旅行體驗是本公司的責任，同樣地，我們也希望得到於您旅途中的正面回饋。

題目解析 本題考題屬於『意志形容詞』的考法。由句中連接詞 (that) 與形容詞 (imperative) 判斷，空格的動詞應當用省略「助動詞 (should)」之後的「動詞原形 (VR)」；又由上下句意判斷，應該要用「主動」，所以答案選 (D)。

9. If we - - - - - - - from you or receive the first trip installment by next Monday, we will be forced to cancel any further procedures to come.

(A) do not hear

(B) did not hear

(C) were not heard

(D) had not heard

10. It is recommended that passengers - - - - - - - in at the desk at least 1 hour prior to their scheduled departure time.

(A) should be checked

(B) should check

(C) checked

(D) be checked

11. It is increasingly cloudy on Monday as if it - - - - - - - the chance to rain or snow in the afternoon on our business trip.

(A) were having

(B) had

(C) was having

(D) should have

12. We are in a hope that this situation of schedule delay - - - - - - - on account of simple oversight or clerical error.

(A) were not to take place

(B) have not taken place

(C) take place

(D) would not take place

中文翻譯 (A) 如果我們在下週一前沒有收到您的來信，或第一次的旅行分期款項，我們將被迫取消之後任何更進一步的步驟。

題目解析 本題考題屬於『假設語氣』考法中，屬於「未來時間」中、「很有可能發生」的「條件子句」。由句中連接詞 (if) 與動詞 (will be forced) 判斷，空格的動詞應當用代表「不確定的未來」的「現在式」，又為一般動詞用法，「否定」句意下使用「助動詞」，所以答案選 (A)。

中文翻譯 (B) 我們建議乘客，至少應在他們的預定起飛時間 1 個小時前，臨櫃辦理入境手續。

題目解析 本題考題屬於『意志動詞』的考法。由句中連接詞 (that) 與動詞 (recommended) 判斷，空格的動詞應當用「助動詞 (should)」之後的「動詞原形 (VR)」；又由上下句意判斷，應該要用「主動」，所以答案選 (B)。

中文翻譯 (A) 週一的雲層漸厚，看來我們的出差之行很有可能會碰到下午下雨或下雪的情況。

題目解析 本題考題屬於『假設語氣』考法中，「彷彿、好像」的連接詞用法。由句中連接詞 (as if) 與動詞 (is) 判斷，as if 後面句意為假，整個時間又是「現在時間」，空格的動詞應當用與「現在時間」相反的「過去式」；但是因為是「附屬子句」，不需要「助動詞」，又由上下句意判斷，應該要用「主動進行」，所以答案選 (A)。

中文翻譯 (D) 我們希望不要因為小疏忽或筆誤，而發生行程延遲這種情況。

題目解析 本題考題屬於『假設語氣』考法中，「希望」的用法。由句中連接詞 (that) 與動詞 (is) 判斷，in a hope 後面句意為假，整個時間又是「現在時間」，空格的動詞應當用與「現在時間」相反的「過去式」，且為「主動、否定」用法，所以答案選 (D)。

13. ------- you have technical problems with our online ticket system, you could contact the Technical Desk at (886) 523-4642.

(A) If

(B) Should

(C) Had

(D) Were

14. This year's annual conference could have been organized better if more members ------- actively.

(A) would participate

(B) participate

(C) had participated

(D) were participated

15. The real estate expert advised Jack that he ------- renegotiating with the local agency after he noticed some problems with the accommodations.

(A) should be considered

(B) be considering

(C) consider

(D) be considered

16. Therefore, if you don't mind sending us a short e-mail, we ------- you to state your opinion about your travel accommodations.

(A) will invite

(B) invite

(C) should have invited

(D) should be invited

中文翻譯 (B) 如果您對我們的線上售票系統有技術上的問題，您可聯繫技術服務台，電話是 (886) 523-4642。

題目解析 本題考題屬於『假設語氣』考法中，「連接詞的省略」與「未來時間」相反、「萬一」發生的假設。首先排除選項 (A)，因為前後動詞時態不一致；由後面的動詞 (have) 為動詞原形，與動詞 (could contact) 判斷，空格應當用省略「連接詞 (if)」之後，「助動詞」往前挪動的「助動詞 (Should)」。本句的答案選 (B)，因為「助動詞」後面應該接「動詞原形 (VR)」。

中文翻譯 (C) 如果有更多的成員積極參加的話，今年的年會將會組織安排地更好。

題目解析 本題考題屬於『假設語氣』考法中，與「過去時間」相反的假設。由句中連接詞 (if) 與動詞 (could have been organized) 判斷，空格的動詞應當用與「過去時間」相反的「過去完成式」；又由上下句意判斷，應該要用「主動」，所以答案選 (C)。

中文翻譯 (C) 房地產專家建議，Jack 應在他發現一些膳宿問題後，考慮與當地的代理機構重新協商。

題目解析 本題考題屬於『意志動詞』的考法。由句中連接詞 (that) 與動詞 (advised) 判斷，空格的動詞應當用「助動詞 (should)」之後的「動詞原形 (VR)」；又由上下句意判斷，應該要用「主動」，所以答案選 (C)。

中文翻譯 (A) 因此，如果你不介意給我們發送一個簡短的電子郵件，那麼我們將邀請您談談您對旅行住宿的意見。

題目解析 本題考題屬於『假設語氣』考法中，與「未來時間」相反的假設。由句中連接詞 (if) 與動詞 (don't mind) 判斷，空格的動詞應當用與「未來時間」相反、用「現在式」代替「未來式」的用法；但因為是「主要子句」，需要「助動詞 (will)」，又由上下句意判斷，應該要用「主動」，所以答案選 (A)。

17. Under the rental policy, the boss declared as if Robert, the leaseholder
- - - - - - - fully responsible for the possible equipment damage.

(A) had been
(B) was to be
(C) were to be
(D) has been

18. We hope that you - - - - - - - with the air travel and hotel accommodations
that we arranged for you.

(A) had pleased
(B) were pleasing
(C) pleased
(D) were pleased

19. We recommend individual backpackers - - - - - - - their routes with
caution; otherwise, they may be susceptible to fraud schemes by certain
criminals.

(A) have been played
(B) playing
(C) should play
(D) be played

20. - - - - - - - it not for any exception, usually discount airline tickets would
be usually non-refundable once payment has been made.

(A) If
(B) Were
(C) Should
(D) Had

中文翻譯 (A) 根據租賃條約，老闆宣稱，租賃者 Robert 似乎要完全擔負可能的設備損壞。

題目解析 本題考題屬於『假設語氣』考法中，「彷彿、好像」的連接詞用法。由句中連接詞 (as if) 與動詞 (declared) 判斷，as if 後面句意為假，整個時間又是「過去時間」，空格的動詞應當用與「過去時間」相反的「過去完成式」，所以答案選 (A)。

中文翻譯 (D) 我們希望您滿意我們為您所安排的航空旅行與酒店膳宿。

題目解析 本題考題屬於『假設語氣』考法中，「希望」的用法。由句意判斷，句中連接詞 (that) 與動詞 (hope) 判斷，hope 後面句意為假，整個時間又是「現在時間」，空格的動詞應當用與「現在時間」相反的「過去式」，且為情緒動詞「被動」用法，用以修飾人的情緒，所以答案選 (D)。

中文翻譯 (C) 我們建議，個人背包客應慎選遊玩的路線；否則，他們可能容易落入某些罪犯的詐騙之中。

題目解析 本題考題屬於『意志動詞』的考法。由句中連接詞 (that) 與動詞 (recommend) 判斷，空格的動詞應當用「助動詞 (should)」加上「動詞原形 (VR)」；又由上下句意判斷，應該要用「主動」，所以答案選 (C)。

中文翻譯 (B) 如果沒有任何例外，折扣的機票通常於付款後，是無法退款的。

題目解析 本題考題屬於『假設語氣』考法中，「連接詞的省略」，且與「過去時間」相反的假設。本句由上下句意判斷，2 個句子應當要有 1 個連接詞；然而前面結構缺少動詞，後面的動詞 (would be) 為「過去式」，為「主要子句」。所以判斷空格應當使用「動詞」，為「省略連接詞」的句型。句意判斷應當用「beV」(If it were not for any exception)，所以答案選 (B)。

1. If we wanted to find something different, today's net world - - - - - - - it accessible to find new, even much cheaper air-line tickets to streamline our expenses.

(A) made

(B) would make

(C) would have made

(D) had made

2. Nelson, one of the oldest cities in UK, is highly suggested that it - - - - - - - a renewal of its urban center by the use of appropriate technologies and knowledge for better environment and quality of life.

(A) have to be carried out

(B) have carried out

(C) to carry out

(D) should carry out

3. If you - - - - - - - with your purchase from us, please let us know immediately and we will happily refund the purchase price, according to the policy stated on the ticket above.

(A) satisfied

(B) are satisfied

(C) are not satisfied

(D) had been satisfied

4. It is advisable that Ruby - - - - - - - a good understanding of the trip route and overall economy in advance before taking the plunge for oversea market exploring.

(A) develop

(B) developed

(C) be developing

(D) had developed

中文翻譯 (B) 如果我們想要有不同的選擇，那麼就上網去找又新又便宜的機票，以節省我們的開銷。

題目解析 本題考題屬於『假設語氣』考法中，與「現在時間」相反的假設。由句中連接詞 (if) 與動詞 (wanted) 判斷，空格的動詞應當用與「現在時間」相反的「過去式」；但是因為是「主要子句」，需要「助動詞 (would)」，又由上下句意判斷，應該要用「主動」，所以答案選 (B)。

中文翻譯 (A) Nelson，英國最古老的城市之一，強烈地被建議，為更好的環境和生活品質，必須藉由使用適當的技術和知識，對其市中心進行更新。

題目解析 本題考題屬於『意志動詞』的考法。由句中連接詞 (that) 與動詞 (is suggest) 判斷，空格的動詞應當用「助動詞 (should)」加上「動詞原形 (VR)」；又由上下句意判斷，應該要用「被動」，所以答案選 (A)。

中文翻譯 (C) 如果您不滿意您所購買的商品，請立即通知我們，我們將很樂意按票券上的規定退款。

題目解析 本題考題屬於『假設語氣』考法中，與「未來時間」相反、「直說法」的假設。由句中連接詞 (if) 與動詞 (will...refund) 判斷，空格的動詞應當用與「未來時間」相反的「現在式」；但是因為是「附屬子句」，且動詞是「情緒動詞」，需要使用「被動」來修飾的對象為人，所以答案選 (C)。

中文翻譯 (A) Ruby 在貿然嘗試開拓海外市場之前，最好能事先對其旅行路線和整體經濟，有深入的理解。

題目解析 本題考題屬於『意志形容詞』的考法。由句中連接詞 (that) 與形容詞 (advisable) 判斷，空格的動詞應當用「助動詞 (should)」加上「動詞原形 (VR)」；又由上下句意判斷，應該要用「主動」，所以答案選 (A)。

5. During this field trip, if you had the chance to visit Microcomputer Center where students, faculty, and staff are on duty, you - - - - - - - to speak quietly so as not to disturb others.

(A) requested

(B) would request

(C) would have request

(D) would be requested

6. But that the company promised to customize the touring routes either from a functional standpoint or from a security standpoint, the specific needs of your organization - - - - - - - .

(A) could not have been met

(B) could have been met

(C) could be met

(D) have not been met

7. If you need one-on-one consulting service on route planning, I - - - - - - - available to meet with you at any time from 2 o'clock onwards because I'm out of the office until then.

(A) were

(B) would have been

(C) should

(D) will be

8. But that the City of Saint - - - - - - - on a venture to design and develop the Transportation Facility Project years ago, economy would not be so prosperous nowadays.

(A) could not have embarked

(B) could have embarked

(C) had embarked

(D) has embarked

(D) 在這實地考察中，如果你有機會參觀 Microcomputer 中心上班的學生、教師及工作人員，你會被要求小聲地說話，以免打擾他人。

本題考題屬於『假設語氣』考法中，與「過去時間」相反的假設。由句中連接詞 (if) 與動詞 (had) 判斷，空格的動詞應當用與「過去時間」相反的「過去完成式」；但是因為是「主要子句」，需要「助動詞 (would)」，又由上下句意判斷，應該要用「被動」，所以答案選 (D)。

(A) 若不是該公司從功能或安全的角度承諾去客製化旅遊路線，您公司的特定需求將無法達成。

本題考題屬於『假設語氣』考法中，「若非、要不是」的用法。由句中連接詞 (but that) 與動詞 (promised) 判斷，but that 後面句意為真，主要子句為假，整個時間又是「過去時間」，空格的動詞應當用與「過去時間」相反的「過去式助動詞 (could) ＋完成式」，且為情緒動詞「被動、否定」用法，所以答案選 (A)。

(D) 如果您在路線規劃上，需要一對一的諮詢服務，那麼我要到 2 點後，才有空為您服務；因為在那時前，我都不在辦公室。

本題考題屬於『假設語氣』考法中，與「未來時間」相反、「直說法」的假設。由句中連接詞 (if) 與動詞 (need) 判斷，空格的動詞應當用「未來式」；因為是「主要子句」，需要使用「助動詞」，所以答案選 (D)。

(D) 若不是多年前 Saint 城就開始冒險設計和開發「交通設施計畫」，今天的經濟就不會如此繁榮。

本題考題屬於『假設語氣』考法中，「若非、要不是」的用法。由句中連接詞 (but that) 與動詞 (would not be) 判斷，but that 後面句意為真，主要子句為假，所以整個句子的時間是「現在時間」，空格的動詞應當用與「現在時間」相反的「過去式」，且為「肯定」用法，所以答案選 (D)。

9. If there - - - - - - - something wrong with your emergency equipment, you would be in a need to let it inspected urgently to ensure its operation before the tour.

(A) had been

(B) was

(C) were

(D) had

10. On account of the rapid shuttle bus, distances from most London theaters to a huge array of famous restaurants, pubs, clubs, and shops - - - - - - - as if it were within a ten-minute walk.

(A) are shortened

(B) have been shortened

(C) have shortened

(D) were shortened

11. If it - - - - - - - the development and maintenance of a high standard in the transformation of the public service, transportation between cities would not have been bettered in the short time.

(A) had

(B) would have not been

(C) had been

(D) had not been

12. The board suggest that the airlines, hotels, and other companies we cooperate with all - - - - - - - the high quality of their services, and that we research their claims thoroughly before we do business with them.

(A) should extol

(B) should be extolled

(C) should have extolled

(D) have extolled

中文翻譯 (C) 如果你的緊急裝備有什麼問題的話，你就需要儘快檢查它 (讓它儘快被檢查)，以確保其在旅遊之前可以運作。

題目解析 本題考題屬於『假設語氣』考法中，與「現在時間」相反的假設。由句中連接詞 (if) 與動詞 (would be) 判斷，空格的動詞應當用與「現在時間」相反的「過去式」；但是因為「附屬子句」不需要「助動詞 (would)」，又由上下句意判斷，應該要用「BeV、主動」，所以答案選 (C)。

中文翻譯 (A) 因為快速的接駁巴士，從大多數倫敦的劇院到一系列著名的餐廳、酒吧、夜總會和商店的距離，縮短到好像在 10 分鐘之內的步行路程一樣。

題目解析 本題考題屬於『假設語氣』考法中，「彷彿、好像」的連接詞用法。由句中連接詞 (as if) 與動詞 (were) 判斷，as if 後面句意為假，整個時間又是「現在時間」，空格的動詞應當用與「現在時間」的事實，用「現在式」，又為「被動」，所以答案選 (A)。

中文翻譯 (D) 如果沒有以公共服務轉變的高標準去開發與維護，城市之間的交通就不會在短的時間變好。

題目解析 本題考題屬於『假設語氣』考法中，與「過去時間」相反的假設。由句中連接詞 (if) 與動詞 (would not have been bettered) 判斷，空格的動詞應當用與「過去時間」相反的「過去完成式」；因為是「附屬子句」，所以動詞用「過去完成式」；又由上下句意判斷，應該要用「否定」，所以答案選 (D)。

中文翻譯 (A) 董事會建議，航空公司、旅社，以及其他我們有合作的企業，應當稱讚他們高品質的服務，並建議我們與他們做生意之前，徹底研究他們的主張。

題目解析 本題考題屬於『意志動詞』的考法。由句中連接詞 (that) 與動詞 (suggest) 判斷，空格的動詞應當用「助動詞 (should)」加上「動詞原形 (VR)」；又由上下句意判斷，應該要用「主動」，所以答案選 (A)。

13. Results from a recent survey indicate that suppose an illness - - - - - - - contagious, nearly half of Americans would be so concerned about catching a fellow passenger's illness that they would ask to be reseated.

(A) were reported

(B) would be made

(C) would have reported

(D) were to report

14. If you encountered any maintenance problems after renting our vehicle, we - - - - - - - you to report them promptly to our transportation property manager, and to not attempt to carry out any repairs yourself.

(A) would suggest

(B) would be suggested

(C) would have suggested

(D) had suggested

15. - - - - - - - it be The Old Hall Hotel, a friendly as well as family-run hotel where we will stay and where many guests return regularly throughout the year to enjoy the comfortable surroundings, fine food, and courteous service, the course of the trip would be perfect.

(A) If

(B) Were

(C) Should

(D) Had

16. The National Health Agency advised pharmaceutical companies that all herbal remedies travelers brought from Chinese - - - - - - - in the same way as western drugs.

(A) have been licensed

(B) be licensed

(C) should license

(D) licensed

中文翻譯 (A) 假定最近的一項調查結果顯示此疾病具有傳染性，那麼會有將近一半的美國人因擔心染上同行乘客的病，而要求重新安排座位。

題目解析 本題考題屬於『假設語氣』考法中，與「現在時間」相反的假設。由句中連接詞 (suppose) 與動詞 (would be...concerned) 判斷，空格的動詞應當用與「現在時間」相反的「過去式」；但是因為是「附屬子句」，又由上下句意判斷，應該要用「被動」，所以答案選 (A)。

中文翻譯 (A) 如果您租我們的車輛後，遇到任何維修問題，我們建議，您儘快向我們的交通物流經理報告，而不是試圖自己進行任何的修理。

題目解析 本題考題屬於『假設語氣』考法中，與「現在時間」相反的假設。由句中連接詞 (if) 與動詞 (encountered) 判斷，空格的動詞應當用與「現在時間」相反的「過去式」；但是因為是「主要子句」，需要「助動詞 (would)」，又由上下句意判斷，應該要用「主動」，所以答案選 (A)。

中文翻譯 (C) 假如我們待在 The Old Hall，這樣一個友好的、家庭經營的旅館，而這一件中，經常有常客返回這間旅館，亨受舒適的環境、精緻的美食和周到的服務，該旅程將是完美的。

題目解析 本題考題屬於『假設語氣』考法中，「連接詞的省略」，且與「未來時間」相反的假設。本句由上下句意判斷，2 個句子應當要有 1 個連接詞；然而前面結構的動詞為「動詞原形 (be)」，後面的動詞 (will stay) 為「未來式」，為「主要子句」。所以判斷空格應當使用「動詞」，為「省略連接詞」的句型。句意判斷應當用「should」，所以答案選 (C)。

中文翻譯 (B) 國民健康局呼籲製藥公司，所有觀光客從中國帶進的草藥療法要如同西藥一樣，取得 (被發給) 執照許可。

題目解析 本題考題屬於『意志動詞』的考法。由句中連接詞 (that) 與動詞 (advised) 判斷，空格的動詞應當用「助動詞 (should)」加上「動詞原形 (VR)」；又由上下句意判斷，應該要用「被動」，所以答案選 (B)。

17. My fiance's brother is a travel agent, who provides me with the free honeymoon; and if I - - - - - - - the permission for 30-day leaves of absence, that would be a sweet memory in my mind.

(A) have had

(B) would have had

(C) would have

(D) had

18. - - - - - - - it at the commendation of the mutual-aid organization, a completely independent agency would be established to investigate passengers' complaints against airlines and other related personnel.

(A) If

(B) Should

(C) Were

(D) Had

19. Injuries and illnesses - - - - - - - reduced by a road construction program if it had been strictly followed and had enforcement appropriate to civilians' interest.

(A) could have been

(B) could have

(C) could be

(D) have been

20. - - - - - - - the airline have expanded its cargo operations substantially, its new cargo routes will open, and the flight frequency on its existing cargo routes will increase.

(A) If

(B) Were

(C) Should

(D) Had

中文翻譯 (D) 我未婚夫的弟弟是一個旅行社代理商，而他提供我免費的蜜月旅行；如果我能有您的允許，得以請假30天，那將成為我腦海裡的甜蜜回憶。

題目解析 本題考題屬於『假設語氣』考法中，與「現在時間」相反的假設。由句中連接詞(if)與動詞(would be)判斷，空格的動詞應當用與「現在時間」相反的「過去式」；但因為是「附屬子句」，不需要「助動詞」；又由上下句意判斷，應該要用「主動」，所以答案選(D)。

中文翻譯 (C) 萬一這件事經互助機構表揚，那麼就要設立一個完全獨立的機構，對乘客對航空公司和其他相關人員的投訴進行調查。

題目解析 本題考題屬於『假設語氣』考法中，「連接詞的省略」，且與「現在時間」相反的假設。本句由上下句意判斷，2個句子應當要有1個連接詞；然而前面結構缺少動詞，後面的動詞(would be)為「過去式」，為「主要子句」。所以判斷空格應當使用「動詞」，為「省略連接詞」的句型。句意判斷應當用「beV」，所以答案選(C)。

中文翻譯 (A) 若道路施工計畫有嚴格遵守，並依民眾利益適當執行，那麼因其而造成的傷害與疾病就會減少。

題目解析 本題考題屬於『假設語氣』考法中，與「過去時間」相反的假設。由句中連接詞(if)與動詞(had been … followed)判斷，空格的動詞應當用與「過去時間」相反的「過去完成式」；但是因為是「主要子句」，需要「過去式助動詞(could)＋完成式(have V-p.p.)」，又由上下句意判斷，應該要用「被動」，所以答案選(A)。

中文翻譯 (C) 如果航空公司已大大擴張其貨運業務，那麼它的貨運航線就會跟著開放，而使用現行貨運航線的頻率也會增加。

題目解析 本題考題屬於『假設語氣』考法中，「連接詞的省略」，且與「未來時間」相反的假設，「萬一」發生的假設。選項(B)、(C)優先排除，因為後面都必須接「過去分詞(V-p.p.)」結構；與文法不符，所以不選。本句由上下句意判斷，2個句子應當要有1個連接詞；然而前面結構為動詞原形(VR)的 have＋V-p.p.，後面「主要子句」的動詞(will open)為「未來式」。所以判斷空格應當使用「動詞」，為「省略連接詞」的句型。句意判斷應當用「should」，所以答案選(C)。

練習前先看一眼

基本概念 一 三大子句（名詞、形容詞、副詞子句）

　　在第七章已提過三大子句（名詞、形容詞、副詞子句）的細節部分，本章不再贅述，然而就「名詞子句」部分與「形容詞子句」做探討與統整，因為就其相似與相異之處加以詳細釐清。

本章節是前面章節的整理，也可以看做是前面章節的簡介，文法道理相通，前後連貫；並將前面所述文法作精簡統整，以求全面通盤瞭解。

1. 先從這 3 種句子的所代表的「功能」和「型態」瞭解起

(1)「名詞」的功能：

A. 放在「V（動詞）」　　　　　　　前面當「S（主詞）」。

B. 放在「Vt.（及物動詞）」　　　　後面當「O（受詞）」。

C. 放在「Vi.（不及物動詞）」　　　後面當「S.C.（主詞補語）」。

D. 放在「O（受詞）」　　　　　　　後面當「O.C.（受詞補語）」。

圖示為：

S　　　Vt.　　　O

S　　　Vi.　　　S.C.

S　　　Vt.　　　O　　　O.C.

例句：That you are right is the truth.　你是對的這件事，是真的。

I want to say that you are right.　我要說，你是對的。

The truth is that you are right.　事實是，你是對。

I want to tell you that you are right.　我要告訴你，你是對的。

(2)「名詞」的型態：單字、片語、子句

A. 單字：有「可數」、「不可數」的主要差別。但是所有的「不可數」名詞都可以變成「可數」名詞，當特別強調「種類」與「數量」時。

例句：My mom bought fish in the market.

我媽在魚市場買魚。　➜ 買的種類叫「魚」。

My mom bought 3 small fishes.

我媽在魚市場買3條小魚。　➜ 特別強調買的是「3條」小魚。

B. 片語：有「名詞片語」、「不定詞片語」、「動名詞片語」。

a.「名詞片語」：N of N, Wh- ＋ to VR

b.「不定詞片語」：to VR

c.「動名詞片語」：V-ing

例句：The president of the company bears no responsibility.

這公司的總裁沒擔當。--「名詞片語」

What to do confused the Prime Minister.

如何做困擾著這總理。--「名詞片語」

Seeing is not believing.

眼見不見得為憑。--「動名詞」

To keep track of the invoices makes the investigation possible.

追蹤貨單讓調查可行。--「不定詞片語」

C. 子句：有「名詞子句」。第七章並未完整介紹，本章稍加敘述。

a. 表示「完整句意」：that S ＋ V ...

b. 表示「選擇句意」，中文為「是否…」：whether S ＋ V ...

c. 表示「未知句意」：wh- S ＋ V ...

例句：That enterprise looks at the money side only poses danger to the public.

那企業只向錢看這件事造成大家的危險。(完整句意)

Whether the customers should boycott their tainted products is of no question.

消費者是否要抵制他們的黑心產品是無庸置疑的。(選擇句意)

How the government control the interest rates counts, not the remedy.　重要的是政府如何管控利率，而不是補償。(未知句意)

(3)「形容詞」的功能：修飾「N (名詞)」

　　A.「前位修飾」：放在修飾字詞的前面一有「單字」、「片語」的型態

　　B.「後位修飾」：放在修飾字詞的後面一有「單字」、「片語」、「子句」的型態

　　圖示為：

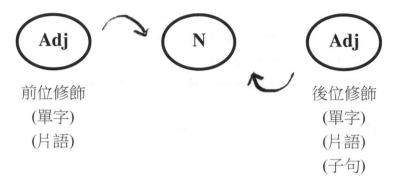

前位修飾　　　　　　　　　　　　　　　後位修飾

(單字)　　　　　　　　　　　　　　　　(單字)

(片語)　　　　　　　　　　　　　　　　(片語)

　　　　　　　　　　　　　　　　　　　　(子句)

(4)「形容詞」的型態：單字、片語、子句

　　A. 單字：有「靜態」、「動態」的主要差別。

　　　　a.「靜態形容詞」：字尾為 -ous, -ful, -tive...

　　　　b.「動態形容詞」：字尾為 -ing (主動), -ed/en (被動)

　　　　例句：The beautiful girl attractive to us is standing over there.

　　　　　　　那吸引我們的漂亮女孩正站在那兒。

　　　　　　　We all feel attached to her fatal beauty.

　　　　　　　我們著迷於她的致命美麗。

　　B. 片語：有「介系詞片語」、「不定詞片語」、「分詞片語」。

　　　　a.「介系詞片語」：介系詞＋名詞

　　　　b.「不定詞片語」: to VR

　　　　c.「分詞片語」：現在分詞 (V-ing) → 主動 / 進行；過去分詞 (V-p.p.) → 被動 / 完成

　　　　例句：The way to the truth is full of challenges.

　　　　　　　通往真理的路上充滿挑戰。--「介系詞片語」

　　　　　　　The way to go to school is not smooth.

　　　　　　　往學校的路上並不平坦。--「不定詞片語」

The way <u>heading for</u> the real justice takes consciousness.

通往真正正義的道路需要良心。--「分詞片語」

C. 子句：有「形容詞子句」。第七章已提過，本章不再贅述。

而 B,C 使用時皆依照所謂「靠近原則」，就是以修飾對象就近修飾為原則。

⑸「副詞」的功能：修飾「V（動詞）」、修飾「Adj. 形容詞」、修飾「Adv. 副詞」、修飾「整個句子」

　A. Adv. 與 V 的位置：在第 4 章已提過，本章不再贅述。

　B. Adv. 與句子的位置：在第 4 章已提過，本章不再贅述。

⑹「副詞」的型態：單字、片語、子句

　A. 單字：有「Adj. + ly」、「Adj. = Adv.」、「Adj. + ly 改變句意」…的主要差別。

　　例如：hard（a. 堅硬的；困難的）→ hardly（adv. 幾乎不）; fast（a. 快速的）→ fast（adv. 快速地）

　B. 片語：有「介系詞片語」、「不定詞片語」、「分詞片語」。

　　a.「介系詞片語」：介系詞＋名詞

　　b.「不定詞片語」：to VR

　　c.「分詞片語」：現在分詞 (V-ing) → 主動／進行；過去分詞 (V-p.p.) → 被動／完成

　　　例句：To concentrate <u>on solving</u> the economic problems is the top priority.

　　　專注於解決民生問題是首要之務。--「介系詞片語」

　　　The government needs to work out a solution <u>to tackle the problem</u>.

　　　政府要找出問題的解決辦法。--「不定詞片語」

　　　Announcing one's solution without any real action <u>proving one's determinination</u> is in vain.

　　　宣示一個人的解決方法，卻沒有證明一個人決心的任何實際作為，是沒有用的。--「分詞片語」

　C. 子句：有「副詞子句」。第七章已提過，本章不再贅述。

　　Adv., Adj., N, V 的總關係圖

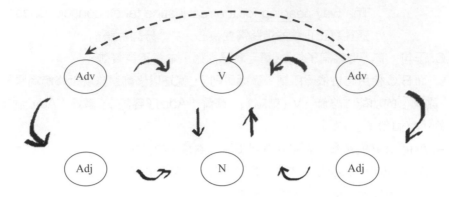

2. 小結

所以，簡單來説，「名詞」專為「動詞」而存在；「形容詞」專為「名詞」而存在；「副詞」則為「動詞」、「形容詞」、「句子 / 子句」而存在。單字如此作用，子句亦是如此作用。讀者只要知道原理，熟悉這些字、詞、句的特性與功能，在閱讀測驗中，自然能判斷長句中的複雜結構，加以拆解，迅速瞭解句意。在單字、克漏字中，也能知道前後詞性關係，迅速找到答案。

基本概念 二 名詞子句、形容詞子句、副詞子句的辨別

1. 請示辨別以下畫線的句子為何種子句？

(1) I do not know <u>who she is</u>. → _____.

(2) I do not know the girl <u>who is talking to Jack</u>. → _____.

(3) I fail to know the exact time <u>when he called me</u>. → _____.

(4) I fail to know <u>when he called me</u>. → _____.

(5) I fail to know him <u>when he called me</u>. → _____.

(6) I fail to know the truth <u>that he is eager to know</u>. → _____.

(7) I fail to know the truth <u>that he is right</u>. → _____.

中文：① 我不知道她是誰。

　　　② 我不知道這個跟 Jack 講話的女孩是誰。

　　　③ 我無法知道他打給我的確切時間。

　　　④ 我無法知道他何時打給我。

　　　⑤ 當他打給我時，我無法知道是他。

⑥ 我無法知道他想要知道的事實。

⑦ 我無法知道，他是對的這件事實。

答案及解析：

句子 1 因為「接受」前面主要句意的動詞 (know) 才能完成句意，所以為「受詞」用法的「名詞子句」。

句子 2 因為「修飾」前面主要句意的名詞 (girl)，但去除次要句子也不會影響主要句意，所以為「形容詞」用法的「形容詞子句」。

句子 3 因為「修飾」前面主要句意的名詞 (time)，但去除次要句子也不會影響主要句意，所以為「形容詞」用法的「形容詞子句」。

句子 4 因為「接受」前面主要句意的動詞 (know) 才能完成句意，所以為「受詞」用法的「名詞子句」。

句子 5 因為「修飾」前面主要句意的動詞 (know)，但去除次要句子也不會影響主要句意，所以為「副詞」用法的「副詞子句」。

句子 6 因為「修飾」前面主要句意的名詞 (truth)，但去除次要句子也不會影響主要句意，所以為「形容詞」用法的「形容詞子句」。

句子 7 因為「等同」前面主要句意的名詞 (truth)，目的在加以補充說明，所以為「同位語」關係的「名詞子句」。

2. 所以，如何判斷「名詞子句」、「形容詞子句」、「副詞子句」？

由上面的例子得知，「名詞」為必要之存在，而「形容詞」、「副詞」為「修飾語」，為可有可無之「不必要存在」，去掉也不會影響整個主要子句。所以步驟為：

(1) 先判斷「連接詞」前面的詞性。

A. 「名詞子句」前、後面會有「動詞」：在「動詞」前當「主詞」；在「動詞」後當「受詞」

B. 「名詞子句」前面會有「介系詞」：當「介系詞」的「受詞」

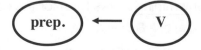

C.「名詞子句」前面會有「名詞」：當前面「名詞」的「同位語」

D.「形容詞子句」前面有先行詞 (名詞)：修飾前面「名詞」

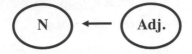

E.「副詞子句」修飾「動詞」或「主要子句」：為「副詞」功能

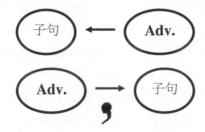

(2) 依各子句特性決定「連接詞」的答案。

3. 如何判斷「名詞子句」與「形容詞子句」

(1) I cannot realize the problem that you have at school.

→ 我無法瞭解你在學校的問題。

→「形容詞子句」，做「後位修飾」，因為後面子句的「句意不完整」，少「受詞」。

(2) I cannot realize the problem that you have no friends at school.

→ 我無法瞭解，你在學校沒有朋友的問題。

→「名詞子句」，做「同位語」，因為後面子句等同於前面名詞，後面子句的「句意完整」。

4. 偽「名詞子句」，實為「形容詞子句」

(1)「插入語」：

He is the person that we think works hard for the company.

→ 他就是我們認為替公司認真賣命的人。

→ 字句為 "we/I/he/she/they ＋ think/consider..." 的「認為動詞」用法於句中結構時，僅是充當「副詞」功能修飾全句、語氣強化，並非實質的結構，應當

做不存在之結構，與原本句子結構無關。

(2)「分裂強調句」：It is ＋強調部分＋ that ~~ → 把原句中要強調的部分放在 It is 與 that 的中間。

中文翻議成「就是…」

原句：Kix spoke ill of Willis in the cramming school from March to July.
　　　❶　　　　　　❷　　　　　　❸　　　　　　　　❹

　　❶ ＝「主詞」　❷ ＝「受詞」　❸ ＝ 地方副詞　❹ ＝ 時間副詞

中文：Kix 在補習班，從 3 月到 6 月，講 Willis 的壞話。

強調「主詞」❶：It is ＿ Kix ＿ that ⤴ spoke ill of Willis in the cramming

　　　　　　　school from March to July.

　　　⇨ 此時的 that 可以用關係代名詞的「主格 (who)」代替。

中文：就是 Kix，在補習班，從 3 月到 6 月，講 Willis 的壞話。

強調「受詞」❷：It is ＿ Willis ＿ that Kix spoke ill of ⤴ in the cramming

　　　　　　　school from March to July.

　　　⇨ 此時的 that 可以用關係代名詞的「受格 (whom)」代替。請老師不要誤
　　　　人子弟呦！！

中文：就是 Willis，在補習班，從 3 月到 6 月，被 Kix 講壞話。

強調「地方副詞」❸：

It is ＿ in the cramming school ＿ that Kix spoke ill of Willis ⤴ from March
to July.

　　　⇨ 此時的 that 可以用關係副詞表示「地方」的「where ＝ prep. ＋ which」
　　　　代替。

中文：就是在補習班，從 3 月到 6 月，Kix 講 Willis 的壞話。

強調「時間副詞」❹：

It is __ from March to July __ that Kix spoke ill of Willis in the cramming school .

> ⇨ 此時的 that 可以用關係副詞表示「時間」的「when = prep. ＋ which」代替。

中文：就是從 3 月到 6 月，Kix 在補習班，講 Willis 的壞話。

(3) It is... that 到底是「名詞子句」還是「形容詞子句」？試判斷下面 2 句：

It is a must that we are in a need to get to the place on time.

我們需要準時到那裡這件事是必要的。

→「名詞子句」當前面名詞 (must) 的同位語。

It is the place that we are in a need to get to on time.

就是這個地方，我們需要準時到。

→「形容詞子句」當前面名詞 (place) 的修飾語。

5. 如何判斷「名詞子句」與「副詞子句」

(1) I don't know when she will come. → 我不知道她何時到。

→「名詞子句」，做「受詞」，接受前面動詞 (know) 的動作，子句本身為「句意完整」，且「必要存在」，才能完成整句的句意。

(2) I know the time after she tells me. → 她告訴我之後，我才知道時間。

→「副詞子句」，做「副詞」修飾主要子句，子句本身為「句意完整」，且「不必要存在」，去掉也不會影響整個主要子句。

【New TOEIC 考試熱點】

關於 New TOEIC 考題中的『三大子句的辨別』，重要觀念有：

1. 在最短時間內，決定何種詞性的子句，會提升準確度與速度，進而有更多時間，去爭取其他題目的分數。

2. 長句結構中，可以藉由決定何種詞性的子句，加以拆解長句、知道每個組成份子的功能與作用，能夠迅速瞭解句意，解決問題。

3. 要注意「分裂強調句」的用法，「連接詞」的考題會有一定題目由此出現。

子句或句子能有什麼變化？有，那就是省略「連接詞」或「主詞」的變化。在「對等子句」中，「主詞」的省略雖然不用動詞作變化，但是在「附屬子句」中，除了「名詞子句」之外，「主詞」或「連接詞」的省略都會帶來「動詞」的變化，以維持「一個句子一個主要動詞」的原則。於是乎，在「附屬子句」中，省略「主詞」或「連接詞」，動詞就會依循「動狀詞」的邏輯加以變化。在第 5 章中所提及的「不定詞」與「動名詞」變化，與第 6 章所提的「分詞」用法即是。

1. 省略「主詞」或「連接詞」後，以「單句」來說，動詞的變化可以是下列幾項

「不定詞」、「動名詞」、「分詞」與名詞、動詞的關係總整理圖如下

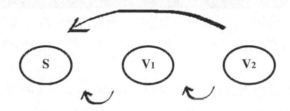

(1) 真正動詞是 V_1 時：

　V_2 = to VR (不定詞) / V-ing (動名詞)　→ 用來接受 V_1 的動作　→ 受詞

　　　= to VR (不定詞)　　　　　　　　　→ 用來修飾 V_1 的動作　→ 副詞

　　　= V-ing (分詞) / Vp.p.(分詞)　　　→ 用來修飾 N (名詞)　　　→ 形容詞

　例句：We appreciate your <u>helping</u> us in time.　我們感激你的及時援助。

　　　　We are intended <u>to show</u> you our appreciation.

　　　　我們想要對你表示感激。

　　　　We want to thank you, <u>giving</u> us a hand in time.

　　　　我們想要謝謝你的及時援助。

(2) 真正動詞是 V_2 時：

　V_1 = to VR (不定詞) / V-ing (分詞) / Vp.p.(分詞) → 用來修飾 N (名詞) → 形容詞

　例句：The determination <u>to punish</u> the selfish businessmen lacks.

　　　　缺乏決心去嚴懲自私的商人。

　　　　The merchants <u>dedicated</u> to <u>importing</u> illegal merchandise welcome the government's tolerance.

　　　　致力於進口非法商品的商人，歡迎政府的寬宏大量。

(3)「不定詞」、「動名詞」、「分詞」的詞性，總整理圖如下

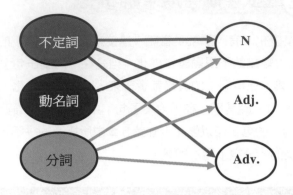

2. 省略「主詞」或「連接詞」後，以「雙 / 多句」來說，動詞的變化可以是下列幾項

(1)「分詞構句」:「分詞」當「副詞」用修飾「全句句意」或「句意某一部份」。

　　A.「副詞子句」的簡化:「分詞」當「副詞」用修飾「全句句意」或「句意某一部份」。

　　　　例句：<u>Knowing</u> the government's negligence, the civilians decided to teach the authorities a lesson by the time of election.

　　　　　　知道政府的疏忽，市民決定用選舉，給執政者教訓。

　　B.「形容詞子句」的簡化:「分詞」當「形容詞」用修飾前面「名詞 (N)」

　　　　例句：The man <u>jailed</u> behind bars admits no errors he once made.

　　　　　　入獄服刑的那人，不承認他所犯下的錯誤。

　　C.「對等子句」的簡化：對等連接詞連接兩個句子，連接詞的省略會造成動詞的變化，表示 / 強調「動作之連貫」；而簡化的原則在於，<u>改寫次要句意，留下主要句意</u>。

　　　　例句：The man turned to the left, and the man hit a motorcycle speeding by.

　　　　　　→ Turning to the left, the man hit a motorcycle speeding by.

　　　　　　那人轉到左邊，撞到疾駛而過的摩托車。

(2)「分詞構句」、「動狀詞」聯用：

　　例句：With the D-day <u>approaching</u>, after <u>announcing</u> the severe crimes the merchants made, the authorities concerned declared their resolution to beat the <u>tainted</u> food once again to save their downturn election.

　　　　隨著最後期限到來，在宣布商人所犯的嚴重罪刑後，有關當局再一次的宣示打擊黑心食品的決心，以挽救低迷的選舉。

approaching = 現在分詞當「形容詞」修飾 D-day;

announcing = 現在分詞當「副詞」修飾主要子句(the authorities concerned declared...); tainted = 過去分詞當「形容詞」修飾 food

3. 小結

一個句子的基本組成份子、功能於是乎架構形成句子、子句。這些便是第 1、2、4 章的內容。動詞與連接詞的變化，更加強了句子中的語氣與狀態表達。這些便是第 5、6 章的內容。

而句子可以用「主動」的方式來敘述，也可以用「被動」的方式來敘述。即是第 9 章的內容敘述。

以上敘述的事件，皆是建立在，陳述的是「事實」的基礎上；搭配時間，便是第 3 章的內容；若不是事實，加上「假設」的符號，如「連接詞」或是「介系詞」用法，打破「主詞、動詞的一致性」或「動詞、時間的一致性」，即成為「假設語氣」的句子。即是第 10 章的內容敘述。而不管為「事實」或「假設」，「連接詞」與「介系詞」的互換，更加強化了句子的結構多變性。即是第 7、8 章的內容敘述。

誠如一開始所談及，第 11 章是結束，也可以是統整本書的內容。熟稔句子的變化、組成元素、互通等同，變能夠將任何「長句結構」瞬間瓦解成為能夠辨識的小單位。熟稔單字與單字的銜接用法，自然在 PART5、PART6 會拿高分。單字片語量足夠，任何文法知識會是錦上添花，讓你的新多益成績更上層樓。

【New TOEIC 考試熱點】

關於 New TOEIC 考題中的『三大子句』，重要觀念有：

1. 『三大子句』考題中，會考的是，「主要子句」與「附屬子句」的句意中，所帶出來的「連接詞」類型考法 → 「連接詞」考題。

2. 『三大子句』考題中，會考的是，2 個或多個句子中，省略了連接詞的動詞變化 → 「動狀詞」考題。

3. 在 1 句 2 動的句子中，動詞的變化 → 「動狀詞」考題。

4. 在句子中，逗點 (,) 之後接動詞變化，只有主動 (V-ing)、被動 (V-p.p.) 的答案 → 「動狀詞」考題。

5. 在句子中，「連接詞」與「介系詞」的使用時機。

☐ 1	accurate	/ˈækjʊrɪt/	adj	準確的；精確的；正確的
☐ 2	achievement	/əˈtʃivə•mənt/	n	達成；成績，成就
☐ 3	acknowledge	/əkˈnɑlɪdʒ/	v	承認
☐ 4	acquire	/əˈkwaɪə/	v	獲得，取得；養成
☐ 5	administer	/ədˈmɪnɪstə/	v	管理；經營；掌管
☐ 6	advance	/ədˈvæns/	n/v	前進；增長；推進，促進
☐ 7	advisory	/ədˈvaɪzərɪ/	adj	顧問的；諮詢的
☐ 8	agenda	/əˈdʒɛndə/	n	待議諸事項；日常工作事項；議程
☐ 9	aggressively	/əˈgrɛsɪvlɪ/	adj	侵略的，好爭吵的
☐ 10	alleviate	/əˈlivɪˈet/	v	減輕；緩和
☐ 11	alternative	/ɔlˈtənətɪv/	adj/n	其他的；選擇
☐ 12	anticipate	/ænˈtɪsɪpeɪt/	v	預期，期望；預先考慮到
☐ 13	appreciate	/əˈpriʃɪˈet/	v	理解並欣賞（某事物）；賞識；感謝
☐ 14	automate	/ˈɔtəˈmet/	v	使（某事物）自動操作
☐ 15	aviation	/ˈevɪˈeʃən/	n	航空學；航空
☐ 16	balance	/ˈbæləns/	n/v	平衡，均衡；收支差額；餘額；使平衡
☐ 17	brief	/brif/	adj	時間短暫的；簡短的；簡介
☐ 18	category	/ˈkætəˈgɔrɪ/	n	種類；類別；範疇
☐ 19	certificate	/səˈtɪfəkət/	n	證（明）書
☐ 20	competitive	/kəmˈpɛtətɪv/	adj	比賽的；競爭的
☐ 21	conference	/ˈkɑnfərəns/	n	討論（會）；協商（會）；會議
☐ 22	congestion	/kənˈdʒɛstʃən/	n	擁擠；充塞；
☐ 23	contend	/kənˈtɛnd/	v	（與對手）競爭；（與他人）爭奪
☐ 24	contract	/ˈkɑntrækt/	n/v	合同；契約
☐ 25	corporate	/ˈkɔrpərɪt/	adj	團體的；法人團體的；公司的
☐ 26	crucial	/ˈkruʃəl/	adj	至關重要的；決定性的
☐ 27	curb	/kɜb/	v	防止（某事物）失控；約束
☐ 28	depression	/dɪˈprɛʃən/	n	憂愁；沮喪；消沉；經濟蕭條期
☐ 29	desired	/dɪˈzaɪrd/	a	被需要的
☐ 30	discount	/ˈdɪskaʊnt/	n/v	從某物的價格中扣去的數目；折扣
☐ 31	distribute	/dɪˈstrɪbjʊt/	v	分發、分配某事物
☐ 32	entitle	/ɪnˈtaɪtl/	v	有資格做…
☐ 33	establish	/ɪˈstæblɪʃ/	v	建立，設立
☐ 34	executive	/ɪgˈzɛkjʊtɪv/	adj/n	經營管理的；經理；董事；董事會；行政人員

☐ 35	flextime	/flɛks taɪm/	n	彈性工作時間
☐ 36	forum	/ˈfɔrəm/	n	場所，論壇
☐ 37	gesture	/ˈdʒɛstʃɚ/	n/v	姿勢；手勢
☐ 38	immediately	/ɪˈmidɪət lɪ/	adv	立即的；即刻的
☐ 39	impeccable	/ɪmˈpɛkəbl/	adj	無錯誤的；極好的；無瑕疵的
☐ 40	industry	/ˈɪndəstrɪ/	n	工業；企業；行業
☐ 41	maintenance	/ˈmentənəns/	n	保持；維持；贍養；保養；維修
☐ 42	merger	/ˈmɝdʒɚ/	n	合併；歸併
☐ 43	mutual	/ˈmjutʃʊəl/	adj	相互的，彼此的
☐ 44	niche	/nɪtʃ/	n	適合的或舒適的位置、地方、職業；利基
☐ 45	noted	/ˈno tɪd/	adj	著名的
☐ 46	objective	/əbˈdʒɛktɪv/	adj	客觀的；不受個人的感情或意見影響的
☐ 47	outsource	/ˈaut sɔrs/	n/v	外包
☐ 48	patronage	/ˈpetrənɪdʒ/	n	資助；贊助；支持；光顧；惠顧
☐ 49	payment	/ˈpemənt/	n	支付；付款
☐ 50	permission	/pɚˈmɪʃən/	n	許可；准許
☐ 51	position	/pəˈzɪʃən/	n	位置；方位；職位
☐ 52	potential	/pəˈtɛnʃəl/	adj	可能的
☐ 53	premium	/ˈprimɪəm/	n	保險費；額外費用；津貼
☐ 54	prompt	/prɑmpt/	adj	及時的；迅速的；準時的
☐ 55	purchase	/ˈpɝtʃəs/	n/v	購買，價值，購買品
☐ 56	rationale	/reˑʃə ˈnel/	n	基本原理
☐ 57	reception	/rɪˈsɛpʃən/	n	接受；接待
☐ 58	registration	/ˈrɛdʒɪˈstreʃn/	n	登記，註冊
☐ 59	rehearsal	/rɪˈhɝsl/	n	排練，試演；敘述；練習
☐ 60	relationship	/rɪ ˈleʃən ʃɪp/	n	關係，關聯；親屬關係
☐ 61	relatively	/ˈrɛlətɪvlɪ/	adv	相對地，比較而言
☐ 62	reputation	/ˈrɛpjuˈteʃən/	n	名聲；名譽
☐ 63	significant	/sɪgˈnɪfɪkənt/	adj	重要的，暗示的，有含義的
☐ 64	solid	/ˈsɑlɪd/	n/adj	固體；固體的，堅固的
☐ 65	specified	/ˈspɛsəfaɪd/	v	具體指定；明確說明；詳細指明
☐ 66	stagnant	/ˈstægnənt/	adj	不流動的，停滯的；遲鈍的
☐ 67	state	/stet/	n/v	狀況；說明，
☐ 68	synopsis	/sɪˈnɑpsɪs/	n	(書、劇本等的)大綱，提要
☐ 69	target	/ˈtɑrgɪt/	n	目標；靶；受批評等的人或事物
☐ 70	transition	/trænˈzɪʃən/	n	過渡；轉變；變遷

1. A disorganized and poorly maintained after-service website implies
- - - - - - - the company itself is being badly managed.

   (A) that
   (B) which
   (C) whose
   (D) where

2. - - - - - - - reading our objective synopsis of the company and the products in this category, you can proceed directly to our web site if you wish.

   (A) That
   (B) What
   (C) After
   (D) Where

3. Also, - - - - - - - signing up with our company, you will be getting thirty premium movie channels which are free as a reward free for six months.

   (A) despite
   (B) though
   (C) before
   (D) as soon as

4. Customers frequently express real frustration with our constantly busy telephone lines, - - - - - - - covers automated voice systems and wait times.

   (A) which
   (B) who
   (C) where
   (D) whose

中文翻譯 (A) 一個雜亂無章和維護不善的售後服務網站，意味著公司本身的管理不善。

題目解析 本題考題屬於『連接詞』中，「名詞子句」的考法。由上下文判斷，空格後的子句為「完整子句」，空格前面是動詞，所以後面結構應該是「名詞子句」。所以答案選 (A)。

中文翻譯 (C) 在閱讀我們公司的目標簡介，及這一類的產品之後，如果你想要的話，你可以直接到我們的網站。

題目解析 本題考題屬於『連接詞』中，「副詞子句」的考法。由上下文判斷，空格後面是副詞功能的子句用法，所以後面結構應該是「副詞子句」，表示「時間」的「在…之後」，所以答案選 (C)。

中文翻譯 (D) 此外，一旦與我們公司簽約，你將獲得30個半年免費的付費電影頻道當作回饋。

題目解析 本題考題屬於『連接詞』中，「副詞子句」的考法。由上下文判斷，空格後面是副詞功能的子句用法，所以後面結構應該是「副詞子句」，表示「時間」的「一…就…」，所以答案選 (D)。

中文翻譯 (A) 客戶經常對我們一直忙碌中的電話線，包括自動語音系統和等待時間，表示無奈。

題目解析 本題考題屬於『連接詞』中，「形容詞子句」的考法。由上下文判斷，空格後面是「動詞」，所以空格為「主詞」功能的子句用法，用以修飾前面的「名詞」。所以後面結構應該是「形容詞子句」，所以答案選 (A)。

5. Each forum will have essentially the same agenda, - - - - - - - you are invited to attend the one most convenient to your location and schedule.

(A) which

(B) who

(C) but

(D) and

6. Employees - - - - - - - do not give at least 20 days notice will not be granted time off.

(A) which

(B) who

(C) whose

(D) because

7. It's natural - - - - - - - a company keep the customers satisfied, but equally critical to keep service costs in control.

(A) which

(B) who

(C) whether

(D) that

8. Our industry must contend with a growing number of companies, - - - - - - - aggressively launch popular models in the market.

(A) which

(B) that

(C) because

(D) who

中文翻譯 (D) 每個座談會都有基本相同的議程，歡迎您按照您最方便的地點和時間表參加。

題目解析 本題考題屬於『連接詞』中，「對等子句」的考法。由上下文判斷，空格後面是「句子」的結構，為「完整句意」，所以答案選 (D)。因為句意沒有前後相反，所以選項 (C) 不考慮。

中文翻譯 (B) 員工如未能在至少 20 天前通知，將不會獲准休假。

題目解析 本題考題屬於『連接詞』中，「形容詞子句」的考法。由上下文判斷，空格後面是「動詞」，所以空格為「主詞」功能的子句用法，用以修飾前面的「名詞」。所以後面結構應該是「形容詞子句」的「主詞」，所以答案選 (B)。

中文翻譯 (D) 一個公司不斷地滿足客戶是理所當然的，但同樣重要的是持續控制服務成本。

題目解析 本題考題屬於『連接詞』中，「名詞子句」的考法。由上下文判斷，空格後面是「完整句意」，所以空格為「連接詞」功能的「名詞子句」用法，當作代替虛主詞 (It) 的真主詞結構。用以修飾前面的「名詞」，所以答案選 (D)。

中文翻譯 (A) 我們的行業必須與越來越多、積極推出且受市場歡迎產品的公司競爭。

題目解析 本題考題屬於『連接詞』中，「形容詞子句」的考法。由上下文判斷，空格後面是「動詞」，為「不完整句意」，又連接 2 個句子，所以空格為「連接詞」功能的「形容詞子句」用法；又前面有逗點 (,) 存在，是屬於「非限定用法」，所以先排除答案 (B)。前面「先行詞」又為「非人」的對象，所以答案選 (A)。

9. The rehearsal for annual job performance presentation among corporates will begin promptly at 11:00 am, - - - - - - - participants are urged to be at the Rose Center early.

(A) for
(B) so
(C) when
(D) who

10. Successful companies find ways to gather accurate information, and make the best use of it, - - - - - - - makes the companies worth their salt.

(A) who
(B) that
(C) because
(D) which

11. That is - - - - - - - we continuously do here at NewCar, and that is why we started looking seriously at acquiring Velomotor.

(A) for
(B) but
(C) when
(D) what

12. - - - - - - - it is carefully designed and administered, a flextime program will provide significant benefits to mutual interests and trust between the firm and employees.

(A) Despite
(B) Though
(C) When
(D) As soon as

中文翻譯 **(B)** 公司間的年度績效彩排將在上午11點準時開始,所以他呼籲與會者要早點前往Rose中心。

題目解析 本題考題屬於『連接詞』中,「對等子句」的考法。由上下文句意判斷,空格後面是「句子」的結構,為「完整句意」,表示「前因後果」,所以答案選(B)。

中文翻譯 **(D)** 成功的企業找出收集準確信息的辦法,並充分利用它,使之實至名歸。

題目解析 本題考題屬於『連接詞』中,「形容詞子句」的考法。由上下文判斷,空格後面是「動詞」,為「不完整句意」,又連接2個句子,所以空格為「連接詞」功能的「形容詞子句」用法;又前面有逗點(,)存在,是屬於「非限定用法」,所以先排除答案(B)。前面「先行詞」又為「非人」的對象,所以排除答案(A);所以答案選(D)。

中文翻譯 **(D)** 這就是我們不斷地在NewCar這裡所做的,也是為什麼我們開始認真收購Velomotor的原因。

題目解析 本題考題屬於『連接詞』中,「名詞子句」的考法。由上下文句意判斷,空格後面是「未知句意」的「完整結構(S+V…)」,為「名詞子句」用法,所以答案選(D)。

中文翻譯 **(C)** 透過精心的設計和管理,彈性工時計劃將為勞資雙方的共同利益和信任提供重要的好處。

題目解析 本題考題屬於『連接詞』中,「副詞子句」的考法。選項(D)中文翻譯為「一…就…」,表示動作一前一後緊接著發生,語句意不符,所以不選。由上下文判斷,空格後面是「副詞」功能的子句用法,所以空格所在句子的結構應該是「副詞子句」,表示「時間」的「當…時候」,所以答案選(C)。

13. Please send your name, mailing address, and fax number or e-mail address - - - - - - - are reachable to the Head Office at your earliest convenience, by e-mail or fax.

(A) that

(B) who

(C) despite

(D) where

14. We ask - - - - - - - you please plan ahead for your vacations, and let us know well in advance.

(A) which

(B) that

(C) whether

(D) who

15. The company will increase marketing efforts for the US market, - - - - - - - anticipates an increase in US based sales.

(A) who

(B) that

(C) which

(D) so

16. We believe - - - - - - - acquiring the company will allow us to offer more vehicles to more customers.

(A) which

(B) that

(C) whether

(D) who

中文翻譯 (A) 請在您儘可能方便的時間之內，以 e-mail 或傳真發送您的姓名、郵寄地址、傳真號碼或電子郵件地址至總公司。

題目解析 本題考題屬於『連接詞』中，「形容詞子句」的考法。由上下文判斷，空格後面是「動詞」，為「不完整句意」，又連接 2 個句子，所以空格為「連接詞」功能的「形容詞子句」用法。前面「先行詞」又為「非人」的對象，所以排除表示「地方」的答案 (D) 與表示「人」的答案 (B)；答案 (C) 為介系詞，所以不選。所以答案選 (A)。

中文翻譯 (B) 我們要求請您提前計劃您的假期，並事先讓我們知道。

題目解析 本題考題屬於『連接詞』中，「名詞子句」的考法。由上下文判斷，空格後面是「完整句意」，所以空格為「連接詞」功能的「名詞子句」用法。所以答案選 (B)。

中文翻譯 (C) 公司會於美國市場做更多行銷上的努力，而這預計將增加在美國的基本銷售量。

題目解析 本題考題屬於『連接詞』中，「形容詞子句」的考法。由上下文判斷，空格後面是「動詞」，為「不完整句意」，又連接 2 個句子，所以空格為「連接詞」功能的「形容詞子句」用法；又前面有逗點 (,) 存在，是屬於「非限定用法」，所以先排除答案 (B)。前面「先行詞」又為「非人」的對象，所以排除答案 (A)；所以答案選 (C)。

中文翻譯 (B) 我們相信，收購該公司讓我們能夠提供更多的車輛給更多的客戶。

題目解析 本題考題屬於『連接詞』中，「名詞子句」的考法。由上下文判斷，空格後面是「完整句意」，所以空格為「連接詞」功能的「名詞子句」用法。所以答案選 (B)。

17. - - - - - - - the service was excellent and the atmosphere was fun, the food was left much to be desired.

(A) While

(B) In spite of

(C) Before

(D) Despite

18. We visited the Port of Vancouver, - - - - - - - is noted for its successful transition to modern facilities, and its environmental protection.

(A) who

(B) because

(C) which

(D) that

19. - - - - - - - talking during the video conference with potential buyers, you need to be sure to speak clearly and not too fast.

(A) As soon as

(B) Though

(C) Before

(D) When

20. We treat every client as our most crucial one in order to build a relationship - - - - - - - will last for years to come.

(A) who

(B) that

(C) because

(D) of which

中文翻譯　(A) 儘管服務好、氣氛佳，食物仍有許多有待改進之處。

題目解析　本題考題屬於『連接詞』中，「副詞子句」的考法。由上下文判斷，空格所在的句子是副詞功能的子句用法，所以後面結構應該是「主要子句」，表示「對比、對照」的「儘管…」，所以答案選(A)。

中文翻譯　(C) 我們參觀溫哥華港，而這地方是因為成功轉型為現代化的設施、對環境的保護而聞名。

題目解析　本題考題屬於『連接詞』中，「形容詞子句」的考法。由上下文判斷，空格後面是「動詞」，為「不完整句意」，又連接2個句子，所以空格為「連接詞」功能的「形容詞子句」用法；又前面有逗點(,)存在，是屬於「非限定用法」，所以先排除答案(D)。前面「先行詞」又為「非人」的對象，所以排除答案(A)；所以答案選(C)。

中文翻譯　(D) 當你用視訊會議與可能的買家商談時，你需要確認講清楚，不要太快。

題目解析　本題考題屬於『連接詞』中，「副詞子句」的考法。由上下文判斷，空格後面是省略主詞所形成的「現在分詞」，因為空格所在的句子為副詞功能的子句用法，表示「時間」的「當…時候」，而後面結構是「主要子句」所以答案選(D)。

中文翻譯　(B) 為了要建立未來持續多年的關係，我們將每一位客戶當作是我們最重要的客戶。

題目解析　本題考題屬於『連接詞』中，「形容詞子句」的考法。由上下文判斷，空格後面是「動詞」，為「不完整句意」，又連接2個句子，所以空格為「連接詞」功能的「形容詞子句」用法；又不需要有「介系詞」的句意，所以先排除答案(D)。前面「先行詞」又為「非人」的對象，所以排除答案(A)；所以答案選(B)。

1. A merger will actually allow us to serve our customers even better,
- - - - - - - the service areas and resources of each company will be
combined into one.
   (A) because
   (B) though
   (C) before
   (D) when

2. Both of our companies - - - - - - - have established a solid reputation for
providing great service and options for our customers are competitive in
providing reasonable prices.
   (A) who
   (B) because
   (C) so
   (D) that

3. - - - - - - - the permission should be granted, Banquet Committee will be
in charge of all planning for the reception, including speaker selection,
menu selection, decorations, and anything else imaginable.
   (A) As
   (B) Because
   (C) If
   (D) When

4. It is widely acknowledged - - - - - - - World Aviation Corporation's
management team brings over 100 years of combined experience and
valuable knowledge to the aviation industry.
   (A) who
   (B) that
   (C) despite
   (D) though

中文翻譯 (A) 實際上，合併將讓我們能夠為客戶提供更好的服務，因為每家公司的服務領域和資源，將合併成一個單位。

題目解析 本題考題屬於『連接詞』中，「副詞子句」的考法。由上下文判斷，空格所在的子句為副詞功能，表示「原因」，所以答案選(A)。

中文翻譯 (D) 在提供我們客戶卓越的服務與選擇方面，我們雙方公司已建立良好的聲譽，而在提供合理的價格方面，我們是相當具有競爭力的。

題目解析 本題考題屬於『連接詞』中，「形容詞子句」的考法。由上下文判斷，空格後面是「動詞」，為「不完整句意」，又連接2個句子，所以空格為「連接詞」功能的「形容詞了句」用法；前面「先行詞」又為「非人」的對象，所以排除答案(A)；所以答案選(D)。

中文翻譯 (C) 如果權限允許的話，宴會委員會將負責所有規劃的接待，包括主持人的挑選、菜單選擇，裝飾品、以及其它任何想像得到的部分。

題目解析 本題考題屬於『連接詞』中，「副詞子句」的考法。由上下文判斷，空格後面是副詞功能的子句用法，表示「假設」的「如果…」，而後面結構是「主要子句」所以答案選(C)。

中文翻譯 (B) 人們普遍承認，世界航空公司的管理團隊將為航空業帶來超過百年的綜合經驗和寶貴的知識。

題目解析 本題考題屬於『連接詞』中，「名詞子句」的考法。由上下文判斷，空格後面是「完整句意」，所以空格為「連接詞」功能的「名詞子句」用法。所以答案選(B)。

5. - - - - - - - we put efforts to alleviate congestion at the briefing registration desk on Monday morning, we are having early registration on Sunday night from 5:00 to 9:00 pm.

(A) No sooner
(B) Despite
(C) On account that
(D) Owing to

6. Regular checking customers - - - - - - - prefer to maintain a lower checking balance to avoid monthly maintenance fees will enjoy this non-interest bearing account with unlimited check writing.

(A) which
(B) because
(C) who
(D) what

7. It proves to be real - - - - - - - depression in Asia, falling exports, declining corporate profits, and stagnant wages could be the cause of slowing spending and curbing economic growth.

(A) though
(B) despite
(C) that
(D) who

8. - - - - - - - he is young and relatively inexperienced in the position, Mr. Dean has always been very open to learning and his work ethic is impeccable.

(A) In spite of
(B) After
(C) Before
(D) Although

(C) 由於我們想要努力疏緩週一上午通報登記處的擁擠，因此將報名時間提早至週日晚上 5:00 到晚上 9:00。

本題考題屬於『連接詞』中，「副詞子句」的考法。由上下文判斷，空格後面是副詞功能的子句用法，表示「因為⋯」的句意，而後面結構是「主要子句」需要一個完整句子的結構，所以答案選 (C)。

(C) 偏好維持較低的支票餘額，以避免每月維護費的定期支票客戶，將享有這無息帳戶、無限的支票開立使用。

本題考題屬於『連接詞』中，「形容詞子句」的考法。由上下文判斷，空格後面是「動詞」，為「不完整句意」，又連接 2 個句子，所以空格為「連接詞」功能的「形容詞子句」用法。前面「先行詞」又為「人」的對象，所以排除答案 (A)；選項 (D) what 前面不需要名詞，所以排除。所以答案選 (C)。

(C) 亞洲的經濟蕭條、出口下降、企業利潤不斷下降和停滯的工資可能成為消費遲緩、遏制經濟增長的原因，這件事，已被證明是真的。

本題考題屬於『連接詞』中，「名詞子句」的考法。由上下文判斷，空格後面是「完整句意」，所以空格為「連接詞」功能的「名詞子句」用法。所以答案選 (C)。

(D) 雖然 Dean 先生很年輕，且在這職位上相對地缺乏經驗，但他一直學習，且他的工作態度無可挑剔。

本題考題屬於『連接詞』中，「副詞子句」的考法。由上下文判斷，空格後面是主詞＋動詞所形成為副詞功能的子句用法，表示「讓步」句意中的「即使⋯；雖然⋯」，而後面結構是「主要子句」，所以答案選 (D)。

9. Quite a number of our stores in the shopping centers - - - - - - - stay open late during the week are available for your various choices, as well as on Saturday afternoons and Sunday mornings.

(A) who

(B) that

(C) because

(D) how

10. Our Global Market Expansion Project draft would have been completed by the end of last month - - - - - - - all of the related tasks had been distributed equally.

(A) providing

(B) though

(C) after

(D) while

11. We are pleased to announce a co-operation in the ownership of TCG Consulting - - - - - - - we believe will be of benefit to our clients.

(A) so

(B) that

(C) which

(D) because

12. The quarterly reports indicates the number of our product enquiries from the United States has decreased slightly in recent years - - - - - - - the numbers of Japanese and European consumers grew.

(A) because of

(B) though

(C) while

(D) where

中文翻譯 (B) 不少在我們賣場的商店可供您的各種選擇，它們除了本週晚間外，在星期六下午和星期天早晨也有開放。

題目解析 本題考題屬於『連接詞』中，「形容詞子句」的考法。由上下文判斷，空格後面是「動詞」，為「不完整句意」，又連接2個句子，所以空格為「連接詞」功能的「形容詞子句」用法。前面「先行詞」又為「非人」的對象，所以排除答案(A)；所以答案選(B)。

中文翻譯 (A) 假如所有相關的任務能平均分配的話，我們全球市場擴張計劃的草案就能於上月月底完成。

題目解析 本題考題屬於『連接詞』中，「副詞子句」的考法。由上下文判斷，空格所在的句子為「副詞」功能的子句用法，表示「假設」的「如果…」，而前面結構是「主要子句」，所以答案選(A)。

中文翻譯 (B) 我們很高興地宣布，我們將與TCG諮詢公司的所有權合作，而我們相信，這將對我們的客戶有利。

題目解析 本題考題屬於『連接詞』中，「形容詞子句」的考法。由上下文判斷，空格後面雖然是S+V(we believe)的結構，但是判斷應該是「主觀判斷」的「插入句」用法，應當視為不存在的干擾用法。所以，空格後面結構應是「動詞」，為「不完整句意」，又連接2個句子，所以空格為「連接詞」功能的「形容詞子句」用法；需要用「主詞」，所以答案選(B)。

中文翻譯 (C) 季報告指出，在美國，我們產品詢問度的數字，在近幾年略有下降，而日本和歐洲的消費者人數卻有增長。

題目解析 本題考題屬於『連接詞』中，「副詞子句」的考法。由上下文判斷，因為空格所在的句子為副詞功能的子句用法，表示「對比、對照」的「雖然、儘管」，而前面結構是「主要子句」所以答案選(C)。

13. The Advisory Board in our section has an active program to work with companies, - - - - - - - have refining business strategies and targeting the right niche market .

(A) who
(B) that
(C) because
(D) where

14. The rationale behind the production of these devices is - - - - - - - businesspeople need a more convenient alternative to the laptop; they need something they can easily carry with them around the office, around the town, and on business trips.

(A) though
(B) which
(C) that
(D) what

15. The new manager - - - - - - - will join our department next week has had excellent achievements in marketing new products and services at his previous company.

(A) whose
(B) though
(C) because
(D) who

16. We were so surprised to know - - - - - - - your company does not have its own sales force, and instead outsources through independent sales agents.

(A) which
(B) though
(C) what
(D) that

新多益進分大絕招〔文法〕＋〔單字〕

中文翻譯 (A) 在我們部門的諮詢委員會，有一個積極的計劃，要與這樣的公司合作，而這種公司精鍊於業務戰略，和以正確市場利基為目標。

題目解析 本題考題屬於『連接詞』中，「形容詞子句」的考法。由上下文判斷，空格後面是「動詞」，為「不完整句意」，又連接2個句子，所以空格為「連接詞」功能的「形容詞子句」用法；前面「先行詞」不是地方，所以先排除答案 (D)。且前面有逗點 (,)，排除答案 (B)。前面「先行詞」雖然為「非人」的對象，但是由上下文判斷，後面有「主動」行為動作；應該是將公司「擬人化」的結果，所以答案選 (A)。

中文翻譯 (C) 生產這些設備背後的理由是，從商的人需要一個比筆記型電腦更方便的替代品；他們需要某個東西讓他們可以輕鬆地隨身攜帶於辦公室、城鎮周圍和出差的場合。

題目解析 本題考題屬於『連接詞』中，「名詞子句」的考法。由上下文判斷，空格後面是「完整句意」，所以空格為「連接詞」功能的「名詞子句」用法。所以答案選 (C)。

中文翻譯 (D) 下週將加入我們部門的新經理，在他以前的公司裡，在推廣新產品和服務這一方面，有優秀的成果。

題目解析 本題考題屬於『連接詞』中，「形容詞子句」的考法。由上下文判斷，空格後面是「動詞」，為「不完整句意」，又連接2個句子，所以空格為「連接詞」功能的「形容詞子句」用法；前面「先行詞」又為「人」的對象，所以答案選 (D)。

中文翻譯 (D) 我們很驚訝地知道，你的公司沒有擁有自己的銷售團隊，反而是外包給獨立的銷售代理人。

題目解析 本題考題屬於『連接詞』中，「名詞子句」的考法。由上下文判斷，空格後面是「完整句意」，所以空格為「連接詞」功能的「名詞子句」用法。所以答案選 (D)。

17. We appreciate your patronage and your kind gesture in writing that letter; therefore, I am enclosing a certificate - - - - - - - will entitle you to a 15% discount on anything in our store the next time you make a purchase.

(A) who

(B) where

(C) because

(D) which

18. Our contract with you, which both parties signed, states - - - - - - - we will provide you with exact orders of food products once a week at a specified time, and you will send us a payment for those food products every four weeks.

(A) though

(B) which

(C) that

(D) what

19. The chief executive officers from City Cell Wireless and from National Wireless have met several times during the past two months, - - - - - - - seriously discussed the possibility of merging the two companies.

(A) who

(B) that

(C) because

(D) of which

20. We have appreciated doing business with you, - - - - - - - in order to keep sending you our food products, we need to receive a payment from you immediately.

(A) for

(B) but

(C) when

(D) and

中文翻譯 (D) 我們非常感謝您的惠顧，並以書函的方式表達您的意見，因此，謹附上這證明，而此證明將賦予閣下，於您下一次購買我們店裡的任何商品時，可享八五折。

題目解析 本題考題屬於『連接詞』中，「形容詞子句」的考法。由上下文判斷，空格後面是「動詞」，為「不完整句意」，又連接2個句子，所以空格為「連接詞」功能的「形容詞子句」用法。前面「先行詞」又為「非人」的對象，所以排除答案 (A)；所以答案選 (D)。

中文翻譯 (C) 在我們雙方已簽字的合同裡談到，每週一次、在指定的時間裡，我們會依照訂單的內容，將您訂購的食品給您，而每四個星期，您則會支付我們這些食品的款項。

題目解析 本題考題屬於『連接詞』中，「名詞子句」的考法。由上下文判斷，空格後面是「完整句意」，所以空格為「連接詞」功能的「名詞子句」用法。所以答案選 (C)。

中文翻譯 (A) 從 City Cell Wireless 和 National Wireless 來的首席執行官在過去的兩個月裡會面數次，且認真討論合併兩公司的可能性。

題目解析 本題考題屬於『連接詞』中，「形容詞子句」的考法。由上下文判斷，空格後面是「動詞」，為「不完整句意」，又連接2個句子，所以空格為「連接詞」功能的「形容詞子句」用法；又不需要有「介系詞」的句意，所以先排除答案 (D)。前面「先行詞」雖然為「非人」的對象，然從空格後面的句意得知，行為者應該是「人」或「擬人」的對象；又前面有逗點 (,)，為非限定用法，可以指稱前面的某個句意；而這裡指稱的對象是「人」，所以排除答案 (B)，答案選 (A)。

中文翻譯 (B) 我們非常感謝與您做生意，但為了繼續將我們的食品寄送給您，我們需要立即收到您的款項。

題目解析 本題考題屬於『連接詞』中，「對等子句」的考法。由上下文句意判斷，空格後面是「句子」的結構，為「完整句意」，表示「語意承接」的「前後相反句意」，所以答案選 (B)。

Leader 010

新多益進分大絕招 [文法] + [單字]
Score High in New TOEIC - Grammar and Vocabulary

作　　者	子曰工作室
發 行 人	周瑞德
企劃編輯	徐瑞璞
執行編輯	饒美君
封面構成	高鍾琪
內頁構成	華漢電腦排版有限公司
校　　對	陳欣慧、陳韋佑

印　　製	大亞彩色印刷製版股份有限公司
初　　版	2015 年 01 月
定　　價	新台幣 380 元
出　　版	力得文化
電　　話	(02) 2351-2007
傳　　真	(02) 2351-0887
地　　址	100 台北市中正區福州街 1 號 10 樓之 2
E - m a i l	best.books.service@gmail.com

港澳地區總經銷	泛華發行代理有限公司
地　　　址	香港筲箕灣東旺道 3 號星島新聞集團大廈 3 樓
電　　　話	(852) 2798-2323
傳　　　真	(852) 2796-5471

國家圖書館出版品預行編目(CIP)資料

新多益進分大絕招(文法+單字) / 子曰工作室著. --
初版. -- 臺北市 : 力得文化, 2015.01
　面 ；　公分. -- (Leader ; 10)
ISBN 978-986-90759-9-2(平裝)

1.多益測驗　2.語法　3.詞彙

805.1895　　　　　　　　　　103026174